LEAH A DESTIEMPO

Becky Albertalli

LEAH a DESTIEMPO

Traducción de María Celina Rojas

PUCK

Argentina – Chile – Colombia – España
Estados Unidos – México – Perú – Uruguay

Título original: *Leah On the Offbeat*
Editor original: Balzer + Bray – An Imprint of HarperCollins*Publishers,*
New York
Traducción: María Celina Rojas

1.ª edición: Agosto 2018

    Plaza de los Reyes Magos 8, piso 1.º C y D – 28007 Madrid
    www.mundopuck.com

ISBN: 978-84-92918-04-1
E-ISBN: 978-84-17312-56-5
Depósito legal: B-17.469-2018

Fotocomposición: Ediciones Urano, S.A.U.
Impreso por: Rodesa, S.A. – Polígono Industrial San Miguel
Parcelas E7-E8 – 31132 Villatuerta (Navarra)

Impreso en España – *Printed in Spain*

Para los lectores que sabían que sucedía algo,
aun cuando yo no lo sabía.

No quiero ser dramática, pero Dios me libre de que Morgan elija nuestro repertorio. Esa chica es un padre suburbano sufriendo una crisis de la mediana edad en el cuerpo de una estudiante de último año de la preparatoria.

Un ejemplo claro: está arrodillada en el suelo, utilizando la banqueta del teclado como mesa, y cada título de su lista es una canción mediocre de rock clásico. Soy una persona muy tolerante, pero como estadounidense, música y ser humano con amor propio, es tanto mi deber como mi privilegio vetar esta mierda.

Me inclino hacia adelante en mi banqueta para espiar por sobre su hombro.

—Bon Jovi no. Journey no.

—¿Qué? ¿En serio? —dice Morgan—. La gente ama *Don't Stop Believin'*.

—La gente ama la metanfetamina. ¿Deberíamos empezar a consumirla?

Anna enarca las cejas.

—Leah, ¿acabas de...?

—¿Comparar *Don't Stop Believin'* con la metanfetamina? —Me encojo de hombros—. Bueno, sí. Sí, lo hice.

Anna y Morgan intercambian una Mirada con mayúscula. Es una Mirada que dice: «Aquí vamos, no aflojará».

—Solo digo. La canción es un desastre. La letra es una mierda. —Le doy un golpecito al redoblante para marcar un énfasis.

—A mí me gusta la letra —dice Anna—. Es esperanzadora.

—No se trata de si es esperanzadora o no. Es la inverosimilitud total de un tren de medianoche yendo, entre comillas, «a ningún lado».

Intercambian otra Mirada, esta vez acompañada por un leve levantamiento de hombros.

Traducción: *buen punto.*

Traducción de la traducción: *Leah Catherine Burke es una verdadera genia, y nunca jamás deberíamos dudar de su gusto musical.*

—Supongo que no deberíamos añadir nada nuevo hasta que Taylor y Nora regresen —concede Morgan. Y tiene razón. Los ensayos musicales de la escuela han mantenido fuera de circulación a Taylor y Nora desde enero. Y aunque las demás nos hemos estado reuniendo algunas veces a la semana, apesta ensayar sin la cantante ni la guitarrista principal.

—Está bien —dice Anna—. Entonces, ¿terminamos?

—¿Con el ensayo?

Bueno. Supongo que debería haber cerrado la boca con respecto a Journey. Es decir, lo entiendo. Soy blanca. Se supone que debo amar el rock clásico de mierda. Pero, en cierta forma, pensé que estábamos disfrutando de este debate animado sobre la música y la metanfetamina. Sin embargo, quizás se desvió en algún punto, porque ahora Morgan está guardando el teclado y Anna le está enviando un mensaje de texto a su mamá para que la pase a buscar. Supongo que hemos terminado.

Mi madre no llegará hasta dentro de veinte minutos, así que me quedo en la sala de música incluso luego de que ellas se han ido. En realidad no me importa. Es agradable tocar la batería en soledad. Dejo que mis palillos tomen la delantera, desde el bombo hasta el redoblante, una y otra vez. Algunos golpes a los toms. Unos *chhh chhh chhh* en los platillos, y luego el *crash*.

Crash.

Crash.

Y otro más.

Ni siquiera escucho el zumbido del teléfono hasta que entra el correo de voz. Por supuesto, es mi madre. Siempre llama, los mensajes de texto son el último recurso. Uno pensaría que tiene cincuenta o un millón de años, pero tiene treinta y cinco. Yo tengo dieciocho. Adelante, hagan la cuenta. Básicamente soy la versión local, gorda y de Slytherin de Rory Gilmore.

No escucho el correo de voz porque mamá siempre me envía un mensaje de texto luego, y tal como decía, un minuto más tarde:

Lo siento mucho, querida. Estoy atascada aquí... ¿puedes tomar el autobús hoy?

Claro, respondo.

Eres la mejor. 🌝

El jefe de mi madre es un abogado robot imbatible adicto al trabajo, así que eso sucede muy a menudo. O es eso, o está en una cita. Ni siquiera es gracioso tener una madre que tiene más acción que yo. Ahora mismo, está viendo a un tipo llamado Wells. Como el plural de *well*, en inglés, *bien*, ¿sabes? Es calvo y rico, tiene las orejas pequeñas y creo que tiene casi cincuenta. Lo vi solo una vez durante treinta minutos: hizo seis chistes y dijo «ay, recórcholis» dos veces.

En fin, solía tener auto, así que no importaba tanto si llegaba a casa antes que mi madre, porque entraba por el garaje. Pero el auto de ella murió el verano pasado, así que mi auto se convirtió en su auto, lo que significa que tengo que regresar a casa con treinta y cinco estudiantes de primero. No que esté resentida.

Se supone que debemos estar fuera de la sala de música a las cinco, así que desarmo la batería y la guardo en el depósito para instrumentos, pieza por pieza. Soy la única que utiliza un instrumento de la escuela. Todos los demás tocan sus propios instrumentos en los sótanos terminados de sus mansiones privadas. Mi amigo Nick tiene una batería electrónica personalizada Yamaha DTX45K, y *ni siquiera sabe tocar la batería.* Nunca podría costear eso, ni en mil millones de años. Pero así es Shady Creek.

El último autobús no sale hasta dentro de media hora, así que supongo que me convertiré en una *groupie* de teatro. A nadie le importa si entro en medio del ensayo, aunque la obra se estrene el viernes. En verdad, irrumpo en los ensayos con tanta frecuencia que creo que la gente se olvida de que no estoy en la obra. La mayoría de mis amigos sí lo está, incluso Nick, que hasta esto, nunca había hecho una audición para nada en su vida. Estoy segura de que solo lo hizo para pasar tiempo con su novia, adorable hasta las náuseas. Pero dado que él es una verdadera leyenda, logró conseguir el papel principal.

Tomo el pasillo lateral que conduce directamente a los bastidores y me deslizo por la puerta. Por supuesto, a la primera persona que veo es a mi bro número uno, el más adorable, el demoledor de Oreos: Simon Spier.

—¡Leah! —Está parado en un lateral, disfrazado a medias, rodeado por amigos. No tengo idea de cómo la señorita Albright convenció a tantos chicos de participar en la obra este año. Simon se aleja de ellos—. Llegas justo a tiempo para mi canción.

—Lo tenía planeado.

—¿Sí?

—No.

—Te odio. —Me da un codazo y luego me abraza—. No, te quiero.

—No te culpo.

—No puedo creer que estés a punto de escucharme cantar.

Sonrío.

—Muero por escucharte.

Luego alguien susurra una orden que no llego a escuchar por completo, y los chicos forman una fila en los laterales, nerviosos y listos. Sinceramente, no puedo evitar mirarlos sin reír. La obra es *Yosef y su sorprendente manto de sueños en tecnicolor*, y todos los hermanos de Yosef llevan puestas unas peludas barbas falsas. No lo sé, quizás eso esté en las notas de vestuario de la Biblia o algo por el estilo.

—No me desees suerte —pide Simon—. Dime mucha mierda.

—Simon, probablemente deberías salir allí.

—Está bien, pero escucha, no tomes el autobús. Iremos a la Casa de los Gofres luego.

—Entendido.

Los chicos se entremezclan en el escenario, y yo me adentro más en los laterales. Ahora que el grupo se dispersó, veo a Cal Price, el director de escena, ubicado en un escritorio entre telones.

—Hola, Roja.

Así me llama él, aunque a duras penas soy pelirroja. Está bien —Cal es un pastelito de canela—, pero cada vez que lo hace me provoca este hipo en el pecho.

Mi padre solía llamarme Roja. Cuando todavía me llamaba.

—¿Has visto esta? —pregunta Cal, y sacudo la cabeza. Señala el escenario con el mentón, sonriendo, así que doy unos pasos hacia adelante.

Los chicos se sacuden. No sé cómo describirlo de otra manera. La profesora de coro hace sonar una canción de tono francés en el piano, y Simon da un paso adelante, la mano en el corazón.

—*Do you remember the good years in Canaan...*

Su voz tiembla, solo un poco, y su acento francés es un desastre. Pero es demasiado gracioso allí arriba: cae de rodillas, se toma la cabeza y suelta un quejido, y no quiero exagerar, pero quizás sea la actuación más icónica de todos los tiempos.

Nora se desliza junto a mí.

—Adivina cuántas veces lo escuché cantar esto en su habitación.

—Por favor dime que no tiene idea de que puedes escucharlo.

—No tiene idea de que puedo escucharlo.

Lo lamento, Simon, pero eres demasiado hermoso. Si no fueras gay y no estuvieras de novio, definitivamente me casaría contigo. Y seamos honestos, casarse con Simon sería alucinante, y no solo porque estuve enamorada de él en secreto durante gran parte de la escuela. Es más que eso. En primer lugar, me encantaría ser una Spier, porque esa familia es literalmente perfecta. Tendría a Nora como cuñada, y además otra increíble hermana mayor en la universidad. Y los Spier viven en esa casa enorme y grandiosa que no tiene ropa fuera de lugar ni desorden por todas partes. Hasta amo a su perro.

La canción termina, salgo del lateral y me dirijo a la última hilera del auditorio, conocida entre los chicos de teatro —de forma soñadora— como el Pasillo de los besos. Pero estoy totalmente sola aquí atrás y solo presente a medias, observando la acción desde el otro lado del auditorio. Nunca participé de una obra, aunque mamá siempre insiste en que me presente a las audiciones. Pero esta es la cuestión. Puedes pasar años haciendo dibujos horribles de fan art en blocs de dibujo, y nadie tiene que verlos. Puedes tocar la batería en soledad en una sala de música hasta que alcances un nivel decente para tocar en vivo. Pero con la actuación no hay posibilidades de pasar años dando traspiés en privado. Tienes público incluso antes de que haya público.

Una oleada de música. Abby Suso da un paso adelante, lleva puesto un collar gigantesco de perlas y una peluca de Elvis. Y está cantando.

Es increíble, por supuesto. No tiene una de esas voces sin límites como la de Nick o la de Taylor, pero puede cantar de forma afinada y, además, es graciosa. Esa es la cuestión. Es toda una payasa en el escenario. En un momento, incluso la señorita Albright suelta una carcajada. Lo que dice mucho, no porque soltar carcajadas sea algo fuera de lo común, sino porque la señorita Albright ya ha visto esta obra miles de veces. Abby es así de buena. Ni siquiera yo puedo quitarle los ojos de encima.

Cuando la obra termina, la señorita Albright conduce al elenco al escenario para realizar comentarios. Todos se dejan caer sobre las plataformas, pero Simon y Nick corren hasta el borde del escenario junto a Abby. Por supuesto.

Nick desliza el brazo alrededor de los hombros de ella, y ella se acomoda más cerca de él. También por supuesto.

No hay wifi aquí, de modo que no tengo más opción que escuchar los comentarios de la señorita Albright, seguidos por un monólogo de diez minutos de Taylor Metternich —no solicitado— acerca de *perderse* y *convertirse en el personaje*. Tengo la teoría de que Taylor se excita con el sonido de su propia voz. Estoy segura de que está teniendo pequeños orgasmos secretos justo delante de nuestros ojos.

Cuando finalmente la señorita Albright da por terminado el ensayo, todos salen del auditorio luego de tomar sus mochilas en el camino, pero Simon, Nick y Abby esperan en un grupito cerca del foso de la orquesta. Me pongo de pie, estiro el cuerpo y camino por el pasillo para reunirme con ellos. Una parte de mí quiere cubrirlos de elogios, pero algo me detiene.

Quizás sea dolorosamente sincero de mi parte, muy Leah de quinto año. Por no mencionar que la idea de fangirlear por Abby Suso me hace querer vomitar.

Le choco los cinco a Simon.

—Estuviste espectacular.

—Ni siquiera sabía que estabas aquí —dice Abby.

Es difícil saber qué quiere decir con eso. Tal vez sea un insulto encubierto como, *¿por qué estás aquí, Leah?* O quizás: *Ni siquiera me di cuenta de que estabas aquí, eres tan irrelevante.* Pero tal vez esté pensando demasiado las cosas. Suelo hacer eso cuando se trata de Abby.

Asiento.

—Escuché que irían a la Casa de los Gofres.

—Sí, creo que estamos esperando a Nora.

Martin Addison pasa caminando junto a nosotros.

—Hola, Simeon —saluda.

—Hola, Reuben —responde Simon, levantando la mirada de su teléfono. Esos son los nombres de sus personajes. Y sí, Simon hace un personaje llamado Simeon, porque supongo que la señorita Albright no pudo resistir la tentación. Reuben y Simeon son dos de los hermanos de Yosef, y estoy segura de que todo sería adorable si no involucrara a Martin Addison.

Martin sigue caminando y los ojos de Abby destellan. Honestamente, es muy difícil hacer enfadar a Abby, pero Martin lo logra solo con su mera existencia. Y con su esfuerzo sobrehumano por hablarle a Simon, como si nada hubiera sucedido el año pasado. Es un maldito descarado. No es que Simon le hable demasiado, pero odio que lo haga en primer lugar. No es que yo pueda dictar con quién habla Simon, pero sé —lo puedo ver— que a Abby le molesta tanto como a mí.

Simon vuelve a mirar su teléfono, claramente está hablando con Bram. Han estado saliendo durante un poco más de un año, y son una de esas parejas vomitivamente felices. Y no me refiero a demostraciones públicas de afecto. De hecho, a duras penas se rozan en la escuela, probablemente porque hay gente prehistórica e imbécil en lo que respecta a cosas gay. Pero Simon y Bram se envían mensajes y se devoran con los ojos todo el día, como si no pudieran pasar cinco minutos sin estar en contacto. Para ser completamente honesta, es difícil no estar celosa. Ni siquiera se trata de la magia del amor verdadero de un cuento de hadas, de ojos enamorados que te hacen gritar «consíganse una habitación». Es el hecho de que se arriesgaron. De que tuvieron las pelotas para decir «A la mierda, a la mierda Georgia, a la mierda todos los estúpidos homofóbicos».

—¿Nos encontraremos con Bram y Garrett allí? —pregunta Abby.

—Sip. Acaban de salir de fútbol. —Simon sonríe.

Termino en el asiento del acompañante del auto de Simon y Nora en el trasero, hurgando en su mochila. Tiene puestos unos jeans arremangados, cubiertos de pintura, y lleva los rizos recogidos en un rodete desaliñado. Una de sus orejas está perforada hasta arriba y tiene un pequeño arete azul en la nariz que se colocó el año pasado. Esta chica es, en verdad, demasiado adorable. Me encanta cuánto se parece a Simon, y me encanta que ambos se parezcan a su hermana mayor. Son una familia copiada y pegada.

Finalmente, la mano de Nora sale de su mochila sosteniendo una bolsa gigante de M&M sin abrir.

—Me muero de hambre.

—Literalmente estamos yendo a la Casa de los Gofres. Ahora mismo —dice Simon, pero estira la mano hacia atrás para tomar algunos. Yo tomo un puñado, y están derretidos a la perfección, lo que significa que no están derretidos por completo, solo un poquito blandos en el interior.

—Entonces, no salió horrible, ¿no? —pregunta Simon.

—¿La obra?

Asiente.

—No, para nada. Quedó genial.

—Sí, pero la gente sigue confundiendo sus líneas, y el estreno es el viernes. Y el maldito Potifar arruinó toda una canción hoy. Dios, necesito un waffle.

Tomo mi teléfono y reviso Snapchat. Abby publicó una historia épicamente larga del ensayo, que parece un montaje salido de una comedia romántica. Una toma de Nick y Taylor cantando en el escenario. Una mega selfie muy en primer plano de Abby y Simon. Una incluso más en primer plano del rostro de Simon en la que sus fosas nasales lucen tan grandes que Abby colocó un emoji de un oso panda dentro de una de ellas. Y Abby y Nick, una y otra vez.

Guardo el teléfono. Simon toma la carretera Mount Vernon. Me siento nerviosa y extraña, como si estuviera molesta por algo, pero no recordara por qué. Como un pinchazo diminuto en el fondo de la mente.

—No logro descifrar la canción que estás tocando —dice Nora.

Me lleva un minuto darme cuenta de que me está hablando a mí, y un minuto más darme cuenta de que estuve tamborileando sobre la guantera.

—Ah. No tengo idea.

—Algo así —dice Nora, y tamborilea un ritmo de uno dos en la parte trasera de mi asiento. *Boom-tap-boom-tap*. Ocho notas, rápidas y parejas. Mi mente completa el resto de forma inmediata.

Es *Don't Stop Believin'*. Mi cerebro es un idiota.

Reconozco muchísimos autos de la escuela en el aparcamiento de la Casa de los Gofres. Simon apaga el suyo y mira su teléfono.

Lo primero que veo cuando salgo del auto es la cabeza rubia y brillante de Taylor.

—¡Leah! No tenía idea de que vendrías. Pensé que solo sería la gente de teatro, pero ¡estupendo! —Presiona un botón de sus llaves y su auto emite un pitido dos veces. Un tanto extraño, no recordaba que Taylor tuviera un Jeep. En especial no uno con testículos colgando del paragolpes.

—Tu auto tiene unas bolas muy realistas, Taylor.

—Qué vergüenza, ¿no? —Camina junto a mí—. Mi hermano está en casa por el receso de primavera y bloqueó la salida de mi auto. Así que tuve que tomar el suyo.

—Ay, no. Es lo peor.

—Sí, realmente me tiene las bolas por el suelo —responde. Y, está bien. Seré la primera en admitirlo: a veces amo a Taylor.

Sostiene la puerta abierta, y sigo a Simon y a Nora hacia el interior. De verdad me encanta el aroma de la Casa de los Gofres. ¿Será la combinación perfecta de mantequilla, jarabe, tocino y, quizás, cebollas? Sea lo que sea, deberían envasarlo y ponerlo en un marcador aromatizado, así podría dibujar personajes de manga sexis que huelan como la Casa de los Gofres. De inmediato diviso a un grupito de teatro en un rincón. Martin Addison incluido.

—No me sentaré allí. —Me vuelvo hacia Nora.

Asiente con rapidez.

—Coincido.

—¿Por Martin? —pregunta Taylor.

—Sentémonos allí —propongo, apretando los labios. Quiero decir, lo de Martin sucedió hace mucho tiempo y quizás debería dejarlo ir. Pero no puedo. De verdad no puedo. El año pasado, el chico literalmente reveló que Simon era gay. En realidad, descubrió que Simon era gay, *lo extorsionó* y *luego* reveló que era gay. Apenas le dirigí la palabra desde entonces, y Nora hizo lo mismo. Y Bram. Y Abby.

Me acomodo junto a Nora en un reservado cerca de la entrada y Taylor se sienta en el lugar que Simon claramente estaba guardando para Bram. Cuando la camarera aparece para tomar la primera ronda de pedidos, todos piden waffles excepto yo. Lo único que quiero es una Coca.

—¿Estás a dieta? —pregunta Taylor.

—¿Perdón?

En serio, ¿quién hace esa pregunta? En primer lugar, acabo de comer miles de M&M. En segundo lugar, cierra la puta boca. Lo juro, la gente no puede entender el concepto de una chica gorda que no haga dieta. ¿Es tan difícil de creer que quizás me guste mi cuerpo?

Nora me da un golpecito y me pregunta si estoy bien. Tal vez me ve un tanto malhumorada.

—Ay, Dios, ¿estás enferma? —pregunta Taylor.

—No.

—Estoy superparanoica con que me contagiaré algo. Estuve bebiendo mucho té y descansando la voz cuando no estoy ensayando, obviamente. ¿Se imaginan si pierdo la voz esta semana? Ni siquiera sé lo que haría la señorita Albright.

—Claro.

—Es decir, estoy en casi todas las canciones. —Suelta esa risita extraña y aguda. No puedo descifrar si está nerviosa y fingiendo que no lo está o todo lo contrario.

—Quizás deberías descansar la voz —sugiero.

Juro que es más manejable cuando estamos ensayando con la banda. También tengo unos auriculares aislantes de sonido muy buenos.

Taylor abre la boca para responderme, pero entonces llegan Abby y los chicos, todos juntos. Garrett se acomoda junto a mí, Bram se desliza junto a Taylor, y Abby y Nick quedan en los extremos. Y es gracioso, porque Taylor ha estado sentada aquí con su postura habitual de pasarela parisina, pero ahora está tan inclinada contra Nick que prácticamente se encuentra tumbada sobre la mesa.

—Ey, escuché que Simon y tú estarán en Boston durante el receso de primavera.

Taylor. Estuviste aplastada contra el cuerpo de Simon en un reservado durante veinte minutos. Pero, por supuesto, no pudiste hacer esa pregunta antes de que llegara Nick.

—Sip —dice Nick—. Haremos las últimas visitas a las universidades, primero Tufts y la Universidad de Boston, y luego Wesleyan, NYU, Haverford y Swarthmore. Así que volaremos a Boston, alquilaremos un auto y luego tomaremos un avión para volver desde Filadelfia.

—Será el mejor viaje en carretera, el mejor *road trip* —dice Simon, y se inclina hacia adelante para chocarle los cinco.

—Con sus madres —acota Abby.

No puedo entender por qué tanta gente está dispuesta a gastar en esa clase de cosas. Hay que pagar boletos de avión, hoteles, alquileres de autos, todo… y ni siquiera saben si entraron en esas universidades todavía. Sin mencionar el hecho de que Simon gastó cientos de dólares solo en tarifas de inscripción, aunque está decidido a entrar en la NYU. Lo que, estoy segura, no tiene nada que ver con que a Bram lo hayan aceptado en Columbia con tanta anticipación.

—¡Eso es estupendo! —exclama Taylor con una sonrisa—. Yo estaré en Cambridge, de visita en Harvard. ¡Deberíamos encontrarnos!

—Sí, tal vez —dice Nick. Simon casi se atraganta con su agua.

—Abby, ¿tú también estás considerando el noroeste? —pregunta Taylor.

—No —responde Abby con una sonrisa—. Yo iré a Georgia.

—¿No intentarás estar cerca de Nick?

—No puedo costear estar cerca de Nick.

Me resulta un tanto extraño escucharla decir eso en voz alta. En especial porque iré a esa misma universidad exactamente por la misma razón. La Universidad de Georgia es la única en la que me inscribí. Me aceptaron hace meses. Califico para la beca Zell Miller. Es un trato cerrado.

Pero nunca sé cómo sentirme cuando tengo algo en común con Abby Suso. En especial, no sé cómo sentirme con respecto a que iremos a la misma universidad. Apuesto a que fingirá no conocerme.

Entonces Garrett comienza a hablar acerca de la superioridad del Instituto de Tecnología de Georgia con respecto a la Universidad de Georgia. Ni siquiera me importa, pero supongo que me alegra que Morgan no esté aquí. Es gracioso, Morgan es tan fanática de la justicia social que uno no se esperaría algo así, pero en realidad es parte de una de esas acérrimas familias UGA. Puro fútbol, todo el tiempo. Toda la casa está decorada de rojo y negro —con imágenes de perros bulldog por todas partes— y los Hirch siempre se reúnen antes de los partidos. Nunca entenderé tanto revuelo alrededor del fútbol. Es decir, no tengo nada en contra de ese deporte, pero estoy más concentrada en la parte académica de la universidad.

Quiero dejar de prestar atención, pero Garrett me sigue provocando.

—Bueno, escucha este. Leah, ¿cuáles son los tres años más largos de la vida de un estudiante de la UGA?

—Me rindo.

—Su primer año.

—Ja ja.

Garrett Laughlin. Siempre lo mismo.

Al final, todos comienzan a hablar acerca del partido de Bram y Garrett del último fin de semana. Nick luce un tanto melancólico, y en verdad lo entiendo. No es que no vaya a jugar más al fútbol. Estará en el campo de juego ni bien termine la obra, la semana próxima. Pero apesta que la vida siga su curso sin ti. A veces me siento excluida incluso cuando la vida se mueve junto a mí.

La camarera aparece de nuevo para tomar la segunda ronda de pedidos, y en veinte minutos tenemos una montaña de comida. Simon comenzó un discurso interminable acerca de la obra, de modo que le robo un trozo de tocino de su plato cuando está distraído.

—Y tengo esta sensación angustiante de que todo se desmoronará ahora que finalmente tenemos la orquesta y la escenografía. Lo siento, pero la escenografía debió haber estado lista hace una semana.

Nora fulmina a Simon con la mirada.

—Quizás habría estado lista si alguien hubiera trabajado en ella además de Cal y yo.

—Uhhh —dice Garrett.

—Pero al final —dice Taylor— la escenografía no es esencial. Lo que importa es la actuación.

Nora suspira y sonríe de forma tensa.

Nos mantenemos ocupados con nuestros platos durante un tiempo y luego la camarera nos trae cuentas separadas. Muy genial de su parte. Odio las cuentas combinadas porque siempre hay alguien que quiere dividir el total en partes iguales, y no quiero ser una imbécil, pero hay una razón por la cual no pedí un sándwich de veinte dólares. Nos turnamos para ir a la caja a pagar y luego dejamos nuestras propinas apiladas en la mesa. Y por supuesto, Garrett, que pidió waffles cubiertos, bañados y embadurnados con papas y salchichas, deja solo un dólar. No entiendo. ¡Deja una verdadera maldita propina! Deposito un par de dólares extra en su lugar.

—Una propina bastante generosa para una Coca —dice Abby, y reprimo una sonrisa. Los demás se están dirigiendo hacia la puerta, pero ella se retrasa y se abotona el abrigo.

—Mi mamá fue camarera.

—Bueno, es muy amable de tu parte.

Me encojo de hombros y sonrío, pero siento los labios tensos. Siempre actúo raro en presencia de Abby. Supongo que tengo algunas cuestiones con ella. En primer lugar, no tolero la gente que es tan linda. Ella tiene ojos de Disney, piel oscura, cabello ondulado oscuro y pómulos de verdad. Y su rostro es lo opuesto a un rostro de perra malvada. Básicamente, Abby es un caramelo de maíz humano. Está bien en dosis pequeñas, pero si consumes demasiado, vomitarás de la dulzura.

Me dedica una sonrisa a medias y las dos nos dirigimos afuera. Taylor y sus testículos se fueron, y Garrett ya partió para su clase de piano. Todos los demás simplemente están parados allí. Simon y Bram se encuentran tomados de las manos, o así parece, pero solo las puntas de sus dedos están entrelazadas. Así de ardientes se vuelven las cosas entre ellos cuando están en público.

Nick, en cambio, envuelve sus brazos alrededor de Abby, como si tuviera que compensar la hora que pasó en el lado opuesto del reservado. Típico. Entonces, estamos haciendo el numerito de las parejas enamoradas enfrente de la Casa de los Gofres. Quizás Nora y yo deberíamos besarnos ahora, solo para no ser menos importantes.

Pero Abby se libera de Nick y camina hacia mí.

—Es hermosa —dice, señalando mi funda de teléfono. Es uno de mis dibujos de manga; Anna me la regaló para mi cumpleaños de este año—. Lo dibujaste tú, ¿verdad?

—Sí. —Trago saliva—. Gracias, Abby.

Sus ojos se agrandan, solo un poco, como si la hubiera confundido con solo decir su nombre. Supongo que no hablamos mucho. No más allá de las cosas del grupo. Ya no.

Parpadea y luego asiente.

—Así que, ey, la Universidad de Georgia.

—Es una universidad.

—Sí. —Ríe, y de pronto, solo se ven sus ojos de ciervo y su vacilación—. Quería preguntarte si...

Suena un claxon, y ambas levantamos la mirada. Reconozco el auto de Abby, o el auto de la mamá de Abby, supongo, pero hoy, el conductor es un chico que tiene los pómulos más hermosos que alguna vez haya visto: ojos grandes, piel color café, quizás en sus veinte.

—Ay, Dios, ¡mi hermano ha llegado! Se suponía que no llegaría hasta la noche. —Abby sonríe y me toca el brazo durante un instante—. Bueno, luego te preguntaré. La seguimos mañana.

Un instante después, se despide de Nick con un beso. Desvío la mirada con rapidez y entrecierro los ojos hacia el sol.

Le envío un mensaje de texto a mamá, ya que me dice que me pasará a buscar por la Casa de los Gofres de camino a casa. Pronto, todos se han ido menos Bram, quien se sienta junto a mí en la acera.

Le sonrío.

—No tienes que quedarte a esperar conmigo.

—Ah, no. Mi papá está en la ciudad, así que me pasará a buscar.

Los padres de Bram están divorciados, lo que me resulta extrañamente reconfortante. No lo digo de forma malintencionada. No quiero que Bram tenga una vida familiar de mierda o algo por el estilo. Es solo que la mayoría de mis amigos tienen esas familias perfectas de libros de cuentos. Familias de programas de televisión, padres casados que viven en casas gigantescas y que tienen retratos familiares alineados en las escaleras. Supongo que es agradable no ser la única que no tiene todo eso.

—¿Está solo de visita?

Bram asiente.

—Él y mi madrastra vinieron a pasar la semana con Caleb. Iremos a tomar un helado ahora.

—No puedo creer que Caleb ya tenga edad de tomar helado. Parece que fue ayer cuando nació.

—¡Lo sé! Cumplirá un año en junio.

—Increíble.

Bram sonríe.

—¿Quieres verlo? Lo tengo de fondo de pantalla.

Me entrega su teléfono y toco la pantalla para encenderla.

—Ay, es demasiado adorable.

Es una selfie de Bram y Caleb sonriendo con sus rostros pegados el uno contra el otro, y es la fotografía más tierna que alguien alguna vez se haya tomado. El padre de Bram es blanco, y supongo que su madrasta también debe serlo, porque Caleb es el bebito más pálido que vi en mi vida. De alguna forma, siempre me sorprendo cuando veo una fotografía de él. Es completamente pelado y tiene unos gigantescos ojos color café. Pero es gracioso, porque Bram y Caleb tienen un extraño parecido. Aunque la piel de Bram sea color café y tenga cabello y no babee. Es una locura.

Bram guarda el teléfono en el bolsillo y se reclina sobre las manos, y yo siento una oleada de timidez inesperada. De pronto se me ocurre que quizás esta sea la primera vez que Bram y yo estamos solos, aunque él se mudó aquí luego de primer año. Siempre estuvo en un segundo plano para mí hasta que comenzó a salir con Simon. Para ser sincera, tan solo lo asociaba con Garrett.

Intento luchar contra la incomodidad.

—¿Quieres ver algo? —pregunto.

—Sí. —Se sienta.

—Bueno. Prepárate. —Toco mi galería de fotos y busco entre mis álbumes. Luego le alcanzo el celular a Bram.

Se tapa la boca con la mano.

—Increíble, ¿verdad?

Bram asiente con lentitud.

—Ay, Dios.

—Esta es de séptimo curso.

—No lo puedo creer.

—Lo sé. Simon era muy tierno, ¿verdad?

Bram mira la foto y se le forman arruguitas en los rabillos de los ojos, y algo de su expresión hace que el corazón se me contraiga.

Quiero decir, ya está muy enganchado. Este chico está metido con todo su corazón.

La foto es en realidad de los tres: Simon, Nick y yo. Creo que estábamos en el bat mitzvá de Morgan. Tengo puesto ese vestido celeste, casi al estilo Eliza Hamilton. Estoy sosteniendo un saxofón inflable, sonriendo, y Nick lleva puestas unas gafas extra grandes. Pero la estrella de la foto es Simon. Por Dios.

En primer lugar, está esa corbata que brilla en la oscuridad que Simon solía usar para cada bat mitzvá y cada baile. Pero esta vez, la lleva puesta alrededor de la cabeza como Rambo y sonríe para la cámara. Además, se lo ve demasiado pequeño. No sé cómo me olvidé de eso. Creció algunos centímetros en octavo curso, y para ese entonces comenzó a escuchar buena música y ya no se puso esas camisetas enormes que tenían rostros de lobo. Estoy segura de que un día se quitó la última camiseta de lobo y dos horas más tarde Bram se mudó a Shady Creek.

—¿Nunca habías visto sus fotos de bebé? —pregunto.

—Vi las de muy pequeño, pero tiene las de la primaria bajo llave.

—Lo que me estás queriendo decir es que Simon nunca debió habernos dejado solos.

—Exacto. —Sonríe y toca la pantalla para ver sus mensajes de texto.

Unos segundos más tarde, nuestros teléfonos vibran al mismo tiempo. ¿Le mostraste la corbata? LEAH, ¿QUÉ HICISTE?

Era una corbata elegante, escribe Bram.

Bueno, era un jovencito elegante, PERO IGUAL.

¿Debería contarle a Bram acerca de la luz de noche?, tipeo.

Bram sonríe.

—¿La luz de noche?

ERA UN RELOJ ALARMA. Que de casualidad tenía luz.

—Era una luz de noche. —Sonrío hacia Bram—. Tenía una pequeña medialuna y un ratón. Probablemente todavía la tenga.

—Eso es muy adorable y para nada sorprendente.

—¿Verdad? La tuvo junto a su cama hasta octavo curso.

Bram ríe. Luego tipea algo, presiona enviar y acerca los pies a la acera.

Excepto que el mensaje nunca aparece. De modo que es un mensaje privado para Simon. Para su novio. Completamente permitido. Y no debería sentirme como si me hubieran expulsado de una isla.

♫

Mamá aparca unos minutos más tarde, baja la ventanilla y nos saluda con la mano.

—¿Esa es tu mamá? —pregunta Bram—. Guau. Es muy linda.

—Sí, siempre me lo dicen. —No es broma: Simon una vez la llamó «la madre sexy por excelencia»—. ¿Estás seguro de que no quieres que te esperemos? —pregunto.

—Ah, no. Mi padre estará aquí en cualquier momento.

Mi mamá se inclina hacia afuera de la ventanilla.

—¡Hola! Tú eres Bram, ¿no? ¿El jugador de fútbol?

Bram luce sorprendido.

—Ah. Sí.

—E irás a Columbia.

Dios. Siempre hace lo mismo. Suelta esos fragmentos de información al azar, solo para demostrar que es una Madre

Involucrada. Es probable que mis amigos piensen que le tomo examen de ellos con fichas de estudio.

Es decir, le cuento todo a mi mamá, hasta tal punto que es casi patológico. La mantengo al tanto de todo el chismerío de Tumblr y le cuento acerca de casi todas las personas que me gustan. Y por supuesto que le conté que soy bisexual, aun cuando ninguno de mis amigos lo sabe. Se lo dije cuando tenía once, durante un corte comercial de *Celebrity Rehab*.

En fin, o Bram es un santo o está intentando a toda costa quedar bien con mamá. La llama «señora Keane», lo que es bastante sorprendente. Nadie nunca recuerda que mi mamá y yo tenemos apellidos diferentes.

Mi mamá ríe.

—Eres tan dulce. En serio, llámame Jessica. —Ya puedo predecir nuestra conversación de regreso a casa. *¡Ay, Dios, Lee! Es encantador. Simon debe estar como loco. Qué tesorito. Bla bla bla.*

Sé que tengo suerte. Siempre se escucha hablar de padres que no aprueban a los amigos de los hijos, y mi madre es exactamente lo opuesto. Adora a cada amigo que le he presentado. Incluso le pareció agradable Martin Addison las pocas veces que le habló. Y, por supuesto, mis amigos están completamente encantados con ella. Un ejemplo claro: cuando me abrocho el cinturón de seguridad, Bram ya invitó a mi mamá a la noche de estreno de la obra. Porque eso no es extraño para nada.

—Sigo pensando que deberías haberte presentado a las audiciones, Lee —dice mamá mientras se dirige hacia la carretera principal—. *Yosef* es lo más.

—No digas *lo más*.

—*Yosef* es lo máximo.

Ni siquiera me digno a responder.

—Esto vino para ti —anuncia mamá, y me entrega un sobre ni bien bajo a desayunar el jueves.

Es de la Universidad de Georgia, la dirección del remitente está impresa con su logo. No es un sobre grande como mi carpeta de admisión. Es solo un sobre cualquiera tamaño carta, el tamaño perfecto para una carta del decano retirando mi beca y revirtiendo mi admisión. *Le escribimos para notificarle que su admisión al Programa de Honor de la Universidad de Georgia fue, de hecho, un error administrativo. Nuestros registros indican que nuestro departamento tenía la intención de aceptar a alguna otra Leah Burke que no sea un completo desastre. Nos disculpamos por cualquier inconveniente que le hayamos podido ocasionar.*

—¿Lo abrirás? —pregunta mamá, y se inclina contra la encimera. Lleva los ojos maquillados, como a veces para el trabajo, y luce ofensivamente hermosa. Sus ojos son color verde eléctrico. Debería decir, para que quede claro, que tener una madre que es más sexy que ti es una mierda.

Respiro hondo y lo abro. Mamá me espía mientras leo.

—¿Todo bien?

—Sí, todo bien. —Siento que me relajo—. Es solo información acerca de tours y del día de los ingresantes.

—Deberíamos asistir, ¿no?

—No importa.

Es decir, no puede importar. Porque mi mamá no es como la mamá de Simon o la de Nick. No puede faltar al trabajo de forma inesperada para hacer una visita al campus. Ni siquiera puedo imaginarla en uno de esos tours. En realidad nunca fui a uno, pero Simon dice que consiste solo en un rebaño de chicos mortificados que se encogen de la vergüenza cuando sus padres hacen preguntas. Aparentemente, el papá de Simon le pidió al guía del tour en Duke que «por favor ahondara en la vida gay del campus».

«Quise morir», me dijo Simon.

Estoy segura de que si mi mamá asistiera a un tour, soltaría risitas desde el fondo y pondría los ojos en blanco ante todos los demás padres. También es probable que los tipos de las fraternidades quisieran invitarla a salir.

—En serio, está bien.

Sonríe.

—De verdad creo que deberías anotarte para algún tour. Déjame acomodar las cosas en el trabajo y podremos tomarnos un día entero. Y por cierto, Wells tiene familia en Atenas, así que…

Río con incredulidad.

—No haré mi visita universitaria con Wells.

Me da un golpecito en el brazo.

—Lo discutiremos más tarde. ¿Quieres un yogur?

—Sí. —Me peino el cabello hacia atrás—. En fin, veré cuándo quiere ir Morgan. Puedo fingir ser una Hirsch.

—Buena idea —dice mamá—. Y puedes llevar puesta una camiseta del Instituto de Tecnología para molestarlos.

—Totalmente, mamá. Seré muy popular en el campus.

Mi teléfono vibra con un mensaje de Simon.

Mi. Vida. Es. Una. Cagada. Leah. Ay, Dios.

—Bueno, será mejor que me vaya —dice mamá, apoyando mi yogur sobre la encimera—. Que te diviertas.

La saludo y vuelvo a mi teléfono.

No puedo pensar en tu vida ahora. Estoy muy ocupada cagando la mía.

Bueno, eso es gracioso, escribe Simon, pero en serio.

¿Qué pasó?

Tres puntos.

Y luego: ¡Mi voz no deja de quebrarse!

¿Qué?

Cuando canto.

Eso es muy tierno. 😍. Como un poco de yogur.

LEAH, NO ES TIERNO. YA CASI ES LA NOCHE DEL ESTRENO. LAS PRESENTACIONES DE LA ESCUELA ESTÁN POR COMENZAR.

Creo que estás nervioso.

SI TÚ SERÍAS CANTANTE, TAMBIÉN LO ESTARÍAS.

*Si tú fueras. Ay, mierda, no puedo creer que escribí eso. Y lo puse en mayúsculas, agh, no le digas a Bram AHHHHHHHHHH MIERDA, SOY UN DESASTRE

Simon. Estás bien.

Arrojo el envase de yogur a la basura y la cuchara en el fregadero. Ocho y quince. Hora de ir a la parada de autobús. A pesar de que hace un frío extremo. A pesar de que los dedos que utilizo para tipear me odiarán.

Además, él nunca me escuchó cantar y romperá conmigo.

Suelto una risita.

¿Bram romperá contigo cuando te escuche cantar?

Sí, escribe Simon.

Me lo imagino: caminando de un lado a otro detrás del escenario con la mitad del disfraz puesto. Las presentaciones de la escuela técnicamente son ensayos generales, pero todos faltan a clases para presenciarlos. Los de último año ni siquiera tienen que ir al primer período. Quiero llegar temprano para conseguir un asiento adelante, donde pueda molestar a Simon y Nick. Pero como era de esperar, mi autobús llega tarde. Sucede cada vez que hace frío afuera.

¿De verdad no te escuchó cantar?

NO CANTO. Y enseguida añade: Pero en serio, ¿¿y si se me quiebra la voz y todos me arrojan tomates y luego me hacen salir del escenario con uno de esos antiguos ganchos??

Si sucede eso, escribo, lo filmaré.

♫

Nora me está esperando cuando bajo del autobús.

—Gracias a Dios estás aquí. ¿Qué harás ahora mismo? —Se pasa una mano por el cabello ondulado. Honestamente, nunca la había visto tan desesperada. Y eso incluye la ocasión en la que el sofisticado Simon de once años moldeó brownies para que lucieran como mierda de verdad y luego los comió con orgullo enfrente de nosotros.

La miro.

—¿Qué sucede?

—Martin Addison tiene un resfriado —dice con lentitud, parpadeando como si no pudiera creerlo.

—Entendido. No me besaré con él.

Ni siquiera creo que me escuche.

—Así que se quedará en casa para descansar la voz para mañana, pero ahora no tenemos un Reuben y se supone que empezamos, bueno, ahora. Entonces me estaba preguntando si…

—No puedo hacer de Reuben.

—Claro. —Aprieta los labios.

—Soy la peor cantante, Nora. Lo sabes.

—Sí, lo sé. No te estoy… aghh. —Ríe con nerviosismo—. Cal tomará el lugar de Martin, de modo que ahora yo haré de Cal y necesito que tú hagas de mí.

—¿Que haga de ti?

—Asistente de dirección de escena.

—Ah. —Hago una pausa—. ¿Qué significa eso?

Comienza a caminar, de forma enérgica, lo que es atípico en ella. Tengo que dar saltitos para alcanzarla.

—Bueno, está bien, yo estaré con los auriculares dando el pie para la entrada de los actores —dice—. Así que necesito que tú controles a los actores, te asegures de que todos estén donde tienen que estar, ayudes a cambiar la escenografía y que, básicamente, apagues incendios. Puedes hacer eso, ¿verdad? Solo grítale a la gente. Te saldrá bien.

—¿Qué se supone que significa eso?

—Pero. —Se detiene en seco y me observa con detenimiento—. Mierda. ¿Tienes algo negro para ponerte? ¿O azul marino? Como un abrigo con capucha o algo así.

—Eh… no conmigo. —Miro hacia abajo, observo mi vestimenta. Un vestido verde menta, un cárdigan verde oscuro, mallas grises y mis borceguíes dorados. Es decir, ¿qué otra cosa llevaría en el día de San Patricio?

—Ok. —Nora se restriega la mejilla—. Bueno, encontraré algo. Solo dirígete hacia los bastidores por ahora, y alguien te preparará. Muchas gracias por acceder a hacer esto.

No estoy segura de haber accedido. Pero Nora sale disparada por el pasillo de nuevo, y de pronto estoy parada afuera de la puerta de los bastidores. Así que, asistente del director de escena. Supongo que esto está sucediendo.

Me meto en los bastidores y todo es un caos total. No lo sé, quizás Cal es un hijo de perra hiperestricto en secreto, porque al parecer las cosas se desmoronan cuando él no está a cargo. Hay estudiantes de primero luchando con cayados de la mesa de utilería, los cuales —no mentiré— lucen exactamente como esos ganchos antiguos de las pesadillas de Simon. Dos ismaelitas velludos están besándose detrás de los telones y Taylor está sentada en el suelo con los ojos cerrados. Creo que quizás esté meditando.

Espío entre los telones y veo un mar de estudiantes de primer y último año medio dormidos. De inmediato veo a mi grupo en la hilera del frente: Bram, Garrett, Morgan y Anna. Y un asiento libre en el medio, claramente el mío. Me siento extrañamente conmovida por eso.

—Ey. —Nora aparece junto a mí y me entrega un bollo de tela—. Es de Garrett, así que debería cubrir la mayor parte de tu vestido. Perdón si tiene olor.

Lo desdoblo con lentitud y lo extiendo a un brazo de distancia. Es una sudadera color azul marino que tiene una pequeña avispa amarilla bordada en el pecho. Una maldita sudadera del Instituto de Tecnología de Georgia. Pero Garrett es alto y corpulento, de modo que me queda bien, y Nora tiene razón… tiene olor. Pero no un olor malo. Solo huele a desodorante Old Spice, que es como huele Garrett. Y ahora me siento como una animadora de los años 50 que lleva puesta la chaqueta de fútbol de su novio. Como si hubiera sido reclamada.

Intento no pensar en ello. En cambio, serpenteo entre el caos de los bastidores detrás de Nora, quien de alguna forma se convierte en una fantástica Nora Despiadada justo delante de mis ojos. Esta chica es en general un dulce acaramelado, pero guau. Está lanzando miradas fulminantes y retando a los actores, y ahora la gente de verdad está comenzando a comportarse. Finalmente, Nora se acomoda en el escritorio de Cal en un lateral, se coloca los auriculares y pasa las hojas de su carpeta. La observo durante un instante, y luego camino hacia la mesa de utilería, donde todo está literalmente fuera de lugar. Hay gafas de sol y esposas y toda clase de cosas en el suelo, de modo que las levanto y las apoyo sobre la mesa.

—Cinco minutos, chicos —anuncia la señorita Albright, asomando la cabeza entre los telones.

Simon aparece junto a mí en un lateral.

—Leah, ¿por qué llevas puesta una sudadera del Instituto de Tecnología?

—Es de Garrett. —Sus ojos se vuelven enormes—. Sí. Guau. No es lo que estás pensando. Tu hermana me está obligando a llevarla puesta.

—Estoy tan confundido.

—No importa. —Le sonrío—. ¿Te sientes mejor?

Sacude la cabeza.

—No.

—Ey.

Levanta la mirada.

—Todo te saldrá genial, ¿sí?

Durante un minuto, solo se queda mirándome, como si no creyera lo que acabo de decir. Dios, ¿tan imbécil soy? Él tiene que saber que lo adoro, ¿verdad? Pero quizás no lo expreso demasiado. No voy por la vida dando discursos sinceros acerca de cuán profundo y honesto es mi amor por mis amigos. No soy Abby. Pero siempre supuse que Simon sabría que pienso que él es increíble. ¿Cómo podría no saberlo? Digo, estuve medio enamorada de Simon durante gran parte de la escuela. Es real. ¿Esas camisetas de lobo? Son extrañamente sexis.

Parpadea y se acomoda las gafas, y luego suelta una de esas risas características que le iluminan el rostro.

—Te quiero, Leah.

—Sí, sí.

—Yo también te quiero, Simon —añade con voz aguda.

—Yo también te quiero, Simon —repito con los ojos en blanco.

—*Simeon*—corrige. Y la obertura comienza a escucharse.

Cal Price de verdad no puede actuar.

Afortunadamente, tiene toda la obra memorizada, pero actúa la parte de Reuben como si fuera un contador anciano de voz suave. Y es un cantante terrible, malo de forma cómica y humillante. Pero es tan adorable y tímido allí afuera que solo quieres pellizcarle el rostro. Es la personificación de un acto de preescolar. Un cero por talento, pero un diez por ternura.

De cualquier manera, no es la mejor actuación del elenco pero tampoco es un completo desastre. Taylor suena alucinante, la voz de Simon no se quiebra, y no mentiré: Nick se ve demasiado sexy con ese manto.

Cuando termina, sujeto a Simon por el borde de su bata y lo sorprendo con un abrazo.

—Estuviste perfecto —digo, y él se ruboriza. Luego toma mis manos y las junta. Durante un minuto, solo me mira sonriendo.

—De verdad eres una amiga increíble —dice al final.

Es tan suave y sincero que me sorprende con la guardia baja.

Los actores se dirigen hacia los camerinos para cambiarse ya que no tienen permitido almorzar con los disfraces puestos. Pero Cal camina directo hacia Nora, y ella se quita los auriculares para abrazarlo. Y es un abrazo con todas las letras: con el cuerpo entero, sin espacio entre ellos, y Cal que le susurra algo al oído todo el tiempo. No creo que me vean observándolos. Pero cuando él finalmente se dirige hacia los camerinos, apoyo los codos en el escritorio de Nora.

—Así que. —Sonrío—. Tú y Cal.

—Cállate.

—Eso es encantador.

—No hay *eso*. No sucede nada.

—Está bien, pero acabo de tener una erección con solo mirarlos, así que.

—¡Leah!

—Solo digo.

Suelta un quejido y entierra el rostro en sus brazos, pero está sonriendo.

—Ey. —Siento una patadita suave en el talón de mi zapato. Echo un vistazo detrás de mí y encuentro a Bram—. Iremos a almorzar fuera del campus. ¿Quieren venir?

Nora sacude la cabeza.

—Se supone que no me puedo ir. Tenemos otra función en cuarenta y cinco minutos.

—Ah, está bien.

—¿Quiénes irán?

—Solo Garrett, Morgan, Anna y yo.

—Leah, deberías ir —propone Nora.

—No quiero abandonarlos.

Sonríe.

—Ya puedes abandonarnos. Cal ha sido rebajado a director de escena.

—Ay, Dios. ¿Quién hará de Reuben?

—La señorita Albright.

—Apuesto a que luce genial con barba.

Bram solo nos observa, sonriendo débilmente.

—Entonces, ¿vendrás?

—Supongo. —Me encojo de hombros y entrelazo las manos, sintiéndome pequeña, de pronto, en la sudadera de Garrett. Es esa sensación de *novia* de nuevo, aunque nunca fui la novia de nadie. Pero imagino que debe sentirse así. Como una diminuta cosa deseada. No puedo decidir si me siento asqueada por ello, o si solo *pienso* que debería sentirme de esa forma.

Para este entonces, Simon y el resto del elenco están escondidos en los camerinos, así que saludo a Nora y sigo a Bram por el vestíbulo. Anna está sentada en una pared baja junto al grupo de autos y Garrett está gesticulando enfáticamente hacia Morgan. Pero encuentra mi mirada y sonríe, y cuando Bram y yo nos acercamos, me sujeta de la manga de mi sudadera.

—Veo que eres fanática del Instituto de Tecnología.

—Vete a la mierda. —Le devuelvo la sonrisa. Y luego pienso que no hay razón en absoluto para que siga llevando puesta la sudadera de Garrett Laughlin—. Supongo que la quieres de regreso.

—Pero te ves cómoda con ella —dice.

—Eh.

Sus mejillas se ruborizan un poco.

—No cómoda. —Traga saliva—. Luce bien en ti.

Entrecierro los ojos.

—¿Luce bien en mí?

—Sí.

Me quito la sudadera por la cabeza, la hago un bollo en mis brazos y se la entrego.

—Eres un mentiroso de mierda, Garrett.

La toma y me sonríe, arrugando la nariz. Y tengo que admitirlo, no tiene un aspecto tan terrible. Tiene el cabello rubio, unos ojos azules brillantes y una pizca de pecas en la nariz. Solo algunas, no como yo. Yo tengo pecas cubriéndome los pómulos. Pero me parecen adorables y encantadoras de manera extraña y sorprendente, y ahora estoy pensando en que Garrett toca el piano. Es raro, sus dedos no parecen dedos de pianista. Son largos, pero un tanto regordetes, y ahora están envueltos alrededor de su sudadera como si estuviera intentando ahorcarla.

—¿Qué estás mirando? —pregunta con nerviosismo.

Levanto la mirada.

—Nada. No miro nada.

Bram se aclara la garganta.

—Bueno, ¿les parece ir a Rio Bravo?

—Por Dios, sí —dice Garrett. Pero luego hace una pausa y me mira—. ¿Quieres ir allí?

—Claro.

—Vayamos entonces. Vamos. Yo conduciré. —Morgan entrelaza el brazo con el mío y yo entrelazo el mío con el de Anna, y tengo que admitirlo, me siento bastante afortunada. Quiero mucho a Simon, a Nick y a los demás chicos, pero hay algo especial en Morgan y Anna. Simplemente nos entendemos. No digo que estemos de acuerdo en todo. A Morgan le gusta el animé doblado, lo que es prácticamente una blasfemia, y Anna una vez describió a Darien Chiba como «apenas atractivo». Pero otras veces es como si nos leyéramos la mente. Por ejemplo, si Taylor está actuando como diva en un ensayo, ni siquiera tenemos que mirarnos. Es como si un revoleo de ojos secreto y gigantesco atravesara los cerebros de las tres. Una semana en séptimo curso intentamos convencer a la gente de que éramos hermanas, aunque Anna es mitad china y Morgan es judía, y yo básicamente soy del tamaño de ellas dos juntas.

Pero lo que realmente sucede es que siempre me apoyan. Y viceversa. Por ejemplo, cuando Anna contrajo el norovirus el año pasado, Morgan y yo recreamos la pelea que se perdió en el comedor. En séptimo curso, dibujé cincuenta y seis pósteres para ayudar a Morgan a protestar en contra de la obra racista de Acción de Gracias. Y cuando Simon y Nick desaparecen en la tierra de novio-novia, Morgan y Anna están allí para ser unas cínicas imbéciles conmigo. Ni siquiera me importa que les guste Journey. Son el mejor grupo del mundo.

—Leah, ¿dónde está tu mochila? —pregunta de pronto Morgan.

—¿En mi casillero?

—¿Necesitas ir a buscarla?

La miro.

—¿No… no volveremos?

Aquí debo confesar algo: en realidad, nunca me salteé la escuela. Quiero decir, hubo una semana el año pasado en la que estuve enfadada con Simon y Nick, y quizás haya pasado algunas clases en el depósito de instrumentos de la sala de música. Pero nunca salí del campus. No me malinterpreten, la gente lo hace todo el tiempo. Pero no me agrada mucho la idea de meterme en problemas. En parte, porque no quiero poner en riesgo mi beca, pero también porque… no lo sé. Quizás solo sea una gran nerd.

—Leah, está bien, ¿sí? —dice Morgan—. Lo he hecho antes. Incluso Bram lo ha hecho.

Le echo un vistazo a Bram, que me sonríe de forma avergonzada.

Bueno, si me saltearé la escuela, hoy es el día. Mis profesores asumirán que faltaré al tercer y cuarto período por la obra. Pensándolo mejor, me *perdería* las clases por la obra si Nora todavía me necesitara, si Cal no hubiera sido un desastre encantador en el escenario.

—¿Estás bien? —pregunta Morgan.

Asiento.

—Bien. Vamos.

Morgan conduce un lujoso y reluciente Jetta que tiene asientos con olor a nuevo. Sus padres se lo compraron para su cumpleaños número dieciocho y lo equiparon con GPS, radio satelital y una pantallita que muestra cuando estás a punto de chocar contra algo en reversa. Ya tiene una pegatina de la UGA en el parabrisas trasero.

Me apresuro a sentarme en el asiento del acompañante a pesar de que Garrett mide un metro noventa, y estoy segura de que eso me convierte en una imbécil. Pero él se muestra imperturbable. Se sienta en el medio del asiento trasero, inclinado hacia adelante y apoya las manos sobre los dos apoyacabezas. Mi cabello básicamente cubre todo su brazo. A veces creo que en todo momento Garrett calcula con exactitud la posición más incómoda para acomodar su cuerpo, y luego decide adoptarla.

—Ok, solo tienen que sonreír y saludar al guardia de seguridad —dice—. Actúen como si tuvieran permitida la salida.

—Garrett, los de último año tienen *permitido* salir.

—Espera, ¿en serio? —Se muestra sorprendido.

Morgan se mueve con lentitud hacia la salida. Siempre conduce como un extraterrestre asustado que acaba de llegar a un planeta nuevo. Se mueve tan despacio que prácticamente avanza a paso de hombre, y cada semáforo y cartel de detención parece sorprenderla. Subo el volumen de la música, una canción folk deprimente que no conozco. Creo que me gusta. Creo que me gusta mucho. De alguna manera es dulce y desgarradora, y la vocalista la canta como si de verdad *sintiera* la letra.

—¿Quién canta? —pregunto luego de un minuto.

Al frente, el semáforo se pone en rojo y Morgan avanza muy lento hasta detenerse.

—Rebecca Loebe. Mi nueva cantante favorita. —Considerando que la favorita de ayer era *Don't Stop Believin'*, creo que este es un gran paso adelante en la historia de la música.

—Morgan, oficialmente te has redimido.

Nos detenemos en Rio Bravo, salimos a los trompicones del auto, y me paro un poco más derecha cuando entramos al restaurante. No es que a alguien le importe, pero no quiero verme como una chica de la preparatoria que acaba de saltearse el tercer período, aunque eso sea ciento por ciento lo que estoy haciendo. La recepcionista nos conduce a un gran reservado al fondo y un camarero aparece de inmediato a dejarnos nachos y a tomar nuestros pedidos de bebidas. Garrett se inclina hacia mí.

—Déjame adivinar. Coca.

—Quizás. —Sonrío. Bram y Anna intercambian miradas.

—Una Coca para ella —dice Garrett.

—Disculpa, pero puedo pedir por mí misma. —Sonrío de forma radiante hacia el camarero—. Una Coca, por favor. —No lo digo a modo de broma, en absoluto, pero todos ríen, incluso Garrett.

—Eres graciosa, Burke —dice.

Me ruborizo y giro hacia Morgan.

—Ey, me estaba preguntando, ¿asistirás al tour del campus y a la reunión informativa?

Morgan sonríe.

—Justo te estaba por preguntar eso. Abby y yo lo estábamos planeando, y pensamos que quizás las tres podríamos ir juntas durante el receso de primavera. ¿Ha hablado contigo?

Ah. Así que de eso quería hablar Abby. Lo que parecía querer preguntarme. Trago saliva.

—Estoy segura de que tus padres querrán ir al tour, Morgan.

—Lo sé. Pero iré dos veces. No me importa.

—¿Ustedes y Abby? —pregunta Anna—. ¿Desde cuándo son amigas de Abby?

Morgan se muestra confundida.

—Siempre hemos sido amigas de Abby.

—Sí, pero no de esa forma. No como mejores amigas que viajan juntas en el receso de primavera —dice Anna, apretando los labios. Cambio apenas de posición en mi asiento. Anna se comporta un tanto extraña cuando hablamos de la universidad, y yo nunca sé qué decir. Por un lado la entiendo. Es la que quedó excluida. Pero por otro, ni siquiera pienso que haya solicitado ingresar a Georgia. Ha estado obsesionada con Duke desde segundo año.

—Anna Banana, no te estamos reemplazando —digo.

Arruga la nariz.

—Solo tuvieron que elegir a la otra chica que tiene un nombre de cuatro letras que empieza con *A*.

—Sí, pero ella no es tú. —Morgan la abraza por los hombros.

Y es verdad. Abby nunca podría estar en el círculo interno. Quizás una vez pensé que podría estarlo. Esto fue lo que sucedió: luego de que Abby se mudara aquí, ella y yo comenzamos a vernos muy seguido. *Muy*, muy seguido. A tal punto que mi mamá empezó a mirarnos con los ojos chispeantes y a hacer muchas preguntas. Y obviamente, no pasaba nada. En primer lugar, Abby es vergonzosamente heterosexual. Es la clase de chica que mira todo *Sailor Moon* y piensa que Haruka y Michiru son solo buenas amigas. Es probable que piense que las canciones de Troye Sivan tratan de chicas.

No es que necesite pensar en Abby ahora mismo. Observo el tazón de nachos.

—¿Qué haremos después de esto?

—Bueno, tengo un proyecto —dice Bram.

—¿Qué clase de proyecto?

Bram se sonroja, y mueve la boca hacia arriba.

—Estoy planeando una *promposal*.

Noventa minutos más tarde, Morgan, Anna y Garrett están mirando anime en la sala de estar de Morgan, y yo estoy con Bram comiendo s'mores hechos en el microondas en la mesa de la cocina.

—Tú me inspiraste —dice.

—¿Yo?

Señala mi celular.

—Con la foto que me mostraste.

—¿Harás una *promposal* con una temática de bat mitzvá como Morgan? Porque eso sería épico.

—Buen intento. —Sonríe—. Pero no. Digo, no lo sé. Creo que necesito pedirte algo.

—¿Qué cosa?

—Necesito todas tus anécdotas vergonzosas de Simon. —Muerde un s'more y sonríe. Hay un trocito de malvavisco pegado a su labio.

—Te das cuenta de que podría tomar todo el día, ¿no? —digo.

Ríe.

—Para eso estoy aquí.

—Ah, algo que no tiene nada que ver con esto, pero que tengo que saber. El bebé Abraham llamaba a las galletas graham…

—¿Galletas Abraham? —Sonríe—. Tal vez. Definitivamente.

—Eso es genial.

—Estoy haciendo otro s'more. ¿Quieres uno? —Se pone de pie.

—Claro que sí. —Apoyo el mentón en la mano—. Bueno, Simon.

—Simon.

Siento esta presión en el pecho. Porque cuando Bram dice el nombre de Simon, pronuncia cada parte de él. Como si fuera necesario ser cuidadoso. Es muy dulce y todo, pero guau. A veces

46

me pongo muy celosa. Por supuesto que no se trata solo de Simon y Bram, sino de las parejas en general. Y no se trata del tema de los besos. Es solo que… imagínense ser Simon. Imagínense pasar su día sabiendo que alguien los lleva en la mente. Esa tiene que ser la mejor parte de estar enamorado, el sentimiento de tener un hogar en el cerebro de alguien.

Hago a un lado el pensamiento.

—Está bien. Asumo que has visto la fotografía de los pantalones cortos de jean.

—¿La que tienen sobre la repisa de la chimenea? —Me sonríe desde el otro extremo de la cocina.

—Sí. Bueno, ¿y cuando vomitó en la mano de cera?

—Eso me lo contó él mismo.

—Sí, es probable que esté orgulloso de eso. —Me muerdo el labio—. Ah. No debería ser tan difícil pensar en anécdotas vergonzosas de Simon.

—Coincido —dice Bram. El microondas suelta un pitido, y observo durante un minuto cómo Bram aprieta con cuidado los s'mores. Solo él podría manipular un gigantesco malvavisco inflado con tanta cautela. Lleva los s'mores de regreso a la mesa y desliza un plato frente a mí. Y estoy a punto de tomar uno cuando de pronto se me ocurre algo.

—Espera, ¿sabes lo de *Love Actually*?

—Sé que sus padres se la hacen mirar cada Navidad, y que él la odia.

—Sí. Pero no la odia. —Doy un mordisco enorme a un s'more y lo miro con mis ojos más grandes e inocentes.

Bram sonríe.

—Parece que tenemos una historia aquí.

—Ah, hay una historia. Simon la escribió.

Bram abre la boca para responder, pero luego Garrett eleva la cabeza por sobre el respaldo del sillón.

—Ey, Burke. Pregunta. Estoy intentando arreglar el plan para mañana.

—¿Para mañana?

—La obra —añade Morgan desde el sillón.

—Sí, ya sé.

—¿Vendrás? —pregunta Garrett.

—Tenía pensado hacerlo.

Bram y Garrett intercambian una mirada rápida, lo que sea que eso signifique.

—¿Quieres venir con nosotros? —pregunta Bram—. Queremos llegar temprano y conseguir buenos asientos.

—En otras palabras, Greenfeld quiere una vista libre del culo de su novio.

Bram sacude la cabeza, sonriendo.

—Quizás podríamos ir a cenar antes —propone Garrett.

—Supongo.

—¿Supongo? Leah. *Leah.* —Garrett sacude la cabeza.

Fuerzo una sonrisa enorme y cursi.

—Ay, Dios. ¡No puedo esperar!

—Así está mejor —dice, y se deja caer de nuevo en el sillón.

♫

Pero durante toda la noche, en casa, no pienso en la obra. Me desplomo en el sillón con una Coca, sintiéndome nerviosa e inquieta. Mi mente sigue viajando a lo que Morgan dijo en Rio Bravo. Abby quiere hacer el tour a la UGA con nosotras. No es algo que me resulte del todo inesperado. Técnicamente, somos amigas. Pero es probable que cien personas de nuestro año se hayan inscripto en Georgia, incluidos los amigos de Abby. Ella es amiga de todos. Así que es un poco sorprendente que quiera ir con nosotras.

Mi teléfono vibra sobre la mesa, y mi corazón da un vuelco. Pero es Garrett.

Ey, me alegra que vengas a la obra mañana, será muy divertido.

Me acurruco de nuevo en el sillón, mirando el mensaje. Garrett hace eso a veces. Me envía mensajes de texto de la nada sin una verdadera introducción para una conversación. Solo un comentario. Y nunca sé qué responder. Para ser sincera, tengo la sensación de que le gusto a Garrett. Digo, probablemente lo esté imaginando, y probablemente Garrett solo sea muy raro. Pero a veces me lo pregunto.

¡A mí también me alegra!, comienzo a tipear. Pero se lee como si dijera AY GARRETT TE AMO POR FAVOR BÉSAME. De modo que lo borro y miro mi teléfono, y luego lo vuelvo a tipear sin los signos de exclamación, y luego lo borro una vez más, hasta que al final me rindo y me pongo a leer *Fruits Basket*. Así de desastrosa soy. No puedo escribir un mensaje de cinco palabras sin perder el control. Y ni siquiera estoy particularmente atraída por este chico. Si lo estuviera, estaría muerta. *RIP Leah Burke. Murió de incomoditis aguda.*

Necesito una distracción. Dios sabe que la televisión no es suficiente. Abro un fanfic al azar en mi teléfono y me dirijo al pasillo. No puedo leer Drarry en la sala de estar, aun cuando mi mamá no está en casa. Drarry pertenece a mi habitación. No me importa si eso suena mal.

Pero no puedo concentrarme. No es culpa del fanfic. Está bien escrito, y Draco es repelente, algo innovador. Odio cuando los escritores hacen que Draco sea dulce. Perdón, pero Draco es un hijo de perra. Háganse cargo. Es decir, sí, es blando por dentro, pero tienes que *ganártelo* para ver ese costado.

Supongo que eso significa algo para mí, de alguna forma.

Pero la distracción no está funcionando, así que lo cierro. Conecto el celular al cargador y muevo el cable durante un minuto para que empiece a cargar de verdad. Mi teléfono es una mierda. Enciendo Spotify, inicio sesión en mi Tumblr de arte y reviso mi archivo. Debería subir algo nuevo. O alguna de mis obras viejas más decentes. Tengo un conjunto entero de dibujos que fotografié y guardé en mi teléfono. Todas mis parejas preferidas, directamente besándose: Inej y Nina, Percabeth, algunos personajes originales. Además de algunos retratos al azar de mis amigos, pero no planeo mostrarle esos a nadie. Ya lo hice una vez. Un gran y estúpido error.

Los dejo atrás con rapidez y llego a un boceto hecho en lápiz de Bellatrix Lestrange. No es lo más pulido que haya dibujado, pero me encanta su expresión facial. Y no me interesa que sea un tanto imperfecta porque mi Tumblr es anónimo. Si la gente piensa que soy una artista horrible, que así sea. Por lo menos no me conocen.

Morgan no está en la escuela el viernes y no me responde los mensajes.

—Es extraño, ¿no? —le digo a Anna en el almuerzo. Somos las primeras dos en llegar a la mesa—. ¿Le sucede algo?

—¿A Morgan? —Se muerde el labio. Tengo la clara sensación de que está evitando mi mirada.

—¿Qué, está enfadada conmigo o algo así?

—No, no es eso. —Anna hace una pausa—. Creo que está procesando las cosas.

—¿De qué estás hablando?

Me mira, al fin.

—¿No te contó?

—Eh, no me respondió los mensajes, así que…

—Sí. —Anna se recuesta en la silla—. Bueno. Recibió noticias de Georgia ayer a la noche.

—¿La universidad?

Anna asiente, y algo en su expresión hace que mi corazón de un vuelco.

—No entró —digo en voz baja.

—No.

—¿Entró en la lista de espera?

—No.

—¿Estás de broma?

Anna sacude la cabeza.

—Pero ella viene de una familia con tradición académica.

—Lo sé.

—Debe estar devastada. —Parpadeo atónita—. ¿Cómo que no entró?

—No lo sé. Es horrible. —Anna suspira y juguetea con las puntas de su cabello—. ¿Quizás sus puntajes del SAT? Sé que lo repitió algunas veces. Me siento terrible. Creo que está conmocionada. Y sus padres simplemente se volvieron locos. No dejan de llamar a la universidad, retiraron las donaciones. No sé qué pasó.

—Dios.

—Iré a su casa luego de la escuela —dice Anna.

Asiento.

—Iré contigo.

—Sí. —Hace una pausa—. No sé si eso…

—¿No me quiere ver?

Anna no responde.

Me sonrojo.

—¿Dijo eso?

Se encoge de hombros.

—No lo sé. Lo siento, Leah. Uf. Esto es tan incómodo.

—Como sea. Está bien. —Me pongo de pie de forma abrupta—. Iré a comer al patio.

—Simplemente está triste ahora mismo. No te lo tomes de forma personal.

Ok, odio cuando la gente dice eso. «No te lo tomes de forma personal». «No es personal, Leah». Morgan está faltando a la escuela para evitarme, pero no es personal *en absoluto*. Dios. Sé que debería tener un poco de compasión y sé que soy una imbécil, pero eso duele.

—Leah, no se trata de ti. Solo está decepcionada —explica Anna—. Y es probable que también avergonzada.

—Ya sé. —Suena más alto de lo que esperaba, y un par de estudiantes de primero giran para mirarnos. Bajo la voz—. Sé que no tiene que ver conmigo.

—Bueno, bien. Porque es así.

—Solo quiero estar allí para ella, ¿sabes? Quiero mejorar las cosas.

Anna se inclina hacia adelante.

—Sí, solo que no creo que tú puedas mejorarlas. ¿Entiendes? Obviamente no es tu culpa que tú hayas entrado y ella no, y ella lo sabe, pero aun así parecerá que se lo estás restregando en la cara.

—No se lo restregaré en la cara.

—Sé que no lo harás —dice Anna lentamente—. No de forma intencional, pero ¿no te parece que se verá así?

Me arden las mejillas.

—Está bien. Le daré espacio.

Anna me toca el pie con la punta de su zapato.

—Sé que estás preocupada por ella. Me aseguraré de que esté bien.

Me encojo de hombros.

—Haz lo que quieras.

♫

Ahora todo está desequilibrado. Me siento insensible al no enviarle mensajes a Morgan, a pesar de que Anna dejó bien claro que no debería hacerlo. Pero durante las clases no dejo de imaginarme a Morgan escondida en su casa, rodeada de imágenes de bulldogs. Rojo y negro por todos lados. Debe estar perdiendo la cordura. Creo que sé cómo se está sintiendo. Es decir, a mí nunca me rechazaron de una universidad. Pero sé, de forma profunda y esencial, lo que se siente no ser lo suficientemente buena.

No es que esté haciendo que esto trate sobre mí. Por ejemplo, no le he prestado la más mínima atención al inminente tour del campus ni a la pregunta de si Abby todavía quiere ir conmigo.

—Leah —dice entre dientes Simon, y me da un golpecito con el dedo.

Vuelvo a tierra de un sacudón. La señorita Livingstone me está lanzando una Mirada.

—Asumo que estaba ensimismada en la Revolución francesa, señorita Burke. ¿Le importaría compartir sus pensamientos?

Se me incendian las mejillas.

—Sí. Eh. Yo...

Ay, Dios. La señorita Livingstone puede oler la farsa. *Porque sí, me gustaría compartir lo que pienso. Acerca de la Revolución francesa. No acerca de viajes a Atenas con Abby Suso. No es que esté considerando viajar a Atenas con Abby Suso.*

—Thomas Jefferson ayudó al Marqués de Lafayette a redactar la declaración —suelta Simon.

—Señor Spier, memorizar las canciones de *Hamilton* no lo salvará en el examen de Historia.

Un grupo de personas deja escapar unas risitas. La señorita Livingstone sacude la cabeza y llama a alguien más. Pateo el pie de Simon y cuando levanta la mirada, sonrío.

—Gracias.

—No hay problema. —Me devuelve la sonrisa.

—Bueno, hablemos de *Love Actually* —dice Bram, inclinándose hacia mí. Garrett por fin se alejó de nosotros y está investigando el mostrador de los postres. Que en realidad es el único mostrador, porque estamos en Henri's, y Henri's es una pastelería. Lo lamento, pero los cupcakes se pueden comer como cena; que alguien se atreva a contradecirme.

Echo un vistazo hacia atrás para asegurarme de que Garrett esté absorto por completo en los pasteles y donas glaseadas antes de girar hacia Bram.

—Está bien, bueno, Simon quizás me mate por contarte esto.

—Por supuesto. Es muy reservado —dice Bram, y ambos sonreímos. Simon Spier quizás sea la persona menos reservada del planeta.

—Bueno, yo no supe de esto hasta el año pasado, pero *al parecer...* —Hago una pausa para darle un mordisco a mi cupcake—. Al parecer, nuestro Simon Spier ha escrito una pieza única de fanfiction de *Love Actually*.

Los ojos de Bram se iluminan.

—Muy bien.

—Y tengo razones para creer que está en fanfiction.net.

—¿Hablas en serio? —Presiona el puño contra la boca.

—Pero nunca me dijo su pseudónimo.

—Apuesto a que podemos descubrirlo. —Bram ya está tomando su teléfono—. ¿Fanfiction punto org?

—Punto net.

—Perfecto. —Se queda quieto durante un instante, deslizando la pantalla.

—Creo que hay como cien historias en todo el fandom. Abby y yo pudimos restringir la búsqueda a quince posibilidades.

—Ah, ya has estado trabajando en esto.

—Intenté durante semanas, Bram. *Semanas.*

♪♩

Penúltimo año, justo después de que Abby se mudara aquí.

Estábamos todos pasando la noche en lo de Morgan, y su mamá había exiliado a los chicos a la habitación de huéspedes luego de un revelador juego de Verdad-Consecuencia. Morgan y Anna se quedaron dormidas con bastante rapidez, pero Abby corrió todas sus mantas junto a mí en el suelo y nos acostamos sobre nuestros estómagos, lado a lado.

—Leah, tenemos que encontrarlo —susurró.

Todavía estaba un tanto acelerada por el Verdad-Consecuencia, y yo también lo estaba por asociación. Tenía la lista completa de historias de *Love Actually* abierta en mi teléfono.

—¿Empezamos por el principio?

—O podríamos empezar con los *self-insert* de erotismo sexual de Keira Knightley.

Solté una risita.

—¿Erotismo sexual?

—Sí.

—¿En lugar de erotismo sin sexo?

—Bueno, también leería eso —dijo—. Muy bien, este.

Y así empezamos. De inmediato, pudimos eliminar algunas porquerías repletas de errores gramaticales, junto con cualquier cosa que tuviera conocimientos demasiado técnicos acerca del sexo.

—No es posible —protesté—. Te aseguro, podría apostar un millón de dólares a que Simon Spier nunca ha escuchado hablar del perineo.

—Estoy de acuerdo —dijo Abby, y tocó la flechita de retorno. Siempre lo pensé como algo muy íntimo: tocar la pantalla del teléfono de otra persona. Abrió la historia siguiente. Fue extraño. Una vez que supimos que Simon había escrito una de ellas, nos pareció que podría haber escrito *cualquiera*. O todas. Bajo noventa pseudónimos distintos. Quizás todas esas veces que dijo haber estado revisando su e-mail, en realidad estaba escribiendo sexo erótico.

Luego Abby se reacomodó un poquito debajo de las mantas, y su cuerpo entero quedó presionado contra el mío. Mi costado derecho contra su costado izquierdo. Y me olvidé de cómo hablar.

♪♩

—Lo encontré —dice Bram, haciéndome regresar al presente de un sacudón. Desliza su teléfono hacia mí por la mesa.

—No, no acabas de encontrar el fanfiction secreto de Simon Spier en cinco minutos.

—Lo hice. —Sonríe—. Estoy ciento por ciento seguro.

Leo en voz alta.

—*All I Want for Christmas Is You*, de youwontbutyoumight. ¿Cómo sabes que es él?

—Bueno, antes que nada, el pseudónimo.

—No entiendo.

Bram se apoya sobre los codos.

—*You won't, but you might.* Es una letra de Elliott Smith. Esa es la primera pista.

Inclino el teléfono de Bram hacia mi lado y leo el resumen.

—Sam/Joaquín (personaje semioriginal). Bueno...

—Lee el resto del resumen.

—Personaje masculino original estrechamente basado en Joanna. Tan solo una adaptación romántica entre dos hombres de la escena del musical escolar. Carita sonriente. —Miro a Bram sonriendo—. Ay, Dios. Simon era un dulce bebé gay que escribía las historias más gays del mundo. Me encanta.

Bram sonríe.

—Es perfecto.

—¿Cómo puede ser que Abby y yo no lo hayamos descubierto?

—¿Sabían que era gay en ese momento?

—No. Bueno, guau. Eso fue incluso antes de lo que sucedió con Martin. Supongo que no estábamos buscando el fanfic más gay de todos.

—Este ni siquiera es el más gay —dice Bram.

—Damas y caballeros, he regresado —anuncia Garrett, y ambos levantamos la mirada de forma repentina. Garrett se desliza en su asiento y apoya sobre la mesa un pastel en una caja de cartón frente a nosotros.

—Mírenlo.

Bram abre la caja y deja al descubierto un pastel de crema de mantequilla decorado de forma extravagante con lunares y flores. Y un mensaje, cuidadosamente escrito en el centro:

—¿Les compraste un pastel a Simon y Nick? —pregunta Bram lentamente.

—Seh. Amo a esos chicos.

—Bien hecho, Garrett —digo.

—Gracias, Burke. Lo aprecio.

—Así que, nada de *felicitaciones* o algo así. Solo, bueno… sus nombres.

—Sí, pero miren la R —dice Garrett, y mira de Bram hacia mí—. Eso es espectacular, ¿verdad? Fue mi idea.

—Es muy espectacular —aseguro.

Bram simplemente enarca las cejas y sonríe.

Tengo que añadir esto a la lista de cosas que nunca volveré a hacer: sentarme en la primera fila de una obra de teatro.

Contacto visual. Mucho contacto visual.

Simon una vez dijo que cuando las luces del escenario se encienden, la audiencia luce como una gigantesca y oscura masa amorfa. Pero quizás la primera fila es la excepción, porque juro que Taylor acaba de pasar cuarenta y cinco minutos mirando de forma directa hacia mi rostro.

Pero la obra fue increíble, incluso con Martin Addison de regreso al trabajo. O, quizás, debido a que Martin está de regreso, por más que me cueste admitirlo. Odio cuando los imbéciles tienen talento. Quiero vivir en un mundo en el que la gente buena sea la mejor en todo, mientras que la gente de mierda sea la peor. En resumen: quiero que la voz de Martin Addison se quiebre como un terremoto.

Después del aplauso final, nos quedamos en el vestíbulo esperando a que los actores salgan a saludar. Garrett aparece junto a mí, sosteniendo la caja con el pastel, su cabello rubio sobresaliéndole por debajo de la gorra de béisbol.

—Así que, Eisner realmente puede cantar, ¿eh?

Me siento cohibida de forma extraña.

—Sí.

Hay hordas de padres aquí afuera con flores para los actores. Diviso a la familia de Simon cerca de la exposición de la obra, con el doble de ramos.

—¿Está Alice aquí? —le pregunto a Bram.

Asiente.

—Es su receso de primavera.

Alice Spier es exactamente quien quiero ser cuando esté en la universidad. Es la adorable perfección nerd: inteligente sin ningún esfuerzo, gafas hípster y tolerancia cero frente a las tonterías de Simon y Nora. *Quizás* me haya gustado un poco en sexto año, hasta que me enamoré por completo de su estúpido y encantador hermano menor.

—Así que, Burke —Garrett me propina un empujoncito—. Supongo que necesitas a alguien que te lleve a casa.

—Ah. Supongo que sí.

—Genial. —Asiente—. Entonces, yo te llevo.

De pronto me siento incómoda, me pesa el cuerpo y se me traba la lengua.

—Gracias —logro decir. Ayer fue la sudadera de Garrett. Hoy me llevará a casa. Es como si el universo estuviera intentando hacer que sea mi novio, lo cual es un espanto. Aun cuando una partecita extraña de mí se pregunta cómo sería besarlo. Es probable que no sea horrible. Técnicamente, es lindo. Tiene ojos muy azules. Y todos piensan que los atletas son sexis. ¿Garrett es sexy?

Podría serlo.

Aunque la idea de la belleza objetiva me fastidia un poco. La idea de que cierta disposición de rasgos faciales sea automáticamente superior. Es como si alguien se despertara un día con

60

una erección por gente de ojos grandes, labios suaves, cuerpo delgado y pómulos marcados, y todos simplemente decidiéramos estar de acuerdo con eso.

Las puertas del fondo del vestíbulo se abren, y el elenco y equipo técnico comienzan a aparecer. Pero Garrett apoya la mano sobre mi brazo.

—Bueno, ¿qué obtiene un estudiante promedio de la Universidad de Georgia en el SAT? —pregunta Garrett.

—No lo sé.

—Un babeo intenso.

—Ja ja.

Me propina un golpecito en el brazo.

—Estás sonriendo.

Resoplo y desvío la mirada, y mis ojos viajan hacia los Spier. Los padres de Nick también están allí, la mamá de Abby está charlando con ellos mientras su papá y su hermano revisan sus teléfonos. Y a pesar de que nunca conocí al papá de Abby, no me quedan dudas: es la versión hombre de mediana edad de Abby, pestañas y todo. Lo que es superdesconcertante. Giro con rapidez y mis ojos aterrizan en mamá.

Mamá, *mi* mamá, vestida con la ropa del trabajo y luciendo un tanto fuera de lugar. No tenía idea de que vendría. Supongo que ingresó por el fondo. Está parada a unos pocos metros de los demás adultos. Para ser sincera, siempre se ha comportado de forma extraña alrededor de los padres de mis amigos. Quizás porque es la más joven, por cerca de una década. Creo que tiene la paranoia de que ellos la vean con malos ojos.

Me saluda con la mano de forma incómoda y comienzo a caminar hacia ella, pero me intercepta Alice Spier.

—¡Leah! Me encantan tus botas.

Miro hacia abajo y me encojo de hombros, sonriendo.

—¿Por cuánto tiempo estarás en la ciudad? —pregunto.

—No mucho más. En realidad estoy conduciendo hacia el norte, así que me iré mañana y pasaré a buscar a mi novio en Nueva Jersey. —Mira su reloj—. Muy bien, Simon, ¿dónde estás?

—Me acaba de enviar un mensaje de texto. Saldrán ahora —anuncia Bram.

Minutos más tarde, Simon, Nick y Abby entran por la puerta lateral, ya sin disfraces pero todavía maquillados. Por una vez, Nick y Abby no están tomados de las manos. De hecho, Abby está tomando la mano de Simon, y Nick los sigue de atrás. La gente no deja de interceptarlo para hablar, y cada vez que eso pasa, se muestra avergonzado e incómodo. Nick Eisner es de verdad un protagonista tímido y dulce como un pastelito de canela.

Simon divisa la caja del pastel de inmediato.

—¿Eso es un pastel? ¿Me compraron un pastel? —Garrett asiente y comienza a abrir la caja, pero Simon está sonriendo de forma radiante hacia Bram y no se da cuenta.

—En realidad —comienza a decir Bram, pero Simon le besa la mejilla antes de que pueda pronunciar siquiera una palabra.

—Simon, es de mi parte. ¿Dónde está mi beso? —dice Garrett.

Lo miro.

—Guau.

—Muy bien, Burke. —Sonríe y busca sus llaves—. ¿Lista para viajar?

Señalo a mi mamá, y el rostro entero de Garrett se desmorona.

—Supongo que ya no necesitas que te lleve.

—Creo que no.

Se queda parado allí, sosteniendo las llaves del auto y no dice ni una palabra durante lo que parece una hora. Siento que mi mamá nos observa con interés.

—Así que… —digo al final.

—Sí, bueno. Ey. —Se aclara la garganta—. Me estaba preguntando. ¿Quieres venir al partido mañana?

—¿Al partido? —Lo miro.

—¿Alguna vez nos has visto jugar?

Asiento. Es gracioso, el fútbol es el único deporte de Creekwood que alguna vez fui a ver. Incluso solía disfrutarlo cuando estaba en segundo año, cuando me gustaba Nick. Y no se trataba solo de mirar su trasero. Fue extraño. Comenzó a importarme el fútbol a tal punto que Simon solía llamarme una deportista encubierta.

—Es contra North Creek —añade Garrett—. Debería ser un partido bastante interesante.

—Ah, eh… —Echo un vistazo por sobre mi hombro. *Realmente* no quiero hablarle a Garrett enfrente de mi mamá ahora mismo.

Él todavía está hablando.

—Estoy seguro de que estás ocupada, de todas formas. Está todo bien. Es probable que vayas a la matiné de la obra el sábado, ¿verdad? En serio, no hay problema.

—No, iré —me apresuro a decir.

Se muestra sorprendido.

—¿Al partido?

—Sí.

—Ah. Bueno. Genial. —Sonríe, y mi estómago se retuerce un poco.

—¿De qué iba todo eso? —pregunta mamá, la voz cantarina, mientras caminamos hacia el auto. Incluso en la oscuridad, veo que está sonriendo.

—Nada.

—¿Nada? ¿Estamos seguras?

—Mamá. Basta. —Me hundo en el asiento del acompañante y giro con rapidez hacia la ventana.

Durante unos minutos nos quedamos calladas. El aparcamiento está repleto de autos y peatones, y mi mamá tamborilea con los dedos sobre el volante.

—Esa fue una obra increíble.

Sonrío.

—Fue brutal.

—Todavía no puedo creer la voz que tiene Nick. ¿Y sabes quién más es adorable?

—¿Quién?

—Abby Suso.

Casi me atraganto.

—Esa chica es puro carisma. —Mamá aumenta la velocidad—. Y parece muy dulce. Quiero decir, honestamente me encantaría verte con alguien como ella.

—Mamá.

—¿Acaso tú no piensas que es adorable?

—Es la novia de Nick.

—*Ya sé*. Solo decía. Hipotéticamente.

—No hablaré acerca de esto.

Mamá eleva las cejas.

—Ah, ey. —Su tono de pronto es precavido—. Pregunta para ti.

—¿Qué?

—Bueno, el cumpleaños de Wells es mañana.

—¿Esa es la pregunta?

—No. —Mamá ríe—. Bueno. Estaba pensando que los tres podríamos ir a comer un *brunch* juntos. Él tiene golf por la tarde, así que quizás podríamos ir a última hora de la mañana.

La miro boquiabierta. Un *brunch* de cumpleaños. Con el novio de mi mamá. No lo sé, quizás eso es normal para algunas familias, pero mamá nunca me invita a un *brunch* con sus novios. Y sin embargo, aquí está ella, casualmente haciéndome la propuesta como si fuera un sábado cualquiera en familia. Con *Wells*, de todas las personas en este mundo.

—Eh. Iré al partido de fútbol de Bram y Garrett, así que... —Me encojo de hombros—. Perdón.

Miro por la ventanilla, los ojos trazando la curva de la acera. Apenas hay autos en la carretera esta noche. Uno no pensaría que eso hace lucir más pequeño a un auto, pero lo hace. Y aunque no nos estamos mirando, siento los ojos de mamá sobre mí.

—Desearía que le dieras una oportunidad.

—¿A quién? ¿A Garrett? —pregunto, y mi voz salta media octava.

—A Wells.

Me arde el rostro.

—Ah.

Le echo un vistazo a mamá, que está sentada derecha, de forma rígida, mordiéndose el labio. Parece un tanto desconsolada. No sé muy bien cómo responder a eso.

Suspira.

—Bueno, ¿qué tal si...?

—No iré a comer un *brunch* con tu novio.

—Leah, no seas así.

—¿Que no sea cómo? —Entrecierro los ojos—. ¿Cómo es que llegamos a la etapa de *brunch* en familia? ¿Hace cuánto que estás saliendo con él, tres meses?

—Seis.

—Bueno, han estado saliendo durante menos tiempo que Simon y Bram. Conozco gente de la primaria que ha tenido relaciones más largas que la de ustedes. Simon y *Anna* salieron durante más tiempo.

Mamá sacude la cabeza con lentitud.

—Sabes, tú nunca le hablarías a uno de tus amigos como me hablas a mí. ¿Te imaginas diciéndole a Simon cosas como estas sobre Bram?

—Bueno, eso es…

—No lo harías. Jamás harías eso. Entonces, ¿por qué piensas que está bien hablarme de esa forma a mí?

Pongo los ojos en blanco con tanta fuerza que me duelen las cejas.

—Ah, está bien. Entonces, ¿harás que esto se trate de Simon y Bram?

—¡Tú fuiste la que los mencionó!

—Sí, bueno. —Levanto las manos—. Simon y Bram van en serio. Están enamorados de verdad. ¿Cómo puedes comparar eso con Wells?

—¿Sabes qué? Deja de hablar —suelta.

Durante un minuto, me desconcierta. En general, mi mamá es muy apacible.

—Sí, bueno… —balbuceo.

—No. Solo detente. ¿Sí? No quiero escucharte.

Durante un instante, nos quedamos en silencio. Lugo mamá enciende la radio y avanza por Roswell Road. Me recuesto contra el apoyacabezas e inclino la cabeza hacia la ventanilla. Luego cierro los ojos con fuerza.

Me despierto con un estallido de luces sobre mi cabeza. Mamá me quita la almohada del rostro.

—¿Qué día es? —balbuceo.

—Sábado. Vamos. Wells está en camino.

—¿Qué? —Me siento derecha, y la almohada se desliza al suelo—. Ya dije que no iría.

—Lo sé. Pero miré el horario del partido y estaremos de regreso para entonces. Wells tiene *tee time* a las dos.

—¿Qué carajo es *tee time*? —Me restriego el rostro y quito el celular del cargador—. Ni siquiera son las diez de la mañana.

Mamá se sienta en el extremo de mi cama, y en ese instante yo levanto las piernas y me las abrazo.

—No iré —digo.

—Leah, no te estoy preguntando. Quiero que hagas esto. Significaría mucho para él.

—No me importa.

—Bueno, también significaría mucho para mí.

La fulmino con la mirada.

Levanta las manos.

—Mira, está bien. No sé qué decirte. Está viniendo. Es su cumpleaños, y ya hice la reserva. Así que puedes empezar por ponerte el sujetador.

Me lanzo hacia atrás sobre la cama y vuelvo a colocar la almohada sobre mi rostro.

♫

Una hora más tarde, estoy metida en el reservado de un restaurante de carnes en Buckhead, junto a mamá y frente a Wells. Un restaurante de carnes. Ni siquiera es el mediodía.

Hacemos nuestro pedido de bebidas, y Wells salta directo a una conversación trivial forzada.

—Así que, tu mamá me contó que estás en una banda.

—Sip.

—Qué bien. Yo solía tocar el clarinete. —Asiente con entusiasmo—. Buenos tiempos, buenos tiempos.

Ni siquiera sé cómo responder a eso. Es decir, estoy en una banda de verdad, Wells. No estoy diciendo que seamos los Beatles, pero tampoco estamos tocando «Hot Cross Buns» en el auditorio de la escuela.

—Wells es un gran fanático de la música —dice mamá, y le da una palmadita en el brazo. Me estremezco cada vez que ella lo toca—. ¿Cómo se llama ese cantante que te gusta? —le pregunta mamá—. ¿El de *American Idol*?

—Ah, ¿te refieres a Daughtry?

Daughtry. Ni siquiera me sorprende. Pero guau, mamá debería saberlo. Si quiere que respete a este tipo, debería haber mantenido ese detalle oculto.

—¿Conoces Oh Wonder? —pregunto, a pesar de que sé que no lo conoce. Es física y químicamente imposible que alguien a quien le gusta Daughtry haya oído hablar de Oh Wonder. Pero quiero ver si lo admite. Quizás soy una imbécil, pero así es cómo pruebo a las personas. Nunca juzgo a alguien por no conocer a una banda. Solo juzgo a los que intentan fingir que lo hacen.

—No. ¿Es una banda o un cantante? —Toma su teléfono—. Lo anotaré. Oh Wonder, ¿dos palabras?

De modo que es honesto. Supongo que eso es algo.

—Es una banda.

—¿Se parecen en algo a Stevie Wonder?

Contengo la risa.

—No realmente. —Levanto la mirada hacia mamá y la encuentro sonriendo.

Confesión: creo que Stevie Wonder es lo máximo. Es probable que eso no sea algo genial de admitir, pero da igual. Al parecer, mis padres solían hacerme escuchar *Signed, Sealed, Delivered (I'm Yours)* en su reproductor de CD antiguo, aun antes de que yo naciera. Creo que mi mamá leyó en alguna parte que yo sería capaz de escucharla en el útero. Y supongo que funcionó, porque solía cantarla por la casa y en el supermercado. Incluso ahora, la canción me relaja de una forma que no puedo explicar. Me dijo que la eligieron porque era la canción que ella y papá pensaban que estarían dispuestos a escuchar una y otra vez, todos los días, por el resto de sus vidas.

El resto de sus vidas. Miren cuán rápido esa frase explotó en sus rostros. El solo hecho de pensar en ello duele de manera inexplicable.

Dividimos una pila gigantesca de los famosos nachos acompañados con espinaca y queso, y todo sale más o menos bien durante un minuto. Mamá y Wells están hablando de trabajo, así que tomo mi celular. Me perdí algunos mensajes.

De Anna: Uff, Morgan está MUY triste.

De Garrett: Deberías llevar puesto esto hoy. 😂 Adjuntó la foto de una chica que lleva puesto lo que parece ser un casco hecho con una pelota de fútbol. Con huecos a los costados. Y coletas. A través de los agujeros.

Por supuesto que sí, respondo.

Luego vuelvo al mensaje de Anna. Creo que estoy un poco perdida. Es decir, no quiero ser una amiga descuidada, pero no sé cómo ayudar a Morgan si ni siquiera puedo hablarle. Creo que odio el concepto de *necesitar espacio*. Lo que realmente significa es que la persona está enfadada contigo, que te odia, o que no le importas un carajo. Y simplemente no quiere admitirlo. Como mi papá. Así es como lo dijo. *Necesitaba espacio* de mi mamá. Y ahora estamos aquí, casi siete años después, en un restaurante de carnes con el imbécil de Wells.

Muéstrale el video en el que el dueño del perro se viste como Gomosito, escribo al final.

GENIAL, responde Anna.

—Querida, guarda el teléfono, por favor. Estamos en un restaurante.

—¿En serio? —Apunto con el mentón hacia Wells—. Él literalmente está usando el teléfono ahora mismo.

Mamá entrecierra los ojos.

—Está confirmando su *tee time*.

—Ah, perfecto. Así que es una emergencia de golf.

—Leah.

—Digo, está claro que es muy urgente, o no estaría utilizando el teléfono en un restaurante —digo con un gesto de sorpresa fingida.

—No te comportes como una imbécil —sisea mi mamá, y se inclina hacia mí—. Es su cumpleaños.

Me encojo de hombros y aprieto los labios como si me importara una mierda, pero siento esta opresión en el pecho. Porque los cumpleaños son, de cierta forma, sagrados, y quizás esté siendo una verdadera imbécil. Estuve pensando en Wells como el intruso, el que irrumpe el *brunch* de mi mamá con sus orejas diminutas y su fanatismo por Daughtry. Pero quizás yo sea la intrusa en esta fiesta.

Wells termina la llamada, gira hacia mamá y comienza a parlotear acerca de hándicaps y *birdies* y algunas otras porquerías de golf. Dejo que mis ojos se cierren.

Es decir, los padres a veces salen con gente. Lo entiendo. Las madres son técnicamente seres humanos, y los seres humanos tienen permitido tener vidas románticas. Pero tengo este sentimiento repentino de que estoy yendo demasiado rápido en una caminadora, como si las cosas estuvieran pasando a toda velocidad y yo fuera a caerme por la parte trasera. Nunca me imaginé que pudiera ser expulsada de mi propia familia. Me siento derribada.

Me siento *destituida*.

Y ese pensamiento me cansa tanto que a duras penas puedo sentarme derecha. Incluso la idea de caminar hacia el auto se siente como prepararme para una maratón. Y recién hemos pasado el mediodía. Lo único que quiero hacer es colapsar en mi cama. Quizás con música. Y definitivamente sin pantalones.

No puedo ir al partido. No sintiéndome como me siento ahora. No puedo lidiar con Garrett y su numerito forzado de tipo duro. Es decir, todos sabemos que en el fondo eres un chico de ojos soñadores que toca el piano, así que deja de fingir ser un imbécil. Y deja de meterte en mi cabeza. O coquetea conmigo o no lo hagas. Sé adorable o no lo seas.

No lo sé. No tengo la energía necesaria para Garrett. Es probable que eso me convierta en una cretina, y claramente debería enviarle un mensaje con una excusa, pero ni siquiera sé qué decir. *Perdón por perderme el partido, Garrett. Resulta que eres desconcertante y molesto y no puedo lidiar con tu rostro ahora mismo.* Simplemente no puedo. No hoy.

Mamá me pregunta, horas más tarde, si necesito que me lleve al partido.

Le digo que no.

Luego ignoro seis mensajes seguidos, todos de Garrett.

Destruyo cosas en mis sueños.

Grito y discuto hasta que todos me odian, y luego me despierto llorando de lo real que ha sido. La mañana del domingo transcurre de esa forma. Me incorporo en la cama. Me siento golpeada y sola. Y lo primero que veo son esos seis mensajes no respondidos de Garrett.

Ey, ¿dónde estás? ¡No te veo!

Estás en el aparcamiento o por ahí

¿Dónde estás?

Ok Greenfeld y yo estamos yendo a la Casa de los Gofres con Spier y los demás. ¡Deberías venir!

Ay no sabes cómo te extrañé hoy. Me siento mal

Ay bueno, espero que hayas disfrutado del partido. La próxima vez, quédate por allí, ¿sí? Lol. ¿Irás a la obra mañana?

Mierda. Soy la peor.

Garrett piensa que estuve allí. En el partido, en la tribuna, probablemente con un casco casero con forma de pelota de fútbol. En lugar de lamentándome en mi habitación e ignorando sus mensajes.

Soy un desastre. Soy un pene flácido de persona.

Y ahora quisiera encerrarme en mi habitación una vez más, pero no puedo perderme la última función de la obra. No soy tan imbécil. Ni siquiera me importa la idea de estar cerca de

Garrett, en teoría. Pero no quiero enfrentarlo. Si hay algo que odio, son las disculpas. No me gusta recibirlas. Y *realmente* no me gusta pedirlas.

Creo que es inevitable.

Me visto con cautela, como si fuera a una batalla. Me siento más fuerte cuando me veo linda. Me pongo mi vestido de universo, mi mejor descubrimiento en las tiendas de segunda mano. Es de algodón, azul y negro, y tiene estrellas y galaxias salpicadas en el pecho. Mis tetas literalmente están fuera de este mundo. Luego me despeino el cabello para que quede solo un tanto ondeado y paso veinte minutos haciéndome un delineado alado. No sé cómo, pero hace que mis ojos se vean superverdes.

Mamá necesita el auto, así que me deja en la escuela. Llegué temprano. Temprano está bien. Escojo un asiento cerca del frente, pero no dejo de girar hacia la entrada, y cada vez que la puerta del auditorio se abre el corazón me salta a la garganta. Tengo la sensación de que ni bien Garrett me vea, sabrá que le mentí. Y luego él y los chicos estarán enfadados, y se armará un lío enorme, y nuestro grupo de amigos implosionará. Por mi culpa.

Alguien me toca el hombro y casi me caigo del asiento.

Pero solo es Anna.

—¿Podemos sentarnos aquí?

—¿Tú y quién más?

—Morgan está en el baño.

Otra conversación para la cual no estoy lista. *Ah, ey, ¡Morgan! Lamento que no hayas entrado en la universidad de tus sueños. Espero que esté bien que yo sí haya entrado.* El pánico debe ser evidente en mi rostro, porque Anna presiona los labios.

—Sabes que no está enfadada contigo, ¿verdad?

—Sí.

—Creo que le preocupa que te sientas incómoda.

—Ni siquiera hemos hablado.

—Lo sé, lo sé. Solo está un poco paranoica. Está bien. Le diré por mensaje dónde estamos. —Pero antes de que Anna presione enviar, Morgan se acerca siguiendo a un grupito de estudiantes de primaria. Se la ve miserable. Luce como si alguien acabara de terminar con ella. Lleva puestos pantalones deportivos y gafas, y tiene su cabello de mechones azules recogido en un rodete. Anna la mira y levanta la mano, y ella atraviesa el pasillo y pasa junto a nuestra hilera de asientos.

—Hola —dice en voz baja.

—¿Cómo estás? —Mi voz suena tan dolorosamente amable que me encojo de la vergüenza.

—Bien. Estoy bien.

Asiento, y Morgan se encoge de hombros, y los ojos de Anna van y vienen entre nosotras.

—Lamento lo de la UGA —digo al final—. Es realmente una porquería.

—Sí. —Suena derrotada.

—Lo siento —insisto.

Se hunde en su asiento.

—No importa. No estoy enfadada contigo ni nada por el estilo.

Me siento en el borde del asiento junto a ella.

Ella se inclina hacia atrás y se cubre el rostro con las manos.

—Es solo que… agh. Es tan injusto.

—Sí…

—Tú no. Tú de verdad merecías entrar. Eres casi una genia. Pero otra gente…

Trago saliva.

—No sé cómo toman las decisiones.

Morgan sonríe sin gracia.

—Bueno, sé cómo toman algunas de ellas.

—¿A qué te refieres?

—Solo digo. Estoy en la posición once en la clase. Y algunas personas que *sí* entraron en Georgia… están por debajo. —Se encoge de hombros. Junto a mí, Anna se revuelve en su asiento con incomodidad.

La miro parpadeando.

—¿Piensas que alguien mintió en la solicitud de ingreso?

—Pienso que soy blanca —responde Morgan.

El mundo entero parece detenerse. La sangre me sube a las mejillas.

—¿Estás hablando de Abby? —pregunto en voz baja.

Morgan hace un gesto de desdén.

Me quedo boquiabierta.

—No lo puedo creer.

—Bueno, perdón. —Se sonroja.

—Eso es jodidamente repugnante, Morgan.

—Ah, así que ahora defiendes a Abby. Genial.

Me inclino hacia adelante, el pecho oprimido.

—No estoy defendiendo a nadie. Estás siendo racista.

No puedo creerlo… y viniendo de *Morgan*. Morgan, quien leyó *All American Boys* tres veces y condujo hasta Decatur para que se lo firmaran. Morgan, que una vez le gritó a un extraño en una tienda por llevar puesta una gorra de Trump.

—Estoy siendo honesta —dice Morgan.

—No, estoy segura de que estás siendo racista.

—¿Quién es racista? —pregunta Garrett, que se acercó de forma sigilosa. Levanto la mirada hacia él y Bram también se encuentra allí. Morgan se hunde en el asiento, como si quisiera desaparecer.

La intimido con la mirada.

—Bueno, según Morgan, Abby solo entró a Georgia porque es negra.

Bram hace una mueca.

El rostro de Morgan se vuelve rojo como un tomate.

—Eso no es lo que quise decir. —Sujeta el apoyabrazos, los ojos resplandecientes.

—Bueno, lo dijiste. —Me pongo de pie de forma abrupta, la mandíbula apretada y dolorida. Estoy demasiado furiosa, y ni siquiera sé cómo explicarlo. Me abro paso entre los chicos a los empujones y salgo disparada por el pasillo. Unos desconocidos inclinan sus cabezas hacia mí cuando paso junto a ellos. Saben que estoy enfadada. Siempre lo muestro en mi rostro. Me deslizo hacia una hilera vacía cerca del fondo y cierro los ojos con fuerza.

—Ey —dice Garrett, y se desploma en un asiento junto a mí. Bram se sienta a su lado.

—Estoy tan enfadada —digo.

—¿Por Morgan? —pregunta Garrett.

Me encojo de hombros, los labios apretados.

Garrett y Bram intercambian miradas.

—¿Piensa que Abby le robó el lugar en Georgia? —pregunta Garrett.

—No lo sé. Pero piensa que Abby solo entró porque es negra, y ese es un comentario de mierda.

—La gente suele pensar eso —dice Bram en voz baja.

—Es terrible —agrega Garrett.

—Uh, sí.

—Sabes, no pensaba que tú y Suso fueran tan amigas.

Siento que una oleada de calor me trepa por las mejillas.

—No lo somos. No importa. Dios. Solo estoy diciendo que es racista.

Levanta las manos a la defensiva.

—Está bien.

—Está bien —repito con un resoplido.

Bram simplemente nos observa, sin mediar palabra, lo que me hace sentir incluso *más incómoda.* Jalo mi vestido hacia abajo y me miro las rodillas. Quizás podría enviar un mensaje telepático a los poderes detrás de los bastidores. *Querido Dios y/o Cal Price: por favor empiecen la obra ahora mismo. Bajen las luces para que pueda desaparecer.*

Garrett me propina un empujoncito.

—¿Recibiste mis mensajes?

Y... me cago en mi vida.

—Sí. Ah. Sí, lo siento. Mi teléfono simplemente... —Mi voz se desvanece de forma inútil.

—No te preocupes. ¡Solo quería saber qué te había parecido el partido!

Dios, no puedo. Lo siento. Debería decirle, pero no puedo. Si me sobrecargan, hago cortocircuito. Supongo que Garrett es el secador de cabello que me empuja por sobre mi límite.

Miento.

—Estuvo genial.

—Sí. Ja. Si te olvidas de la primera mitad.

—Mmhhmm. —Asiento ligeramente.

—¿A dónde te escapaste luego del partido? —suelta Bram—. Te extrañamos.

—Ah. Eh. Mi mamá necesitaba el auto, así que... —Trago saliva.

—Qué lástima.

—Sí.

Las luces se vuelven tenues. Gracias Dios, gracias Dios, gracias Dios.

La obertura comienza, y mi cuerpo entero suspira.

9

Horas más tarde, estoy en el asiento trasero del automóvil de Simon yendo a la casa de Martin Addison, de todos los lugares posibles.

—¿Quién dejó que esto fuera en su casa? —pregunto. No puedo evitar gruñir un poco cuando hablo acerca de Martin. Abby, sentada junto a mí, se encoge de hombros y sacude la cabeza.

—No lo sé —dice Simon—. Él se ofreció.

—Deberíamos haber tenido nuestra propia fiesta —dice Abby.

—¿Podemos simplemente aguantárnosla? ¿Por favor? Es la última fiesta del elenco. —La voz de Simon resalta la palabra *última*. Nunca fue bueno con los finales.

—¿Estás bien? —pregunta Bram con suavidad.

Simon hace una pausa.

—Sí.

La luz cambia a verde y Simon gira a la izquierda. Martin vive al final de una calle sin salida en uno de los vecindarios arbolados de Creekside Drive. Solo estuve allí una vez. Fue durante mi primer año, para un trabajo de Historia. Martin, Morgan y yo. Y nos habíamos elegido entre nosotros. Qué increíble.

Nadie habla durante el resto del viaje. Bram tamborilea con la música y Abby mira por la ventana, los labios apretados con fuerza. No recuerdo la última vez que la vi tan molesta. Y sé que odia a Martin, pero no puedo evitar preguntarme si no sucede algo más. Quizás Morgan le dijo algo.

Toda la calle de Martin está repleta de autos y está casi oscuro cuando llegamos. Nos detenemos detrás de la miniván de Garrett, que se encuentra aparcada pero aún encendida. Condujo hasta aquí con Nick; cuando nos ven, apagan la camioneta y bajan. Y guau. Está ridículamente frío afuera, en especial si llevas un vestido de algodón y un cárdigan. Y solo diré que mis tetas, que están fuera de este mundo, lucen extra fuera de este mundo.

Terminamos caminando de a dos. Nick y Garrett, Abby y Bram, Simon y yo. Es extraño que Abby y Nick no caminen juntos. Me acerco tanto a Simon que nuestros brazos se tocan.

—Ey, ¿sucede algo entre Nick y Abby?

Simon hace una mueca y se encoge de hombros.

—Sí. No lo sé. Hablé un minuto con Nick más temprano. Creo que pelearon.

—¿Por qué?

—Bueno, Nick entró a Tufts ayer.

—Ah, guau.

—Sí, está muy emocionado —dice Simon—, pero supongo que él y Abby tuvieron la charla.

—¿La charla?

—Sobre si mantendrán la relación a distancia o qué.

—Ah. —Algo me oprime el pecho—. Está bien.

—Sí. No salió bien.

Levanto la mirada hacia Abby, que se encuentra unos pasos delante de mí, envuelta por completo en un cárdigan demasiado grande para ella. Está caminando tan cerca de Bram que uno pensaría que son siameses.

—Bueno, traduce eso —digo con rapidez.

—¿Que traduzca qué?

—*No salió bien.* ¿Qué significa eso?

Simon frunce el ceño.

—No lo sé. Nick quiere seguir, pero Abby no quiere una relación a distancia.

—Ay, qué mierda.

—Sí.

Caminamos en silencio durante un minuto, casi hasta la casa de Martin. Se escucha música proveniente del sótano, la banda sonora de *Yosef.* En mi opinión, demasiado obvio para una fiesta del elenco, pero quién soy yo para juzgarlo.

—Temo que se separen —dice Simon al final, su voz apenas audible—. Pienso que podría arruinarnos.

—¿A ti y a Bram?

—No. Dios. No. Nosotros estamos bien. —Simon sonríe—. No, quise decir a *nosotros.* —Señala a todos con un gesto—. A nuestro grupo. A nuestra banda.

Resoplo.

—Nuestra banda.

—Lo digo en serio. ¿Qué sucede si la situación se vuelve dramática e incómoda y tenemos que ir al baile de graduación en limosinas separadas?

—Ay no. Limosinas separadas no. —Intento no sonreír.

—Cállate. Sería triste, y lo sabes.

—Ay, Spier. ¿Por qué estás triste? —Garrett se interpone entre nosotros y apoya los brazos en nuestros hombros—. No estés triste. Estamos a punto de entrar en una fiestaaaaaaa.

—¿Ya estás ebrio? —pregunto.

—No —se burla—. Soy así por naturaleza.

—De verdad te creo.

—Qué chistosa —dice. Empuja a Simon con fuerza—. Es *tan* chistosa. Me ama. ¿Sabes que fue al partido del sábado?

El estómago me da un vuelco.

—Así es, Spier. Leah Andrómeda Burke escogió mi partido por sobre tu obra. Y no estuvo allí para ver a Greenfeld. Solo digo eso.

—¿Andrómeda?

—¿No es ese tu segundo nombre?

—No.

—Ahora lo es. —Me aprieta el hombro—. Leah. Andrómeda. Burke.

Sí, ya está bastante ebrio. No sé cómo logró caminar desde su camioneta hasta la casa de Martin, pero lo hizo. Se nota en su voz, en su sonrisa, en su aliento. Quito su mano de mi hombro y camino directamente hacia la entrada, donde Abby y Bram están esperando.

—Buuuuuuurke. ¡Espera!

—¿Cómo es que ya está ebrio? —le pregunto a Bram.

—Trajo una petaca en la camioneta.

—¿Condujo alcoholizado?

—Ay, no. No haría eso. Al parecer, él y Nick bebieron mientras estaban aparcados.

—Claro que sí. —Abby pone los ojos en blanco.

—Eso es tan estúpido. ¿Cómo volverán a casa?

Bram suspira.

—Probablemente conmigo.

Hay una nota pegada a la puerta, escrita en letra cursiva. *¡Bienvenidos, egipcios y cananeos! ¡Aventúrense al sótano!* Abby encuentra mi mirada y sonríe levemente. Miro con rapidez hacia abajo. Cuando vuelvo a alzar la vista, Simon, Garrett y Nick ya nos alcanzaron en la entrada. Abby abre la puerta y entra.

El sótano de Martin es enorme. Estas casas de Shady Creek son irreales. Los Addison ni siquiera son ricos. No de los que tienen un mayordomo que te hace pasar al vestíbulo. Solo son los ricos comunes de Shady Creek: tres pisos, televisores de pantalla plana y una maquina de *pinball* en el sótano.

Asumo por los bocadillos pequeños y los platos de cerámica que los padres de Martin estuvieron involucrados en la organización de la fiesta. Hay estudiantes de segundo recostados en los sillones, piernas sobre manos sobre regazos. Un par de chicos cantan y bailan al compás de la banda sonora de *Yosef.* Cal y Nora están acurrucados en un sillón, mirando el teléfono de él. Creo que Bram, Garrett y yo somos los únicos que no pertenecemos al grupo de teatro.

—¡Vinieron! —Martin se acerca a los saltitos. Como un golden retriever, por más insultante que eso sea para Bieber Spier—. Ok, la gente solo está pasando el rato y, ah: díganme si necesitan algo. Mi mamá puede ir al supermercado Publix. —Se toca el codo con nerviosismo y baja la voz—. Y hay vodka. En el baño.

—¿En el baño? —Simon levanta las cejas.

—Sí. Eh… No les cuentes a mis padres. Está debajo del lavabo, detrás del limpiador de retretes. Es el que está en la botella de vodka. No beban el limpiador de retretes.

—El vodka es el que está en la botella de vodka. Entendido.

—Genial —dice Martin. Y durante un minuto, simplemente se queda parado allí, asintiendo—. Bueno, entonces, iré a… sí. —Se aleja caminando hacia atrás, y casi choca con un estudiante de primero. Luego gira, le hace pistolitas con los dedos a Simon, y casi choca con alguien más. Lo juro por Dios, ese chico debería llevar puesto un paragolpes de goma y, quizás, también flotadores.

Me vuelvo hacia Simon, pero él ya se encuentra acomodado en la esquina de un sillón junto a Bram. Abby gira hacia mí.

—Tú no bebes, ¿verdad?

—No.

—Bueno. Está bien. Pero vendrás conmigo, ¿sí? ¿Al baño? ¿Para evitar que beba el limpiador de retretes?

Con el rabillo del ojo veo a Garrett bailando y cantando «Vamos, vamos, vamos Yosef». Nick se encuentra apoyado contra una pared cercana, sonrojado y con una sonrisa en el rostro. Está hablando con Taylor Metternich.

Abby pone los ojos en blanco.

—Qué idiota. Vamos. —Sujeta mi mano y jala de ella. *Abby. Esto es extraño*—. Ni siquiera me importa, ¿sabes? —dice mientras la sigo por el pasillo—. Es decir, ni siquiera me molesta. Puede hacer lo que quiera. ¿Este es el baño?

—Eso creo.

Intenta abrir la puerta, pero está cerrada.

—Hay alguien. Solo Martin guardaría el alcohol en el baño. Sentémonos. —Se desliza contra la pared y aterriza con las piernas cruzadas, y yo me acomodo junto a ella. Las piernas estiradas y juntas. Debería haberme puesto jeans.

Abby suspira y gira hacia mí.

—No puedo creer que esté hablando con ella. En serio, ¿Taylor?

Dios, ¿qué puedo responder? *Lamento que tú y Nick no sean tan perfectos como todos piensan que son.*

—Taylor es insufrible —digo al final.

—Sí. —Levanta las piernas, se abraza las rodillas e inclina la cabeza para mirarme—. En fin, escuché que me defendiste hoy.

—¿Lo de Morgan?

—Mmmm. Bram me contó lo que sucedió. —Sonríe—. No era necesario.

—Bueno, Morgan estaba siendo racista.

—Sí. Pero no cualquiera la hubiera reprendido. —Abby se encoge de hombros—. Así que, gracias.

Siento este aleteo en el estómago. No exactamente como si fuera a vomitar. Pero tampoco siento que *no* fuera a vomitar. Por esta razón no me acerco a Abby Suso. Siempre termina en náuseas. Me muevo un poco hacia la derecha y dejo unos centímetros de espacio entre nosotras.

—¿Te mencionó lo del tour? —pregunta Abby luego de un rato.

—Sí. —Sonrío con ironía—. Supongo que eso no sucederá.

—Bueno, tú y yo aún podríamos ir.

La puerta del baño se abre de golpe y salen dos estudiantes de tercero a los trompicones. Están sonrojados y apoyados el uno sobre el otro, y algo me dice que el vodka y el limpiador de retretes no son los únicos líquidos que encontraremos en este baño.

—Tienen el cabello enmarañado —susurra Abby.

—Lo sé.

—Digo, no puedes hacer eso en el baño de Martin Addison. Estoy perturbada. Agraviada. Desasosegada. Ey, Morgan, adivina quién obtuvo un 800 en Lectura Crítica en el SAT. —Abby traba la puerta detrás de nosotras y se arrodilla frente al lavabo.

Me siento en la tapa del retrete.

—¿De verdad?

Hace una mueca con la boca.

—Sí. Uff. Lo lamento, siento que estoy alardeando.

—No, está bien.

Sonríe y se encoge de hombros.

—No lo sé. En fin, aquí está el vodka, y hay Coca. ¿Se toma el vodka con Coca?

—No tengo idea.

—Claramente, Martin tampoco. —Pone los ojos en blanco—. ¿Estás segura de que no quieres un poco?

—Muy segura.

—Bueno. Solo beberé… —Abby vierte un poco de vodka en un vaso de plástico rojo y completa el resto con Coca. Bebe un sorbo y hace una mueca—. Guau. Esto es un asco.

—Lo lamento.

Hace un gesto de desdén.

—¿Podré salir con el vaso? No tengo que beber esto aquí, ¿verdad?

—Bueno, sería algo extraño.

—Sí, pero es Martin.

Río.

—Tienes razón.

Golpeteo el suelo con la punta de mis zapatos y miro hacia abajo. Me siento incómoda y extraña. Esto sí que es inesperado. Estoy a solas con Abby Suso en el baño de Martin Addison. Le echo un vistazo entre mis pestañas. Ahora está apoyada contra la bañera, la espalda derecha, las piernas cruzadas. Cada vez que toma un sorbo de su bebida, arruga la nariz. Nunca entendí la gracia de beber. El alcohol no sabe bien. Digo, no se trata de eso. Se trata de sentirse flojo, ligero e imparable. Simon me lo describió una vez. Dijo que beber te permite decir y hacer cosas sin filtro y sin pensar demasiado. Pero no entiendo cómo eso es algo bueno.

Abby bosteza.

—Es como si… bueno. Él no solicitó ingresar a ningún otro lado en Georgia. Está bien. Pero allí es donde estaré yo, y lo más cerca que él puede estar es en Carolina del Norte. Y lo siento, pero no quiero quedarme en casa sin ir a fiestas porque estoy esperando una llamada de mi novio. No quiero perderme la *universidad*, ¿entiendes?

Claro, Abby. Totalmente. Mis novios *siempre* están intentando llamarme durante las fiestas. Tantas fiestas. A las que siempre voy porque me encanta sentarme en los baños a mirar cómo bebe la gente.

Debería odiar esto.

¿Por qué no lo odio?

Alguien golpea la puerta y Abby se levanta de un salto.

—¡Solo un minuto! —Bebe su trago de golpe—. Ay, Dios, esto es asqueroso. Literalmente voy a vomitar.

Me pongo de pie de prisa y levanto la tapa del retrete.

—No *literalmente* literalmente. Vamos, salgamos de aquí. —Toma mi mano.

Salimos del baño, y allí está Garrett, los ojos azules brillantes. De alguna manera consiguió un sombrero de cotillón y lo lleva torcido hacia un costado. Mira nuestras manos y se queda boquiabierto.

—Ay, Dios. ¿Qué? AY, DIOS.

—No es lo que estás pensando, Garrett.

—Chicas, guau. Ok. Escúchenme. Tengo una idea. Entremos *todos* al baño, y lo que sea que suceda…

—No —digo de forma cortante.

Abby me suelta, entrelaza las manos con las de Garrett, y lo mira con ojos de gacela.

—Garrett, querido —dice—. Nunca, jamás, haré eso. —Luego retira sus manos y le da una palmadita fuerte en sus bíceps—. No frente a ti —añade en voz baja, y lo empuja hacia el baño.

El estómago me da un vuelco.

—¿QUÉ? —chilla Garrett, los ojos yendo y viniendo entre nosotras—. Deberías. Hacer eso frente a mí. ¿Sí? Por favor. Dios. Tengo que hacer pis.

—Entonces, ve a hacer pis.

Creo que mi cerebro está hecho de gelatina. Mis pensamientos no se quedan quietos. *Nunca haría eso.* Frente a Garrett. Pero ¿quizás sí de otra forma?

¿Cómo se supone que debo interpretar eso?

Nos retiramos alrededor de las once. Garrett está totalmente ebrio, así que Bram lo lleva a su casa en la camioneta; Simon los sigue detrás. Luego, todos nos apilamos en el auto de Simon para un gran viaje de mierda. Simon y Bram se sientan al frente. Nora y yo estamos básicamente una sobre la otra, aplastadas entre Nick y Abby, que no se hablan. Es la clase de silencio que tiene gravedad propia. Silencio de agujero negro. Simon intenta llenarlo con su típico parloteo, pero luego de unos minutos, hasta él deja de hablar.

Nos detenemos en la entrada de la casa de Bram, y Simon se inclina sobre la palanca de cambios. Se besan con suavidad y rapidez, y Bram le susurra algo a Simon. Simon sacude la cabeza, sonriendo. Abby se pasa al asiento de adelante ni bien Bram desabrocha su cinturón de seguridad.

—¿Estás segura de que no quieres pasar la noche en casa? —me pregunta Simon por quinta vez. Y normalmente lo haría. No me importa que sea domingo. Simon vive tan cerca de la escuela que hasta haría que mi mañana fuera más fácil.

Pero Abby se quedará en su casa esta noche. Y ya tuve suficiente incomodidad causada por Abby en un día.

Mi mente repasa las últimas horas. El enfado fulminante de Morgan. La mentira a Garrett. Abby arrodillándose frente al lavabo del baño. Abby tomando las manos de Garrett. Abby diciendo *nunca*. Pero solo nunca *frente a Garrett*.

Y no tengo idea de si estaba bromeando.

Apenas bajo del autobús el lunes, Abby aparece frente a mí.

—Hola —saluda de forma casual mientras comienza a caminar conmigo—. Bueno… lo de anoche fue extraño.

—Eh, sí. —Hago una mueca ni bien lo digo. A veces tengo este problema de que sueno más malvada de lo que quiero, y es mil veces peor cuando se trata de Abby. Simon una vez me preguntó sin rodeos por qué me desagradaba tanto. Pero tengo que aclarar una cosa: no me desagrada. Es solo que mi cerebro no funciona bien en su presencia.

No ayuda que se vea tan ofensivamente adorable: camiseta a rayas dentro de una falda roja sobre unas mallas y el cabello recogido hacia atrás con clips. Se cubre la boca mientras bosteza, y luego encuentra mi mirada y sonríe.

—Bueno, tengo una propuesta para ti —dice.

—¿Ah, sí?

—Mmmmm. —Inclina la cabeza hacia un costado y sus ojos brillan como si estuviera a punto de hacer una broma. Es unos dos o tres centímetros más baja que yo, y probablemente tenga la mitad de mi peso. O no. No lo sé. En realidad no es tan delgada. Solo un tanto esbelta y musculosa. *Mesomorfa.* Esa es la palabra que leí en las revistas que mamá deja en el baño.

—Este tour del campus —dice cuando llegamos a mi casillero—. No iré con mis padres. Definitivamente no.

—Todos llevan a sus padres.

Sacude la cabeza.

—Yo no.

—Pareces muy decidida. —Me siento sonreír.

—¿Quieres venir conmigo? —pregunta—. Receso de primavera. Cualquier día. Puedo tomar prestado el auto de mi mamá para ir y podemos quedarnos con una amiga de mi prima. Sería todo un *road trip*.

—¿Como el de Simon y Nick?

—Ah, a ellos les *encantaría* venir a nuestro viaje. Porque nosotras podremos ir a fiestas y hacer lo que queramos. Será increíble. De verdad tendremos una idea de cómo es la vida allí.

La miro, sin palabras. Además del baño de Martin Addison, no creo que hayamos estado a solas en una habitación durante el último año. Pero, de pronto, Abby está hablando como si fuéramos la clase de amigas que van a fiestas y se toman selfies y comparten papas fritas a medianoche. ¿Estoy perdiendo la cabeza?

—O no —se apresura a añadir—. No tenemos que ir a fiestas. En serio, no me importa. Depende de ti.

—Entonces, quieres que yo vaya contigo a Atenas —digo despacio. Luego me doy cuenta de que mis dedos están tamborileando un ritmo. Sobre mi casillero. Dejo caer la mano.

—Sí.

—¿Por qué?

—¿Qué quieres decir?

Sacudo la cabeza con rapidez y me miro los zapatos.

—No somos… —Cierro los ojos.

No soy amiga de Abby Suso. No soy nada de Abby Suso. Y para ser sincera, todo esto me está molestando un poco.

—Por supuesto, sé que tienes que preguntarle a tu madre y todo.

—Es solo que…

Alzo la mirada a tiempo para ver a Taylor acercándose a toda prisa hacia mí, las manos juntas como si quisiera decirnos algo muy en serio.

—Lo hablamos luego —dice Abby, y la palma de su mano me roza el brazo. Luego sube las escaleras y desaparece, como si nunca hubiera estado aquí en absoluto.

—¿Y? —dice Taylor con una sonrisa amplia y expectante.

Mis ojos viajan hacia la escalera.

—¿Qué sucede? —digo sin entusiasmo.

—¿Qué piensas?

—¿Qué pienso?

—¡De la obra!

—Ah —digo—. Estuvo genial. Felicitaciones.

—A algunas personas no les vendría nada mal un poco de práctica, pero en general, salió bien, ¿no crees? Y Nick estuvo sensacional. —Sonríe—. Eh, hablando de Nick…

Dios, esta chica. No creo que conozca el significado de la palabra *disimular*. Es decir, si te atracas hablando de Nick y no dejas de hablar de Nick, entonces quedará bastante jodidamente claro que quieres hablar de Nick.

—Acabo de tener esta idea genial —continúa Taylor—. Todos, ay, Dios, *todos*, me dicen que aman cómo quedan las voces de Nick y la mía juntas. Digo, demasiada gente me dijo que sintió *escalofríos* al escucharnos. —Ríe—. ¿No es gracioso?

—Muy gracioso.

—En fin. —Sonríe—. Estaba pensando… ¿qué te parece si incluimos a Nick en nuestra banda?

Hago una pausa y entrecierro los ojos.

—¿Qué?

—Podríamos agregar una línea armónica a las vocalistas, o quizás rearmar nuestra lista de canciones para incluir algunos duetos. Y, obviamente, él podría tocar la guitarra.

—Tenemos a Nora.

—¡Claro, por supuesto! Pero ¿y si tuviéramos dos guitarristas principales? Solo creo que agregaría una dimensión extra al sonido, ¿sabes? Y por supuesto, tener a un chico en la banda agregaría un rango vocal mucho más amplio.

—Sí, pero estamos en una banda solo de chicas. Ese es el punto.

Taylor asiente con efusividad.

—Ah, totalmente. Lo entiendo, de verdad. Pero también estaba pensando que sería genial tener una banda de chicas con un cantante hombre. Eso nunca se ve. Siempre vemos bandas de chicos con una cantante mujer, así que esto sería al revés, ¿entiendes?

Ay mierda. Habla en serio. Quiere a Nick en nuestra banda de chicas. De modo que ahora me pregunto con cuánta intensidad puedes fulminar a alguien con la mirada antes de que esa expresión quede fija en tus ojos. De forma permanente. Esa mirada lucirá genial con mi cara de perra.

—En fin, quizás podríamos discutirlo en el ensayo. Todavía nos reuniremos hoy, ¿no?

Mierda. Me había olvidado. Y *de verdad* que no estoy de humor para una tarde con Morgan. En absoluto, definitivamente no.

Pero no soy una imbécil total. Así que, al final del día, cuando Anna me busca en mi casillero, la sigo sin protestar.

Ya todos se encuentran en la sala de música cuando llegamos. Nora está en el suelo con las piernas cruzadas, afinando su guitarra. Taylor también, en una postura mariposa de yoga, y Morgan se encuentra sentada, muy rígida, en una silla de plástico azul. Mira sus rodillas cuando entro en la sala.

—Bueno —dice Anna despacio—. Estamos todas aquí.

Me acomodo cerca del piano y doblo las piernas hacia el pecho. Nora se muerde el labio, sus ojos viajan de Morgan hacia mí. Nadie habla.

Anna sacude la cabeza.

—Bueno, todas quieren hacer lo del silencio incómodo, ¿verdad? Está bien. Déjenlo salir. —Toma su celular—. Cinco minutos. Ya.

—¿Qué? ¿Nos estás tomando el tiempo?

—Cuatro minutos y cuarenta y ocho segundos. —Anna levanta el teléfono.

—Esto es ridículo —murmura Morgan.

Anna asiente de forma breve.

—Estoy de acuerdo. Están siendo ridículas.

—¿Lo dices en serio?

—Cuatro minutos y diecinueve segundos.

Parpadeo.

—Guau. Entonces, Morgan dice algo abiertamente racista, la reprendo, pero de alguna forma, ¿las dos estamos siendo igual de ridículas? ¿Como si solo fuera un tonto drama de chicas?

—Leah, estás exagerando y lo sabes. Fue solo un comentario estúpido —dice Anna.

—Un comentario racista. —Con el rabillo del ojo veo que Morgan hace una mueca.

—Ya, no me des lecciones sobre racismo —protesta Anna.

Mi cuerpo entero se tensa.

—¿Sabes qué? Ni siquiera sé si quiero seguir estando en la banda.

—Ay, vamos. —Anna pone los ojos en blanco—. ¿Por Morgan?

Me encojo de hombros, las mejillas encendidas.

—¿Así que me estás diciendo —dice Anna— que echarás a perder un año de trabajo en conjunto solo por un comentario?

Anna me está mirando como si acabara de estrangular a un cachorro. Nora y Taylor están en silencio y no me atrevo a mirar a Morgan. Miro al suelo.

—Yo solo…

—Estás enfadada. Lo entiendo. Pero mierda, ¿dejar la banda?

—Ni que la banda fuera a durar para siempre. —Río, pero la risa suena sin expresión—. Nos graduaremos en menos de tres meses.

Y en ese momento, durante una fracción de segundo, lo *siento*. Lo poco que queda. Lo rápido que todo cambia. Es extraño, porque las despedidas son algo que comprendo de manera intelectual, pero casi nunca se sienten reales, lo que hace que sea difícil prepararse para el impacto. No sé cómo extrañar a las personas cuando están paradas justo frente a mí.

—Miren, fue lindo mientras duró. —Se me forma un nudo en la garganta—. Pero no podemos forzar esto. No estoy de acuerdo en hacer música con…

La alarma del celular de Anna suena, y hace que todas nos sobresaltemos.

Luego Morgan se pone de pie.

—¿Saben qué? Quedemos así. Yo soy el problema. Yo soy la que arruinó la banda. —Se le quiebra la voz—. Así que, claramente, soy yo la que debería irse.

Anna suspira.

—Vamos, Morgan…

—No, está bien. Me doy cuenta cuando no me quieren. Estoy superacostumbrada. —Se repasa el rabillo de los ojos con los dedos. Luego arruga la boca, camina rápidamente hacia la puerta y la cierra con un golpe detrás de ella.

—Guau. Espero que estés contenta —dice Anna.

—Ok, ¿puedes parar? —dice Nora, girando para enfrentarla—. Esto no es culpa de Leah.

Anna abre la boca para responder, pero Taylor la interrumpe.

—Bien, ¿alguien puede explicarme lo que acaba de suceder?

Todos la miramos.

Taylor luce perpleja.

—¿Morgan acaba de dejar la banda?

—Al parecer, sí —dice Anna.

—Bueno. —Taylor hace una pausa y aprieta los labios. Casi es posible ver cómo trabaja su mente—. Guau. Bueno, supongo que necesitamos un quinto integrante.

Dios.

—Taylor, no queremos a Nick en la banda.

—Está bien, pero…

—Nick ni siquiera es tecladista —dice Nora.

—No, no lo soy —confirma Nick, y mi cabeza gira de pronto hacia la puerta. Está allí parado, flanqueado por Bram y Garrett, todos vestidos con pantalones cortos de fútbol. Y también está Abby, con ropa deportiva. Me toman por sorpresa. Ni siquiera los escuché llegar.

Taylor sonríe de oreja a oreja.

—¿Qué hacen aquí?

—Bueno —dice Bram—. Tengo que pedirles un favor…

—Espera —interrumpe Garrett, sonriendo de forma casi tímida—. ¿Acaban de decir que necesitan un tecladista?

—¿Eres tecladista? —pregunta Taylor.

—Bueno. Soy pianista.

Nora lo mira sorprendida.

—¿Disculpa?

Garrett ríe.

—Pia-nis-ta —pronuncia, y entra en la sala con tranquilidad. Se desploma junto a mí y sonríe—. Pianista, es decir...

—Sí, ya entendimos —replico.

—De verdad necesitamos un pianista —dice Taylor en voz baja—. Morgan acaba de dejar la banda.

—¿Qué? ¿En serio? —pregunta Garrett.

—Sí, porque Leah está siendo una imbécil una vez más —murmura Anna.

—Ah. —Garrett nos lanza miradas nerviosas a Anna y a mí—. ¿Esto tiene que ver con lo de la UGA?

—Te refieres a que Morgan pensó que me aceptaron porque soy negra —dice Abby.

—Ella no lo piensa en serio. —Anna se sonroja—. Nadie piensa eso.

Abby suelta un resoplido.

—Te sorprenderías.

Y luego nadie habla durante lo que parece una hora.

Al final, Taylor se dirige hacia Bram.

—¿Qué querías pedir?

—Cierto. —Bram le dedica una sonrisita y cierra la puerta detrás de él con suavidad—. Bueno, creo que ya decidí cómo quiero que sea mi *promposal*.

—¿Qué? ¡Ay, Dios! —exclama Taylor—. ¿Le harás una *promposal* a Simon?

Bram asiente ligeramente, y ella grita de alegría.

—Pero los necesito, a ti, Nora, en especial. ¿Te llevará mañana en auto, verdad?

—¿A la escuela? —Nora asiente—. Sí.

—¿Piensas que sería posible traerlo aquí exactamente a las ocho y cuarto?

—¿Le harás la invitación en la sala de música? —pregunto.

—Sí. Eso espero. Y también tengo una pregunta para ti.

—Dime —digo, espiando por sobre el hombro de Bram hacia donde Nick está acomodado en el suelo junto a Taylor. Es difícil saber cómo interpretar eso. Quizás signifique que no se reconcilió con Abby. No es que me importe. Solo es extraño.

Bram se muerde el labio.

—¿Piensas que podrías prestarme tu batería?

Lo difícil es coordinar los tiempos. Llevar a Simon a la escuela alrededor de las ocho y cuarto es fácil. Llevarlo *exactamente* a las ocho y cuarto requiere un poco más de precisión. Gracias a Dios Nora me convenció de pasar la noche con ellos, porque quién se hubiera imaginado que Simon Spier era tan exageradamente puntual en las mañanas. Necesitamos todos nuestros esfuerzos combinados para retrasarlo.

—Chicas —vocifera Simon hacia las escaleras a las 07:44 a. m.—. ¡Vamos, vamos!

—¡Solo un minuto! —grita Nora.

—¿Qué están haciendo?

Nora asoma la cabeza al pasillo.

—Tranquilízate.

—¿Siempre está tan entusiasmado por ir a la escuela? —murmuro.

Nora pone los ojos en blanco.

—Sí. Le gusta hacer la tarea en las mañanas con Bram.

—«La tarea» —digo haciendo comillas en el aire.

—Exactamente.

Simon trepa las escaleras y merodea cerca de la puerta de Nora.

—Chicas. Llegaremos tarde.

—No, no es así. —Nora cierra con tranquilidad el estuche de su guitarra—. Solo quieres llegar temprano para ver a tu novio.

Simon resopla.

—Tengo tarea. Vamos. Ahora. —Toma la mochila de Nora.

—Espera —dice Nora. Simon luce exasperado, pero Nora se encoge de hombros—. Creo que llevo puestos dos calcetines izquierdos.

—No. No es así. Eso no existe —dice Simon—. Vamos.

Luego se cuelga la mochila del hombro, ya con las llaves en la mano. Ese pequeñito inocente... Es como si estuviera decidido a arruinar su propia *promposal*.

Nora y yo intercambiamos miradas pícaras ni bien Simon sale de la habitación.

—Está bien. Podemos retenerlo en el aparcamiento. —Toma el estuche de su guitarra.

Los Spier viven a cinco minutos de la escuela, creo que técnicamente podrían llegar caminando. Simon se detiene en el aparcamiento para estudiantes de último año y revisa su teléfono ni bien apaga el auto. Miro el reloj del tablero: las 07:57 a. m.

—Necesito un consejo —suelto.

Es una frase infalible, a Simon le encanta que lo necesiten. Y, dicho y hecho, su rostro se ilumina.

—Sí. Está bien, sí, seguro. Solo déjame avisarle a Bram... está bien. ¿Qué sucede? —Gira todo el cuerpo hacia mí.

—Se trata de Garrett —digo, y me inclino hacia adelante entre los asientos.

♫

Diez minutos más tarde, Simon sigue hablando de lo mismo.

—Entonces, ¿simplemente no apareciste?

Me encojo de hombros con vergüenza.

—Claro.

—Pero Garrett piensa que fuiste al partido.

Asiento.

—¡Leah!

—¿Soy la peor?

—Bueno, no —dice Simon—. Ese sería Voldemort.

—Pero estoy cerca, ¿verdad? Es decir, Voldemort está aquí. —Levanto la mano, casi hasta el techo del auto—. Y yo estoy aquí. —Bajo un poco la mano—. Y la siguiente peor persona está por aquí. Como el dentista que mató a ese león. Él está justo aquí.

Nora ríe.

—Guau.

—Tienes que contarle —dice Simon.

Se me contrae el estómago.

—¿Eso crees?

—Sí. —Asiente—. Deberías ser honesta. Solo explícale lo que sucedió. Garrett es un chico muy bueno. Lo entenderá. —Simon se restriega la mejilla, pensando—. O... podrías decirle que te enfermaste. Bueno, eso en realidad suena más creíble. Podrías decir: «Ey, estaba a punto de salir, pero me sentí realmente muy enferma y ni siquiera pude tomar mi teléfono».

Las comisuras de mi boca se elevan.

—Entonces, debería ser honesta... pero también debería mentir.

—Sí —asiente Simon.

—Simon.

—Yo podría decírselo en tu lugar. Podría dar a entender que tuviste una diarrea espantosa y que estabas demasiado avergonzada para contárselo. Garrett, de todas las personas, *definitivamente* lo entendería —suelta Simon con una risita.

—¡No le diré que tuve diarrea!

—Correcto, se lo diré yo.

—Te mataré.

100

—Yo también —dice Nora.

—¿Por qué las chicas son tan violentas? —pregunta Simon. Ni siquiera respondo. Solo le lanzo una mirada fulminante.

—Quizás no deberías decir nada —dice Simon un minuto más tarde—. Es probable que se olvide de todo el asunto.

—Entonces, ¿ahora estás diciendo que ella no debería mencionar el tema? —pregunta Nora.

—Definitivamente, no. —Asiente con firmeza.

Así que, definitivamente debería decir la verdad y definitivamente debería mentir y, también definitivamente, debería evitar por completo la conversación. Agradezco esta lógica clásica de Simon.

—Ey, ¿entonces qué piensas de Garrett? —pregunta Simon con picardía.

—¡Ah, miren! ¡Son casi las ocho y cuarto! —exclamo. Mi mano ya se encuentra en la puerta.

Ahora solo tengo que llevar a Simon a la sala de música. Podría pedirle que me escuche tocar la batería. ¿Sería extraño? No creo que sospeche nada, pero ¿qué sucede si me responde *naaa*? Entonces, sí que se acabaría todo, a menos que quiera parecer insistente y obsesiva. Pero no puedo decepcionar a Bram, así que…

—Tengo que ir al baño. Toma. —Nora le entrega de golpe el estuche de la guitarra a Simon y se dirige con prisa a la escuela.

—Diarrea —dice Simon, asintiendo con sabiduría. Le echa un vistazo al estuche—. ¿Qué hago con esto?

Nora, maldita heroína.

—Podríamos dejarlo en la sala de música —propongo con mi voz más casual.

La sala de música está totalmente iluminada con lucecitas de Navidad. En marzo. Y Simon ni siquiera se da cuenta.

—Alguien dejó tu batería afuera —comenta, y apoya la guitarra de Nora junto a ella.

—En realidad no es mía. —Echo un vistazo al depósito para instrumentos antes de volverme hacia Simon—. Cualquiera puede usarla.

—¿En serio? —Su rostro entero se ilumina.

—Totalmente. —Asiento—. Deberías intentarlo.

Simon se acomoda en la banqueta. Se ve como un niñito a punto de volar un avión. Le alcanzo los palillos y él levanta la mirada hacia mí con una gran sonrisa.

—En serio, siempre quise hacer esto.

—¿De verdad?

Asiente.

—Entonces, ¿solo tengo que…?

Vuelvo a mirar el depósito, conteniendo una risita.

—Adelante. Toca.

Ni bien lo hace, comienzo a grabar con mi teléfono. Se escucha un ruido fuerte proveniente del depósito, seguido por una melodía suave.

—¿Qué fue eso? —pregunta Simon.

Alguien sube el volumen, la puerta del depósito se abre de pronto y deja al descubierto a Bram, que sostiene un cepillo para el cabello.

—*Ohhhh I… don't want a lot for Christmas…*

Retrocedo con prisa para hacer una toma de la reacción. Simon está sentando en la banqueta de la batería, las manos sobre la boca, los ojos como platos. La música avanza y Bram da un paso adelante, y lo siguen Garrett, Nick y Abby.

Es todo un espectáculo. Abby y los chicos mueven los dedos, levantan los brazos y los dejan caer despacio mientras Bram hace un *playback* impecable con el cepillo como micrófono, una sola palabra dispuesta de forma valerosa en el centro de su pecho con letras negras adhesivas.

Joaquín.

Mientras tanto, Simon permanece sentado en la batería, perdiendo la cabeza en silencio.

Ni siquiera sé a dónde mirar. Es jodidamente maravilloso. El fanfiction de Simon hecho realidad. No puedo creer que Bram haya pensado en esto. No puedo creer que lo estén haciendo.

Por supuesto, Abby es una verdadera profesional; entra en los momentos exactos y sonríe como si estuviera en Broadway. Nick canta con humor y sonríe con un poco de timidez. Es gracioso, se los ve totalmente naturales juntos. Al observarlos, uno pensaría que nunca han peleado en su vida.

Garrett, sin embargo, es un caos deslumbrante. Brazos y piernas por todos lados, saltando de costado en un pie. Y casi se cae en dos ocasiones.

Cuando la canción termina, Bram señala a Simon, sonriendo sin aliento.

—Simon Spier, ¿irías conmigo al baile?

Simon asiente y salta para abrazarlo, riendo con tanta fuerza que apenas puede hablar.

—Te odio tanto. Ay, Dios. Sí —dice, y toma el rostro de Bram con las manos. Luego le da un enorme beso de película.

Garrett grita de alegría, y Simon le muestra el dedo del medio por sobre el hombro de Bram.

—No puedo creerlo, chicos —dice Simon cuando se recupera. Clava un dedo en el pecho de Bram, sonriendo—. Joaquín.

Bram sonríe.

—¿Cómo descubriste eso?

—Fue un esfuerzo colectivo —dice Bram.

—Los odio tanto a todos.

Abby aparece, de la nada, a mi lado.

—Eso fue realmente *épico* —murmura.

—Ni siquiera puedo soportarlo.

Sonríe levemente.

—Lo sé.

Y luego mi boca se desconecta de mi cerebro. Es la única explicación. Porque lo estoy diciendo. Lo haré.

—Es probable que hayas hecho otros planes o algo así, pero... —Las palabras se desvanecen en mi garganta. ¿Por qué demonios es tan difícil?

—¿Me estás invitando al baile, Leah Burke?

—Sí —respondo sin emoción—. Estamos literalmente a un metro y medio de tu novio, y te estoy invitando al baile.

Levanta las cejas, como si no pudiera decidir si estoy bromeando o no. Es un doce en una escala de diez de incomodidad. ¿De verdad tengo que aclararle que no la estoy invitando al baile?

—No te estoy invitando al baile, Abby.

—Ah, bueno.

Me sonrojo. Durante un minuto, ninguna de nosotras habla.

—Bueno, pero en serio —digo al final—. Este *road trip* a Atenas...

Abby se queda boquiabierta.

—¿Estás diciendo que quieres ir al *road trip* a Atenas?

Me encojo de hombros.

—Es decir, si todavía quieres hacerlo.

—¿SI TODAVÍA QUIERO? —grita, y arroja los brazos alrededor de mí. Y lo siento en mi estómago, como un teléfono diminuto que vibra.

Al parecer, la fiebre de graduación *sí* existe.

Literalmente, lo único que Simon quiere hacer es mirar el video de su *promposal*, una y otra y otra vez. Hasta se lo envió a su mamá. Y Nick y Abby han vuelto a esa normalidad feliz y molesta, se toman de las manos en la clase de Inglés y debaten acerca de ramilletes en el almuerzo. Es como un apocalipsis acechante, pero con vestimenta formal.

Y luego está Garrett, que no deja de mirarme con esa expresión extraña y chispeante. Atrapo a Bram en su casillero el jueves y lo obligo a que me diga la verdad.

—¿Garrett me invitará al baile?

—Eh —dice Bram.

—Por favor dime que no está planeando algo público.

Dios, moriré. Simplemente no puedo. No es que tenga problemas con Garrett. Honestamente, ni siquiera me importaría ir al baile con él. Pero las invitaciones públicas son en realidad mi peor pesadilla. Ya tienen la incomodidad suficiente sin el público.

—En serio, necesito saberlo.

—Bueno… —Bram se muerde el labio.

—Ya entendí. —Hago una mueca—. Y… ¿cuándo sucederá?

—En el almuerzo —dice—. Eh, ¿quieres que…?

Le doy una palmadita en el hombro.

—Yo me encargo.

Quiero decir, sí. Iré con Garrett al baile. No tengo problema. Iremos como amigos. Como compañeros. Como bros. Será divertido. Nos tomaremos esas fotografías espantosas en las escaleras, y con suerte no le clavaré el alfiler del ramillete. O quizás lo haga de forma accidental.

Lo encuentro acampando en la biblioteca.

—Hola, ¿podemos hablar?

Levanta la mirada con sorpresa.

—Sí. ¿Qué sucede?

—En privado. —Me sigue hasta el sector de revistas, y no dudo ni un instante—. Bueno, sucede lo siguiente. Sé lo que estás planeando.

Alza las cejas de pronto.

—¿Qué?

—Escucha. Iré contigo al baile, ¿sí?

Se queda boquiabierto.

Me sonrojo.

—Si tú quieres. Es decir. No tenemos que…

—Sí, Burke. Sí, quiero —dice lentamente—. Pero, eh, me estás robando el protagonismo.

—Sí. —Pongo los ojos en blanco—. Ese es el punto.

—¿No quieres mi protagonismo?

—Ni un poco.

—Pero… —Se restriega la frente y dibuja una sonrisa en el rostro—. ¿Irás al baile conmigo? ¿De verdad?

—Sí.

—Guau. —Sonríe. Luego me envuelve en un abrazo de oso y tengo que admitir que es un tanto dulce. Este chico. Este chico de ojos azules que me llama por mi apellido y que nunca se calla. Mi cita para el baile de graduación. Acaba de suceder. Acabo de invitar a un chico. O él me invitó. Supongo que fue una invitación mutua.

En fin, está hecho, yo lo hice, y supongo que iré al baile. Con una cita. Soy un verdadero cliché de preparatoria. Una parte de mí siente que debería anunciar esto. De hecho, la gente anuncia esta mierda en los «Secretos de Creek» de Tumblr. Incluso hay una lista actualizada de las parejas que asistirán al baile en la sección de notas. Supongo que es para ahorrarle a la gente tener que pasar por una situación tan humillante como la de Harry cuando invitó a Cho al baile de Navidad. Aunque, seamos realistas: si Katie Leung rechazando con dulzura a Daniel Radcliffe con acento escocés no fue tu despertar sexual, ni siquiera quiero conocerte.

Solo me gustaría saber cómo sentirme con respecto a Garrett. Esto no debería ser tan complicado. Tiene que ser más fácil para las personas con pene. ¿Esta persona te la pone dura? ¿Sí? Listo. Solía pensar que las erecciones literalmente apuntaban en dirección a la persona que te atraía, como una brújula. Eso sería útil. Humillante como la mierda, pero al menos aclararía las cosas.

Llego a casa antes que mamá y encuentro una nota en la nevera que dice que la llame al trabajo cuando llegue. Y de la nada recuerdo una cosa que Abby me dijo justo después de haberse mudado aquí. En ese momento, su padre todavía estaba en DC y supongo que pensaba que Shady Creek era un lugar bacanal arrasado por la droga, porque no quería que Abby fuera a *ningún lado* luego de que oscureciera. Incluso la llamaba al teléfono fijo, para asegurarse de que en verdad estuviera en casa. Una maniobra infalible de padre, excepto por la parte en la que Abby redirigía todas las llamadas fijas a su celular. Pero no es que esté pensando de la nada en Abby Suso, otra vez.

Me desplomo en el sillón y marco el número de la oficina de mamá. Atiende luego del primer tono.

—¿Cómo puede ser que no me hayas contado que había un video de una *promposal*?

Sonrío.

—¿Quién te dijo?

—Alice Spier lo compartió del Facebook de Simon.

Dios, tienen que amar que mi madre no sea amiga de los padres de mis amigos. Es amiga de sus hermanos.

—Necesito detalles —pide mamá.

De modo que le cuento todo. O eso intento. No estoy segura de que sea posible poner en palabras cómo se ve Garrett cuando baila.

Y... ok. Supongo que debería contarle acerca de la invitación de Garrett al baile. Casi me asusta lo feliz que eso la hará. Tiene algo con los bailes de la escuela. Fue a todos: cuando era estudiante de primer año, e incluso al baile de tercero, cuando estaba embarazada de cuatro meses y medio. Tiene esta teoría de que cada película de adolescentes debería terminar con una escena en un baile de graduación.

«Creo que cada película de adolescentes *termina* con una escena en el baile de graduación», le dije entonces.

Piensa que es romántico. Me lo explicó una vez.

«Es la noche en la que todo el drama cotidiano se suspende. Todos lucen diferentes. Y todos son un poquito más generosos entre sí». Recuerdo que hizo una pausa luego de decir eso y, durante un instante horrible, pensé que era un eufemismo. Pero luego añadió con suavidad: «Recuerdo sentir que estaba bien que las cosas me *importaran*. No mostrarme tan indiferente. Hay algo muy sincero acerca de los bailes de la escuela».

Ante eso, nunca supe qué responder. *Genial, mamá. Me alegro de que haya funcionado para ti.* No lo sé. Quizás a algunos nos gusta ser indiferentes.

Cierro los ojos con firmeza, temiendo su reacción.

—Invité a Garrett al baile.

Mi mamá suelta un grito ahogado.

—Leah.

—Y no es gran cosa, ¿sí? Es solo Garrett. No es nada. Solo iremos como amigos.

—Ajá —dice. Incluso la puedo escuchar sonreír.

—Mamá.

—Solo me estaba preguntando… ¿Sabe Garrett que irán como amigos?

—*Mamá*. Sí.

Excepto que… mierda. No lo sé. Es decir, creo que iremos como amigos. Nadie dijo que era una cita romántica. Pero quizás el baile de graduación sea romántico por defecto. ¿Es algo que tengo que especificar? ¿No pueden las situaciones sociales ambiguas simplemente irse al carajo?

Por supuesto, ni bien cuelgo el teléfono, hay un mensaje de Garrett esperándome.

¡Hablaré con Greenfeld y arreglaremos el tema de la limo y de la cena y todo! La de este año será una graduación de las pelotas, no puedo esperar.

Garrett diciendo *de las pelotas*. Ahora mi mente no puede des-escucharlo.

♫

Para el viernes, la fiebre de graduación colectiva de la preparatoria Creekwood ha mutado a fiebre de universidad. Lo juro por Dios, no existe nada más tóxico que una preparatoria de los suburbios en marzo. Los pasillos parecen una captura de pantalla de *Jeopardy!* versión universitaria, con camisetas de universidades atacando desde todas las direcciones. Es como si la escuela entera se hubiera convertido en Taylor de un día para el otro.

Anna entró a Duke. Morgan, a Georgia Southern. Simon y Nick entraron en Wesleyan y Haverford, y a ambos los rechazó la Universidad de Virginia. Abby los miró con incredulidad al enterarse.

—¿Son literalmente la misma persona?

—Saben que venimos en combo —comentó Simon.

—Eso sí que es extraño —dijo Abby.

Nuestra mesa de almuerzo también es zona de guerra, pero de guerra silenciosa. Morgan y yo nos ubicamos en extremos opuestos y nos comunicamos solo con miradas fulminantes. Pero no somos solo nosotras. Abby y Nick también están peleando de forma discreta una vez más. Y luego está Simon, en el medio, que mira de un lado a otro como si fuéramos una calle que tiene que cruzar. No creo haber conocido alguna vez a alguien tan sensible al conflicto.

Garrett, por el contrario, permanece en un estado de ignorancia perfecta. Se desploma en la silla frente a mí, junto a Abby, y sonríe.

—Bueno, chicas, necesito su ayuda. —Hace un gesto hacia la mesa—. Estoy a cargo de hacer la reserva de la cena para toda esta gente hermosa para la noche de la graduación. Así que acepto sugerencias.

—¿Tal vez algo cerca del lugar? —dice Abby de forma distante.

—Algo barato —añado.

Garrett me sonríe.

—Bueno, no te tienes que preocupar por *eso*, Burke. Creo que tu cena está cubierta.

—Ah, está bien. —Me sonrojo—. Gracias.

Abby se vuelve de pronto para mirarme.

—Esperen, ¿ustedes dos irán juntos al baile?

—Sí —dice Garrett. Yo asiento y miro para abajo.

—¿En serio? ¿Cómo puede ser que no me haya enterado?

Garrett finge sorpresa.

—¿No te contó?

—No —dice Abby. Todavía me está mirando.

¿Tenía que contarle? ¿Me perdí el momento en el que eso se volvió una expectativa? No la entiendo. De verdad no la entiendo. Todos piensan que Abby es tan divertida y adorable y alegre, pero en realidad es la chica más confusa del universo.

Alzo la mirada hacia ella, y me mira directo a los ojos. No puedo interpretar su expresión.

—En fin —dice—, deberíamos arreglar lo del receso de primavera.

—¿Qué sucederá en primavera? —pregunta Garrett.

Los ojos de Abby viajan con rapidez hacia los costados.

—Ah, nada. Solo el mejor *road trip* de la historia. —Es extraño. Su voz suena perfectamente tranquila. Pero algo brilla en sus ojos como si estuviera desafiando a alguien.

A Garrett. A mí. No tengo idea.

—Soy bastante flexible —digo lentamente.

—Bien, yo también. Dios, estoy tan lista para esto. Estoy tan lista para la universidad.

—Ah, ¿visitarán la UGA? —pregunta Garrett.

—Sip —responde Abby, y desliza la mano por la mesa, la palma hacia arriba, como si quisiera que le choque los cinco. De modo que eso es lo que hago.

Y entrelaza nuestros dedos.

Justo aquí en la mesa del almuerzo. Ni siquiera sé qué está sucediendo.

—Ya sabes lo que dicen —murmura Abby, mirando de reojo a Garrett—. Lo que sucede en Atenas queda en Atenas.

Garrett enarca las cejas, sonriendo.

—No digas más.

Y de pronto, estoy molesta. No, en realidad estoy furiosa. Retiro con brusquedad mi mano de la de Abby y echo la silla hacia atrás de forma abrupta.

—Espera, ¿qué acaba de suceder? —pregunta Simon.

Cuando estoy enfadada, escapo. Es lo que hago. Salgo a las zancadas de lugares y camino furiosa por los pasillos y desaparezco en cubículos de baños. Porque si me quedo, perderé los estribos con alguien. Lo haré. Lo juro por Dios. Ni siquiera sé con quién estoy más molesta. Si con Abby, por provocarme, o con Garrett, por hacer que todo se trate de él cada jodida vez. *Porque para eso existen las chicas bi, Garrett. Para tus fantasías masturbatorias.* Quiero gritarle en el rostro. Ey, si gustas de mí —si de verdad gustas de mí— entonces muéstrate celoso. Preocúpate. Haz *algo.* Si fuera Nick el que estuviera coqueteando conmigo, Garrett pensaría *Ok: competencia.* Pero al ser Abby, no significa nada. Es como si no contara.

No es que Abby estuviera coqueteando conmigo. Lo más probable es que ese no fuera el caso.

No, definitivamente no lo fue. Y definitivamente no me importa.

Siento que estás enfadada conmigo, me escribe Garrett luego de la escuela. Por lo de Abby. Lo siento Burke, de verdad estaba bromeando, pero no lo haré más, en serio. Lo siento.

Miro la pantalla. No sé por dónde empezar. Pero ¿cómo lo reprendo si ni siquiera sabe que soy bi?

Me hundo en el sillón, exhausta. Está bien. Solo prométeme que dejarás de ser un idiota, ¿sí?

¡Lo prometo!, responde de inmediato, carita sonriente y todo. Entonces, ¿estamos bien?

Estamos bien.

Excepto que me siento todo lo contrario a bien. Estoy molesta durante todo el fin de semana porque Garrett se disculpó, pero Abby no. No es que piense que lo hará. Solo que no la entiendo. No entiendo lo que está haciendo. Y ni siquiera se trata del comentario de *lo que sucede en Atenas*. Eso podría significar algo. Podría significar chicos de la fraternidad y barriles de cerveza y basura hetero durante días.

Pero… la mirada en el rostro de Abby cuando dije que iría al baile de graduación con Garrett. Lo sorprendida que se mostró porque no se lo hubiera contado, pero ¿por qué le contaría? Ella tiene novio. ¿Qué importa si están peleados? Ella. Tiene. Novio. Por lo tanto, nada de esto importa, y la graduación puede irse a cagar.

Por supuesto, mi mamá está completamente enloquecida con el baile. Se toma dos horas de permiso del trabajo el miércoles para recogerme luego de la escuela.

—Sube. Iremos a comprar un vestido.

Me quedo mirándola.

—¿Es necesario?

—Sí, señora. Porque irás al baileeee. —Arrastra intencionalmente la última vocal—. Estoy tan emocionada.

Es como si fuéramos de dos planetas distintos. Cada tanto, me asalta un mismo pensamiento: si hubiera conocido a mi mamá en la preparatoria, creo que no hubiéramos sido amigas. No es que ella haya sido una idiota. Era un poco como Abby. Presente en todas las obras, en todas las fiestas, calificaciones perfectas. Siempre tenía novio, en general un jugador de fútbol con abdominales muy definidos. Pero a veces salía con nerds, o músicos, como mi papá, que al parecer solían fumar mucha marihuana. Supongo que eso no bajó su conteo de espermatozoides.

—Sabes, la última vez que fuimos a ver vestidos para un baile de graduación estabas aquí adentro.

—Jaja.

—Mi pequeño feto de graduación.

—Qué asco.

—Es hermoso. Tú eres hermosa. —Entra en el aparcamiento del centro comercial y encuentra un espacio libre cerca del elevador. Mi mamá tiene demasiada suerte con los espacios de aparcamiento. Es básicamente su superpoder—. ¡Y tienes una cita!

—Sí, con *Garrett*.

—Garrett es encantador. —Hace una pausa para sonreírme—. Bueno, aquí estamos. ¿Dónde se encuentran los vestidos formales?

Las tiendas por departamentos son como cafeterías. Es difícil concentrarse. Demasiadas opciones. Me abruma el solo hecho de estar aquí. Mamá se detiene junto a una escalera mecánica y examina el mapa de la tienda.

—Ajá. Arriba. —La sigo por la escalera—. Y bien, ¿qué es lo típico estos días? Cuando yo estaba en la preparatoria, todos asistían con vestido largo, pero creo que eso ya pasó de moda.

—¿Sí? —Trago saliva.

—O quizás estoy pensando en el baile de bienvenida. No sé. Ah, aquí vamos.

Perchas y perchas de vestidos. Creo que nunca había visto tanto satén en mi vida. Todos son de colores eléctricos, sin tirantes y cargados de brillos. No tengo nada como esto en mi armario. No tengo nada que se acerque a un vestido apropiado para un baile de graduación. Me he salteado todos los bailes desde que dejamos atrás los bat mitzvá. Y claramente fue la decisión correcta, porque estos vestidos son una basura y el baile es estúpido de cualquier forma.

Excepto que no se siente estúpido.

Me avergüenza admitirlo, pero quiero vivir todo esto de la graduación. El vestido, la limosina, todo. Incluso duele imaginarme la graduación sin mí. Yo sola, en pijama, pasando la noche entera entre Instagram y Snapchat. Viendo todo a través de una pantalla. Mirando, finalmente, lo poco que me perdí.

Mamá comienza a pasar las perchas, siente la tela entre los dedos y observa las etiquetas de las tallas.

—Estos son geniales, Lee. Estoy buscando uno de dos piezas.

—¿Estás bromeando?

—Es como una falda y un top. Es diferente. Me gusta. —Sacude la cabeza—. Deja de mirarme así.

Mi mano roza un vestido, un corsé con un patrón intricado de mostacillas y una falda voluminosa de tafetán. Es lo peor. Pero también es extrañamente hermoso. No puedo dejar de acariciar la tela.

Está bien, es estúpido, pero siempre he querido vivir uno de esos momentos de *¡ay mierda!* de las películas de adolescentes. Como cuando la delgada chica nerd baja las escaleras con su vestido rojo. O Hermione en el baile de Navidad. O incluso Sandy y sus pantalones ajustados en el final de *Grease*.

Quiero sorprender a todos. Quiero que todas las personas que alguna vez me gustaron deseen no haberse perdido la oportunidad conmigo.

—Ese es muy lindo —dice mamá con cuidado, sin dirigirme la mirada, como si yo fuera un ciervo y no quisiera espantarme. Es demasiado molesto.

—En realidad no —digo.

—¿Por qué no te lo pruebas? Nada que perder, ¿verdad?

Excepto mi dignidad. Y mi racha impecable de dieciocho años de no usar espantosos vestidos de baile.

Bueno, aquí tienen un dato acerca de mí: soy terca. Lo admito. Pero siempre subestimo cuán terca es mamá también. No termina siendo una perra como yo, pero puede ser muy persistente. Razón por la cual, veinte minutos más tarde, estoy en un cambiador llevando puesto ese vestido de tafetán de mierda. La talla más grande de todas y ni siquiera me sube la cremallera. Siento la espalda desnuda y se me eriza la piel, y cuando echo un vistazo al espejo, quiero vomitar. La falda se infla como un globo alrededor de mi cadera y cuelga más allá de mis tobillos. Esta quizás sea la peor idea que mi mamá haya tenido alguna vez.

—¿Cómo va todo allí adentro? —Mamá merodea afuera de la puerta de mi cambiador—. ¡Quiero ver!

Sí, pero eso no sucederá.

—Este es el que elegirás para el baile, ¿verdad? El color se verá fantástico con tu cabello. Créeme.

—Es horrendo.

—Estoy segura de que no es así.

—No. Quiero decir, es un puto desastre.

—Guau, está bien. No te guardes nada. —Ríe—. Pasemos al próximo.

Ya estoy poniendo los ojos en blanco mientras lucho por entrar en una pesadilla de chifón púrpura. Es una talla más grande que el anterior, así que cierra. Pero me ajusta en la cadera y casi se amolda a mi estómago. Sé que suena horrible, pero no lo es. Es como si fuera maravillosamente cruel. Pero el vestido en sí es una basura para matronas, y no apareceré en el baile viéndome como la abuela de alguien.

—¿Y bien? —pregunta mamá.

Río con sarcasmo.

Alguien suelta una exclamación en el cambiador contiguo.

—¡Jenna! Ay, Dios, me encanta.

—¿No piensas que hace que mis brazos se vean gordos?

—¿Qué? Cállate. No eres gorda. Te ves fantástica.

Mi cuerpo entero se tensa. Lo único peor que probarse vestidos es escuchar a un grupito de chicas delgadas probándose vestidos en el cambiador vecino. Escucharlas criticarse a sí mismas. Es como si ni siquiera importara que me gustara mi cuerpo, porque siempre hay alguien allí para recordarme que no debería hacerlo.

No eres gorda. Te ves fantástica.

Porque gorda es lo opuesto a fantástica. Ya lo entendí. ¡Gracias, amiga de Jenna!

—¿Debería probarme la talla cuatro o será enorme? —pregunta Jenna. Dios.

Pero mamá sigue insistiendo, y vuelvo a la realidad.

—¿Te has probado el amarillo?

Es apenas amarillo, más oro pálido. Y estampado con flores brillantes, multicolores, pequeñas en el corsé y más grandes hacia el ruedo de la falda.

Odio el amarillo. Y las flores.

Debería odiar este vestido.

Pero no puedo explicarlo. Es, simplemente, demasiado genial. Nadie lleva un vestido de flores al baile. Es un tanto ceñido, tiene un escote con forma de corazón y supongo que la falda tiene un corte A, pero cuenta con una capa de tul blanco debajo.

No lo sé. Lo amo. Estoy segura de que no me quedará bien. Estoy segura de que fue hecho para una chica como Jenna, la del cambiador vecino. A quien definitivamente me imagino como Zoey Deutch. No tengo dudas: este vestido se vería increíble en Zoey Deutch. Pero supongo que de todas formas le daré una oportunidad.

Bajo la cremallera, meto las piernas en la falda con cuidado y la subo por mi cadera. Es extraño estar usando un vestido como este un miércoles por la tarde, con mis calcetines de TARDIS asomando por debajo.

Es extraño llevar puesto este vestido, punto.

Cierra. Es un comienzo. A pesar de que estoy segura de que pareceré una idiota con los tirantes de mi sujetador a la vista. Me miro los pies. No quiero mirarme al espejo. Mejor imaginar que el vestido se ve fantástico.

—¿Qué piensas? —pregunta mamá.

Respiro hondo. Levanto la mirada.

Me lleva unos minutos acostumbrarme a la imagen de mí misma en el vestido. Yo en amarillo. Presiono las manos sobre los muslos y simplemente me miro.

No es horrible.

Los tirantes del sujetador se ven ridículos.

Pero me gusta la forma en la que cae la falda, rozando mi cadera y acariciando el suelo. Creo que en verdad podría llevarlo puesto. No sé si alcanza los niveles *ay mierda* de provocación de erecciones, pero no importa. Es lo más bonita que me he sentido jamás.

Abro una rendija en la puerta y espío hacia afuera, y mamá levanta la cabeza de golpe.

—¿Puedo ver este?

Me encojo de hombros y salgo lentamente. Siento como si estuviera sobre un escenario. Mamá no dice una sola palabra. Quizás esté conteniendo las lágrimas. Quizás esté conmocionada por la transformación. Creo que luzco diferente. Tal vez me vea mayor. Mi cabello parece muy rojo. Jugueteo con el satén de mi falda.

Mamá inclina la cabeza hacia un lado.

—Eh —dice por fin—. No me gusta.

Me desinflo.

—Ah.

—Creo que te opaca. Es un tanto chillón.

—Guau. Está bien. Este en verdad me gustaba.

—¿En serio? —Mamá arruga la frente—. Digo, no está mal, pero no creo que sea el indicado, Lee.

—Por supuesto que no. —Siento que se me cierra el pecho.

Mamá luce afligida.

—¿Qué se supone que significa eso?

Le lanzo mi mirada más fulminante e intento no llorar. Ni siquiera tengo una respuesta para eso. No sé qué quise decir. Solo sé que me siento para la mierda y que odio a todos en el mundo entero.

Sacudo la cabeza.

—Se terminó.

—Leah, vamos. ¿Qué sucede?

Suelto una risa sin sonreír. Ni siquiera sabía que eso era posible.

—Simplemente me cansé. Y esto es estúpido. —Me vuelvo a meter en el cambiador y dejo a mi mamá boquiabierta afuera.

Suspira en voz alta.

—¿De verdad?

Bajo la cremallera del vestido, me lo quito y lo cuelgo del gancho de la pared. Lo juro por Dios, me está mirando. Me apresuro a ponerme los jeans.

Mientras tanto, mi mamá sigue intentando hablar conmigo.

—Leah, si te gusta ese, lo compramos. A mí también me gusta.

Entreabro la puerta y la miro con furia.

—No, no te gusta.

—Sí me gusta. En verdad es bonito. Y sabes, creo que se verá perfecto una vez que te arreglemos el cabello. En serio.

—Como sea.

—¿Lo puedo ver una vez más?

—Ya me cambié.

—Está bien. Entonces, llevémoslo. Lo pago ahora mismo.

Y ni bien dice eso, me doy cuenta de que no tengo idea de cuánto cuesta. Nunca pensé en mirar la etiqueta, lo que *verdaderamente* es algo inusual en mí. Miro el precio y el calor me sube a las mejillas.

—Cuesta doscientos cincuenta dólares.

Mamá hace una pausa.

—No te preocupes.

—¿Qué? —Inhalo de pronto—. No podemos pagar eso.

—Está bien, querida. No es un problema.

—¿Qué, robarás un banco o algo por el estilo? ¿O utilizaremos el dinero de Wells? —El estómago se me retuerce con fuerza ante el pensamiento.

—Leah, no te atrevas a mirarme así.

—Solo digo...

—No quiero escucharlo —suelta. Su voz parece resonar en el techo.

Siento un nudo en el estómago. Ninguna de las dos dice una palabra.

—Ni siquiera te gusta el vestido —digo al final.

—Leah, me gusta el vestido. —Cierra los ojos durante un instante—. Y esto es algo que me gustaría hacer por ti. No tiene que ser tan complicado.

—¿Hablas en serio?

—Sabes, tengo curiosidad, Leah. ¿Cuál era tu plan para pagar un vestido para la graduación? Explícame.

Ni siquiera sé qué decir. Obviamente, no tengo idea. No puedo costear un vestido de doscientos cincuenta dólares. No puedo costear un vestido de cincuenta dólares. Y quizás podría haber buscado algo de segunda mano, pero esos lugares nunca pasan de la talla dos. Que es el espacio suficiente para una de mis piernas.

Durante un minuto insoportable, nadie habla. Incluso Jenna y su amiga se quedaron en silencio en el cambiador de al lado.

—No me importa el vestido —digo en voz baja.

Mamá se restriega la frente.

—Leah.

—Solo quiero ir a casa.

—Está bien.

Durante todo el camino hacia el auto permanecemos en silencio, pero mi mente da tumbos en todas direcciones. *No tiene que ser tan complicado.* Claro. Imaginemos que no lo fuera. Imaginemos que fuera Jenna… *ay, Dios, mis brazos se ven gordos.* Las chicas como Jenna salen de los cambiadores y la gente aplaude y deja escapar gritos ahogados. Estoy segura de que tiene la tarjeta de crédito de sus padres… sus padres, quienes están casados, tienen cuarenta y cinco años y no están saliendo con tipos que tienen nombres en plural.

—Cariño, lo siento. —Mamá aparca en la entrada de nuestra casa—. De verdad me gusta el vestido. No tenía idea de que te gustara tanto.

—No es así. —Mi voz sale temblorosa.

Mamá hace una pausa.

—Está bien.

—Ni siquiera quiero ir al baile.

—Leah. —Mamá sacude la cabeza—. Tienes que dejar de hacer eso.

—¿Hacer qué?

—Arrojar todo por la borda cuando algo sale mal.

Durante un instante, la cuestión queda suspendida allí. No sé qué decir. No hago eso. *Creo* que no.

—¿Sabes qué quiero para ti? —dice mamá al final. Sonríe, casi con tristeza—. Quiero que dejes que las cosas sean imperfectas.

—Está bien —frunzo el ceño—. Pero lo hago.

—No, no lo haces. ¿Sabes? Acabas de pasar un mal momento intentando comprar un vestido y ya no quieres ir al baile. No quisiste ir a las audiciones para la obra porque no eres la mejor actriz del universo.

—Soy la peor actriz del universo.

Mamá ríe.

—¡No lo eres! En absoluto. Simplemente quieres ser la mejor. Y tienes que dejar de buscar eso. Acepta lo que apesta. Deja tu interior un poco al descubierto.

Sí, que maldita broma. *Deja tu interior al descubierto.* Ni siquiera entiendo qué quiso decir. ¿Por qué alguien querría vivir de esa forma? Como si vivir al borde del derrumbe no fuera suficiente. ¿Se supone que debo derrumbarme bajo un foco?

Es demasiado. Y no quiero aceptar lo que apesta. Quiero que las cosas no apesten. No creo que eso sea demasiado pedir.

14

Paso el jueves flotando por las clases como la neblina. A duras penas digo una palabra en el almuerzo, y no me quedo en la escuela luego de que suena el timbre. No busco a Simon ni a Nick en la mañana del viernes. No merodeo por los casilleros. Solo me meto en la bilbioteca y me adueño de una computadora. Tipeo sin pensar.

Simon me encuentra de todas formas.

—¡Ah, hola! ¿En qué estás trabajando? —Acerca una silla junto a mí.

—La Paz de Viena.

—Genial —dice, y puedo escucharlo sonreír.

—Ok, ¿por qué estás tan alegre? —Me vuelvo para mirarlo y quedo boquiabierta—. Simon.

Su camiseta. Es nueva y de un violeta brillante, completamente lisa excepto por tres letras blancas: NYU.

—Esta no es una broma del Día de los Inocentes, ¿verdad? ¿Te aceptaron?

—¡Me aceptaron!

—¡Simon! —Le pego en el brazo—. ¿Por qué no me escribiste?

—Quería sorprenderte.

—¿Lo sabe Bram?

Sonríe de oreja a oreja y asiente.

—Ay, Dios, Simon. Estarán juntos en Nueva York.

—¡Sí!

—¡Vivirán en Nueva York!

—Es extraño, ¿no? —Acerca un poco más la silla. Luego exhala y ríe al mismo tiempo, los ojos relucientes detrás de sus gafas.

—Digo, literalmente estarás en Manhattan. Ni siquiera puedo procesarlo.

—Lo sé.

—¿Te das cuenta de que vivir en Nueva York es quedar casi a un paso de ser famoso? —pregunto.

—Claro.

—En serio. Ni se te ocurra olvidarte de mí.

—Eh, te acosaré online mil veces al día.

—Esa parece una buena manera de pasar el tiempo.

Ríe.

—Como sea. Sabes que iremos a visitarlas a Abby y a ti, ¿verdad?

—Sí.

—Todavía no puedo creer que viajarán juntas. Si terminan siendo compañeras de habitación, lo juro por Dios...

Lo interrumpo.

—¿Juras por Dios qué?

—No lo sé. Juro por Dios que sonreiré de la aprobación.

—¿Me estás amenazando?

Sonríe.

—Es solo que en verdad me gusta la idea de que ustedes dos sean amigas.

Algo me oprime el pecho. Me siento extrañamente disonante.

Intento liberarme de esa sensación.

—Entonces, ¿todavía irás al tour de universidades o ya no tiene sentido?

Suena el timbre del primer período, y Simon se pone de pie y jala de las tiras de su mochila.

—Sí, iré. Mi mamá quiere que visite las últimas universidades antes de tomar la decisión. —Se encoge de hombros—. Como sea. Será divertido. Bueno, tengo que encontrar a Abby para volver a intercambiar nuestros teléfonos.

—¿Intercambiaron teléfonos? —Camino junto a él—. ¿Por qué?

—Se está enviando fotos a sí misma. Mira.

Sostiene en alto el teléfono de Abby, con su funda floral, y efectivamente hay una cadena masiva de fotos. En su mayoría de Simon y Abby, pero yo también estoy en algunas de ellas. Para ser sincera, no sabía que algunas de estas fotos existieran. Como la de Abby, Bram y yo medio dormidos en el sillón del señor Wise luego del examen de Literatura del año pasado. Estamos todos descalzos y vestidos con camisetas y pantalones de pijama. Básicamente, habían llegado los exámenes y, de pronto, el resto de las cosas nos empezaron a importar una mierda. Me gusta bastante cómo me veo en esa, de todas formas. Tengo el cabello suelto y enmarañado, y literalmente estoy bostezando pero los tres tenemos una expresión apacible en los ojos y estamos adormecidos y felices.

—Hará un collage para su futura habitación universitaria —explica Simon—. Yo debería hacer lo mismo. —Toca algunas fotografías.

Camino a su lado mientras observa una suya.

—Me veo tan ebrio en esta —dice. Y agrega, un instante después—: Nick tiene que aprender a abrir los ojos en las fotos. —Espío la pantalla, y mi estómago se retuerce con suavidad. Es solo una selfie al azar de la parejita, ni siquiera es nueva, porque claramente fue tomada en un ensayo de la obra. Una foto clásica de Nick y Abby: Abby sonriendo de manera dulce con la

cabeza un tanto inclinada, y Nick viéndose como si alguien acabara de darle un puñetazo.

»Estoy un poco preocupado por Nick y Abby —dice Simon
luego de un minuto.

—¿Ah, sí?

—Sí, no están… Guau —dice de pronto, mostrándome el
celular—. ¿Tú dibujaste esto?

Me quedo helada.

—Es hermoso —añade, y el corazón me da un vuelco en el
pecho.

Porque… Ok. Mierda.

No puedo formular ni siquiera una palabra. Simplemente
me quedo mirando el teléfono.

Abby todavía conserva la foto, un año y medio más tarde.
Está en su álbum de favoritos. No sé qué significa eso. O si significa algo. Tengo la mente en blanco.

—¿Cuándo lo dibujaste? —pregunta Simon.

Siento que me arden las mejillas.

—El año pasado.

El penúltimo año. Había regresado de la pijamada de Morgan
sintiéndome demasiado confiada. Y sin importar lo que inten-
tara, no podía quitarme esa sensación. Así que tomé mi bloc
de dibujo y dibujé sin un plan en concreto. Dos chicas acos-
tadas boca abajo, mirando un teléfono. Puros trazos suaves y
curvas y cuerpos encimados. Nos coloreé con lápices, el color café de la piel de Abby, el rosado de mis mejillas, el rojo
oscuro de mi cabello. Dibujé como si estuviera sumida en un
trance. Se sintió como si hubiera volcado mi corazón en la
hoja.

Debí haberlo escondido, pero supongo que me sentí valiente. Estábamos en el patio cuando se lo mostré. Solíamos esperar allí juntas, luego de la escuela, cuando el autobús estaba retrasado. Era diecinueve de septiembre —un viernes, el día anterior a mi cumpleaños— y el aire se sentía fresco y nuevo. Ni siquiera había llevado mi bloc de dibujo ese día, pero había tomado una fotografía con mi teléfono.

—No te rías —le había dicho. Rio ni bien dije eso. Apenas podía estar quieta, mi corazón latía demasiado rápido. Le alcancé mi celular y luego miré mis rodillas. Se quedó callada durante algunos insoportables minutos y luego, por fin, giró para mirarme.

—Leah.

Levanté la mirada y la encontré observándome, sonriente. Tenía las comisuras de la boca levantadas.

—Todavía es un boceto, obviamente.

—No puedo creer que hayas dibujado esto —dijo—. Es… guau.

—No es nada.

Pero no se sintió como nada. Se sintió como una carta de amor. Se sintió como una pregunta.

—Estoy sin palabras. —Suspiró—. Me fascina. Leah. Me pondré a llorar.

—No llores —dije. Me sentía como un globo demasiado inflado. Repleta de aire y tensión, anclada y flotando al mismo tiempo—. Me alegra que te guste.

—Me encanta. —Se acercó un poco más. No había nadie más en el patio. Olía a vainilla y sus pestañas eran como dos gruesos paréntesis negros. Eso fue todo. Mi cerebro solo tenía espacio para esos dos detalles.

Abby está esperando afuera de la clase de la señorita Livingstone con el teléfono de Simon en la mano. No puedo mirarla sin sonrojarme.

Todavía tiene mi dibujo. Lo guardó.

—Esto es lo que quiero saber —dice Abby—. ¿Cómo tienes tiempo para tomar literalmente trescientas dieciséis selfies con Bieber?

Simon ríe.

—Me hago el tiempo.

—Aparentemente.

Simon le hace una mueca.

—¿Cómo tienes tiempo para contar mis selfies?

—No tengo idea. —Sonríe, y sus ojos viajan hacia mí—. Ah, y Leah.

Toca mi codo.

—¿Sí?

—Tenemos que arreglar algunos detalles del *road trip.* ¿Volverás a casa en autobús hoy?

Asiento con cautela.

—Ok, genial. —Sonríe—. Tengo el auto de mi mamá y me preguntaba si podríamos ir a la Casa de los Gofres luego de la escuela. Nos ocuparemos de los planes y luego te llevaré a tu casa.

—Eh. Sí. —Trago saliva—. Está bien.

—¡Sí! Bueno, tengo que ir a Cálculo, pero sí, ¡genial! ¿Te veré fuera del patio?

Asiento, aturdida. Percibo que Simon estudia mi rostro, los labios apretados como si estuviera a punto de preguntarme algo. Dios. No quiero hablar sobre el dibujo. O Abby. O el enamoramiento más inútil que he tenido. Es decir, Simon ni siquiera sabe que soy bisexual. Pero no deja de mirarme con ese rostro de *Pensador,* la nariz arrugada como la de un conejo.

Lo extraño es que debería ser fácil contarle esto a él. Simon, de entre todas las personas. Es solo que mi corazón, mis pulmones y mi pulso no parecen darse cuenta de eso.

—¿Leah? —dice en voz baja.

Trago el nudo que hay en mi garganta.

Se queda en silencio durante un minuto. Y luego me mira directo a los ojos.

—¿Tomo demasiadas selfies con mi perro?

¿Han visto? Ahora no sé si reír o llorar.

♪♫

Siete horas más tarde, estoy en el auto de Abby Suso.

El auto de su madre. Lo que sea. Estoy en un espacio diminuto y cerrado con Abby, que lleva puesto un maldito vestidito y aretes pequeños de piedra de luna. Tararea mientras retrocede para salir de su espacio en el aparcamiento.

Me siento sin aire, inestable.

—El apartamento ya está disponible. Lo podemos ocupar cuando queramos. Mi amiga se quedará con su novio.

—Guau. Eso es muy amable de su parte.

—¡Sí! En realidad solo la he visto una vez. Es la hermana del amigo de la novia de mi prima.

Río.

—¿Qué?

—Lo sé. Es ridículo. —Hace una pausa y ajusta el aire acondicionado—. Es la hermana mayor de Max…. el amigo de Mina… la novia de mi prima Cassie. Caitlin.

—Y simplemente nos está prestando su apartamento para la semana que viene.

Abby asiente, y gira en la autopista Mount Vernon.

—Literalmente, podríamos ir mañana si quisiéramos.

—Guau.

—Pero creo que deberíamos ir de lunes a miércoles, o algo así, para que no sea todo un caos allí. A menos que quieras ver cómo es el campus un sábado a la noche.

—No, gracias. —Me reclino contra el apoyacabezas—. Y el lunes me parece bien. Es el cuatro, ¿verdad? Hoy es primero...

Mi teléfono vibra con un mensaje de Simon. ¡Ah! Mi diosa interior tiene una pregunta para ti.

Miro la pantalla. Todavía está escribiendo.

ESPERA

Vuelve a tipear.

Estamos para complacerla, señorita Steele.

Y una vez más.

*qué demonios, QUÉ ESTÁ SUCEDIENDO???

Miro de reojo a Abby.

—Creo que Simon me está enviando frases de *Cincuenta sombras de Grey*.

—Mmm —dice Abby. A veces se le forman esas arruguitas junto a los ojos, como a las personas mayores, pero ella hace que se vean juveniles. Abby Suso está apropiándose ella sola de las arrugas de los ojos para nuestra generación.

Simon me vuelve a escribir.

Creo que alguien hackeó mi virginidad

*¡¡¡t-e-l-é-f-o-n-o no mi virginidad!!!

¿¿¿¿¿¿Por qué dice virginidad cuando tipeo virginidad??????

Quiero decir t-e-l-é-f-o-n-o

—Espera. —Miro fijo a Abby—. ¿Esto tiene algo que ver con que hayas usado el teléfono de Simon esta mañana?

Abby se encoge de hombros, los ojos bien abiertos.

—No lo sé. ¿Te parece?

Mierda.

—Eres una maldita genia, Suso.

Mi teléfono vibra de forma insistente.

¿¿¿LEAH POR QUÉ ESTÁ SUCEDIENDO ESTO??? Juro que no soy yo, es mi subconsciente

QUÉ, NO, ESPERA, agrega. Es el a-u-t-o-c-o-r-r-e-c-t-o-r Estamos para complacerla, señorita Steele. CÓMO ARREGLO ESTO

Suelto una carcajada.

—Tomaré capturas de pantalla de todo esto.

Abby sonríe.

—Esta es la razón por la que no prestas tu teléfono en el Día de los Inocentes, Simon.

Abby Suso. ¿Quién diría que era tan malvada?

Sacudo la cabeza.

—Estoy realmente impresionada.

—Gracias.

—Te envié una captura de pantalla —digo cuando nos detenemos en la Casa de los Gofres.

—GENIAL. —Apaga el auto y revisa sus mensajes—. Y… alguien hackeó su virginidad. Estoy muerta.

Me restriego la mejilla, sonriendo.

—Ni siquiera sé cómo responderle.

—Es demasiado perfecto.

—Quiero enmarcar estos mensajes y exhibirlos en un museo. —Abby sonríe.

Le devuelvo la sonrisa. Es como si los músculos de mi rostro estuvieran fuera de control. Y ahora mi corazón golpea contra mis costillas como un pájaro ciego y ebrio.

Sí. No sé por qué decidí que un *road trip* era algo razonable, porque ni siquiera puedo lidiar estar en el aparcamiento de la Casa de los Gofres con esta chica. Debería haber pedido un certificado médico como excusa para faltar. *A quien corresponda: En mi opinión profesional, Leah Catherine Burke debería evitar toda interacción prolongada con Abigail Nicole Suso, cuyo segundo nombre Leah no tiene motivos para conocer pero conoce de todas formas.*

Por supuesto que lo sé.

La sigo por el aparcamiento apenas unos pasos detrás. Me siento mareada. Gracias a Dios esta chica podría conversar con una piedra, porque mi cerebro no está funcionando. Simplemente se detuvo, como un auto en medio de la carretera.

Está buscando algo en su teléfono. Abby hace demasiados gestos cuando habla. Incluso ahora, mientras googlea, sigue moviendo su teléfono con énfasis.

—Ah. Bueno, aquí vamos —dice, e inclina la pantalla hacia mí—. Estoy muy enamorada de estos. —Creo que está hablando de zapatos para el baile.

Miro la pantalla.

—¿Son sandalias de plástico? —pregunto al final.

Sonríe con entusiasmo.

—¡Sí!

Son las sandalias de plástico más elegantes que he visto... caladas, transparentes y repletas de brillitos plateados. Lo que Cenicienta llevaría si fuera una niña de seis años chupando una paleta junto a la piscina del vecindario.

—Son realmente geniales —digo.

—Odio los tacones. No los llevaré. Necesito poder bailar.

Se acerca un camarero e inmediatamente sucumbe ante el encanto de Abby. Ella sonríe y él ya está atrapado. Es un tanto repugnante con cuánta frecuencia sucede esto. Ambas pedimos waffles, pero estoy cincuenta por ciento segura de que él solo traerá el pedido de ella. Supongo que ya debería estar acostumbrada.

Lo más gracioso es que Abby ni siquiera parece notarlo. Me mira, las comisuras de la boca hacia arriba.

—Así que, tú y Garrett…

—No es nada.

—¿Por qué no? —Entrecierra los ojos—. Definitivamente le gustas.

Dios. ¿Qué respondo a eso? Quizás sí le guste. Quizás Garrett y yo deberíamos tener algo. Es probable que me guste besarlo. Y me gusta que me deseen. Me gusta que alguien esté enamorado de mí por una vez.

Es decir, él es dulce. Es lindo. Y sí, es molesto, pero no es un mal chico. Debería gustarme. Quiero que me guste.

Cambio de tema.

—Así que, tú y Nick.

—Nick y yo. —Exhala. Sale como un suspiro.

Espero a que siga hablando, pero no lo hace. Simplemente se queda allí sentada. Luego, un minuto más tarde, sonríe con alegría y parece volver a ser ella misma.

—En fin, estoy entusiasmada por nuestro viaje.

—Tengo que darte dinero para el combustible.

Sacude la cabeza.

—No. Mis padres quieren cubrir eso.

—No es necesario.

—Te digo que quieren pagarlo.

Siento las mejillas calientes.

—Debería pagar algo.

Quiero decir, odio no poder pagar mis cosas. Ya tengo transporte y alojamiento gratis. Debería pagar el combustible. Sé cómo funciona esto. Sé que, en realidad, no puedo costear el combustible porque no puedo ganar dinero sin un trabajo. Y no puedo tener un trabajo por aquí sin un auto. Y esa es, en primer lugar, la razón por la que necesito que me lleven.

Odio los asuntos de dinero. Los odio.

—Tú te harás cargo de la música —dice Abby—. Solo encárgate de hacer la lista de reproducción para viajes más épica de todos los tiempos.

—Está bien, pero estaba por hacer la segunda lista de reproducción más épica.

—No quiero la segunda más épica. Eso no es suficiente, Leah.

Es como si alguien me estuviera apretando el corazón, solo un poco. Un pellizco. Es la forma en la que ella dice mi nombre. Soy Lee-ah. Y quizás los extraños me llamen Leia, como la princesa de Star Wars. Pero cuando Abby lo dice, suena como algo intermedio, especial.

Me toma con la guardia baja cada vez que lo hace.

La sala de música cierra durante las vacaciones, lo que no hubiera sido un problema porque, la verdad, no muero de ganas de volver a presenciar la escenita de mierda entre Morgan y Anna. Pero cometí el error de contarle a Taylor acerca de la batería de Nick —la que él ni siquiera puede tocar—, lo que hizo que se diera cuenta de que ensayar en el sótano de Nick era el mayor propósito de su vida.

Así que hoy, sábado, estoy esperando a que me pasen a buscar para ir a la casa de Nick. Garrett es nuestro nuevo tecladista. Al parecer, ya es un hecho. Estoy nerviosa, esperando a que llegue. Por un lado, Garrett y yo no hemos estado a solas desde que lo invité al baile, pero me ha estado enviando mensajes con bastante frecuencia. Definitivamente más de lo usual. Supongo que Garrett es un interrogante que en algún momento tendré que responder. Como si hubiera un asterisco junto a su nombre.

El día está soleado y fresco, así que lo espero en los escalones de entrada. Estoy bastante ansiosa, en parte, por saber que Morgan dejó la banda por mi culpa. Dios sabe que Anna no me permitirá olvidarlo. Pero ¿cómo se supone que hable siquiera con Morgan, y que toque música con ella? ¿Qué pensaría Abby de mí entonces?

Garrett llega pronto en la miniván de su madre. Aparca y sale de inmediato para abrir la puerta del acompañante.

—¿No sabes cómo quitar el seguro para niños? —pregunto, porque tengo que burlarme de él. Tengo que hacerlo. Es Garrett.

—¿Qué? Chica. Estoy siendo caballero.

Un caballero. Que me llama *chica*. Definitivamente no debería sentirme atraída por ello. Me abrocho el cinturón.

—¿Qué hay en el sobre? —Mira mi regazo.

—Un dibujo, para el cumpleaños de Taylor.

—No sabía que era su cumpleaños —dice.

Hay que admirar a Taylor, la verdad. Sabe exactamente lo que quiere y hace que se cumpla. No sé qué quiere con Nick, pero claramente quiere pasar su cumpleaños en su casa. Y *bum*. Aquí estamos.

—Así que Morgan de verdad dejó la banda, ¿eh? —pregunta Garrett luego de un momento.

—Sip.

—Raro. Me pregunto por qué.

—Yo sé por qué. Para no tener que lidiar conmigo.

—¿Cómo alguien no querría lidiar contigo, Burke? —Me clava el dedo en el brazo, y mi estómago se sacude. ¿Cómo respondo a eso?

—No le gustó que la reprendiera —digo al final.

Se detiene en una luz roja.

—¿Te refieres a lo que dijo sobre Abby?

—No se trata de Abby. Se trata de Morgan siendo racista.

—¿Piensas que es racista?

—Tú estabas allí.

—Quiero decir, no debería haber dicho eso, pero ¿no piensas que solo estaba resentida? La acababan de rechazar.

Giro la cabeza hacia él con rapidez.

—Claro, tú ni siquiera lo entiendes.

—Bueno. —Levanta las manos—. Explícamelo.

—Morgan implicó en un ciento por ciento que Abby ingresó a Georgia porque es negra.

—Correcto. Y claramente está equivocada.

—Está muy equivocada. —Junto las manos—. ¿Sabes que Abby obtuvo una calificación perfecta en la sección de lectura del SAT, no? Y siempre obtiene los mejores puntajes.

—¿De verdad?

—Sí, la única razón por la cual no está entre los diez primeros puestos es porque viene de otra escuela, y las clases de su escuela anterior no valen lo mismo.

—Eso es una mierda.

—Y mira cómo le va en las extracurriculares. Dios. ¿Y Morgan dice que no merecía entrar a Georgia? Al carajo con eso.

Durante un instante, Garrett no habla, solo gira en la calle de Nick. El vecindario de Simon y Nick parece salido de la ilustración de un cuento: jardines mantenidos con cuidado, persianas pintadas y pimpollos en todos los cerezos. Se detiene junto al borde de la acera de la casa de Nick y apaga el motor.

—¿Alguna vez alguien te dijo que maldices mucho? —dice al final.

—Ay, vete al carajo. —Pero las comisuras de mi boca se levantan.

—Mira. Tienes razón. Morgan fue una imbécil —dice. Luego gira hacia mí y me mira de frente—. ¿Cómo sabes tanto de Suso?

—¿Qué? No es así. —El corazón me sube a la garganta.

Garrett me mira de forma extraña.

—Está bien.

Salimos del auto y allí se encuentra Taylor, sentada en los escalones de entrada junto a dos estuches de guitarra.

—Hola, cumpleañera —grito, y camino hacia ella. Me dedica una sonrisa eléctrica y resplandeciente que sus ojos no acompañan.

Me siento a su lado y le propino un golpecito suave en el brazo.

—¿Estás bien?

—¡Por supuesto! —Asiente—. Ey, ¿saben algo de Nick?

—Bueno, no, pero, eh. Estamos en su casa.

—Claro. —Taylor asiente—. Pero… no hay nadie aquí.

—Quizás sus padres estén en un congreso. Es decir, son doctores. Es lo que hacen.

—Ah, seguro que sí —dice Taylor, pero luce poco convencida—. Pero Nick debería estar aquí. Hablamos por mensaje esta mañana.

—Qué extraño —dice Garrett.

—¿Piensan que se encuentra bien?

—Estoy segura de que está en el sótano jugando videojuegos. —Me encojo de hombros—. Es probable que no te haya escuchado.

—Tal vez. —Taylor inclina la cabeza a un lado—. Anna y Nora fueron a mirar.

—O quizás esté en el séptimo sueño, dormido. Se encuentra bien.

Taylor asiente y enrolla un mechón de cabello con el dedo. Un instante después, Nora y Anna aparecen dando zancadas desde el patio trasero.

—El sótano está cerrado —dice Anna—. ¿Qué quieren hacer? ¿Deberíamos dejarlo para otro momento? —Mira a Garrett, a Taylor y luego a mí.

—No lo sé —dice Taylor.

—Podría enviarle un mensaje —agrega Garrett.

Taylor suspira.

—Estuvimos enviándole mensajes durante toda la mañana, y también lo hemos llamado. No responde. Es muy extraño.

—Seguro está bien. Nos hablará más tarde —afirma Garrett—. Burke, ¿por qué no almorzamos algo?

—Esperemos algunos minutos —comienza a decir Taylor, pero luego su voz se desvanece. Porque, de pronto, el auto de Nick está en la entrada, y la puerta del garaje se abre con un estrépito. El rostro de Taylor se ilumina. Pero Nick no conduce, ni sale del auto, ni nada. Solo se queda sentado allí, congelado, como si estuviera en un trance.

De modo que me pongo de pie.

—Iré a hablarle.

Corro hasta su auto. Es como si ni siquiera me viera al acercarme. Le golpeo la ventanilla y la baja despacio.

—Hola —saluda de forma sombría. Tiene los ojos rojos y húmedos.

—Mierda. ¿Estás bien?

Se encoge de hombros y mira derecho hacia adelante.

—¿Nick?

—No quiero hablar.

Ahora sí estoy un poco atemorizada. Quizás un poquito más que un poco. No creo haber visto nunca a Nick así y, definitivamente, nunca lo había visto llorar. A decir verdad, nunca sé cómo actuar en estos momentos. No tengo ese instinto. De verdad no puedo descifrar si quiere que me vaya o quiere que entre en su auto y le dé un abrazo de oso. De modo que no hago ni una cosa ni la otra… y me quedo rondando por allí.

—No tienes que hablar si no quieres.

Suspira y entierra el rostro entre las manos.

—¿Por qué están todos aquí? —pregunta con la voz ahogada.

—Para el ensayo…

No responde.

—¿De Emoji? ¿La banda?

—Mierda —dice al final.

—¿Mal momento?

Me lanza una mirada rápida.

—Sí.

—Me encargaré de todos. Solo métete adentro. —Trago saliva—. En serio, ¿estás bien?

—No lo sé. Es solo que… quiero estar solo. —Suspira—. En fin. Gracias.

—No hay problema. —Hago una pausa. Luego, antes de que pueda pensarlo demasiado, meto la mano por la ventanilla abierta y le revuelvo el cabello. Porque soy así de rara. Pero él sonríe un poco, así que valió la pena.

Desliza la ventanilla hacia arriba ni bien retrocedo. Luego conduce directamente hacia el garaje, apaga el auto y cierra la puerta sin mirar atrás.

Camino de regreso a los escalones de entrada y Taylor se pone de pie de un salto.

—¿Qué sucedió? ¿Se encuentra bien?

—Estará bien. —Me muerdo el labio—. Dijo que quería estar solo.

—Ah. —Taylor se muestra abatida.

Anna se encoge de hombros.

—Por mí no hay problema.

Garrett hace ruido con las llaves de su camioneta.

—¿Estás lista, Burke?

Pero Nora apoya una mano en mi brazo.

—Espera. Simon dice que me matará si no te llevo de vuelta a nuestra casa. —Sostiene en alto el celular—. Dice que es una emergencia.

Me quedo helada.

—¿Una emergencia?

—Estoy segura de que no es una *emergencia* emergencia. Solo está siendo Simon.

Asiento, pero ahora estoy pensando en los ojos brillosos y rojos de Nick. Tengo esta sensación fría en el pecho, lo mismo que sentí cuando mi papá se fue, justo antes de que mamá diera la noticia. Es como si mi cuerpo lo hubiera anticipado. Así que, quizás sea realmente una emergencia. Quizás *sí* haya sucedido algo malo.

Sigo a Nora calle arriba, y dejo a Garrett visiblemente desanimado. Pero no puedo preocuparme por él ahora mismo. Casi le pregunto a Nora si debería regresar, solo por un minuto. Solo para ver cómo se encuentra Nick. Pero luego pienso en cuán rápido cerró la puerta del garaje. Y en que recalcó que quería estar solo. No quiero interrumpir su tiempo a solas.

Dios. Todo esto de la amistad. Uno podría pensar que ya debería tenerlo dominado.

Simon está esperándonos en la entrada de su casa, sentado en el capó de su auto. Se desliza hacia abajo ni bien me ve.

—Gracias a Dios que estás aquí. —Me abraza con fuerza—. Uhh. Leah. Todo está mal.

Me da un vuelco el corazón.

—¿Qué sucedió?

—Sube. —Ya está abriendo la puerta del acompañante. Nora se queda allí parada, preocupada.

Simon la despide con la mano.

—Te contaré más tarde. —Nora pone los ojos en blanco.

Me deslizo en el asiento del pasajero.

—¿Qué sucede? —Mi estómago se retuerce con nerviosismo cuando giro hacia Simon—. Si, parece como si fueras a llorar.

—Podría hacerlo. —Suspira y enciende el auto—. ¿Te contó Nick?

—¿Contarme qué?

—Abby terminó con él.

El mundo entero parece detenerse.

—¿Abby lo dejó?

Asiente, lentamente, y retrocede para salir.

—¿Cuándo?

—Esta mañana. Hace unos treinta minutos. Acabo de hablar con ella por teléfono.

—Ay, qué mierda.

—Sí. —Suspira débilmente.

Durante un instante, permanezco en silencio. A veces, lo juro, siento que hay una pequeña perilla junto a mi corazón. Y que alguien la alcanza y la gira muy despacio hacia la derecha, una muesca más rápido.

—Está bien —digo al final—. Guau. ¿Sabes por qué?

—Más o menos —dice Simon—. Todavía no hablé con Nick, pero por lo que dice Abby, ella no quiere estar en una relación a distancia.

Hago una pausa.

—Claro.

—Lo cual... lo siento, pero es ridículo, ¿verdad? —dice Simon con voz ronca—. ¿En serio? ¿Ni siquiera le dará una oportunidad? Es como si dijera, «Ey, mira, tengo esta relación increíble, pero es un poquito inconveniente, así que mejor terminémosla». —Gira en la autopista Mount Vernon, los labios apretados con fuerza.

Me vuelvo hacia la ventanilla con el corazón en la garganta.

—Tal vez no tengan una relación increíble —comento.

—¿Qué? Son Abby y Nick.

—Está bien.

—Son como una leyenda. Son perfectos. —Resopla—. Son los que más *shippeo*.

—Tal vez no sea así —digo en voz baja. Y quizás esto me resulte inesperado, pero me encuentro pensando en Taylor. En cómo Nick y Taylor estaban, quizás o definitivamente, coqueteando en la fiesta del elenco en la casa de Martin. En la nueva obsesión de Taylor de que Nick se sumara a la banda. Tal vez sí haya algo entre ellos. Excepto que... no lo sé. No creo que Nick la engañara. En especial a Abby. Dios. Está tan encandilado por ella. Nunca olvidaré cómo se veía durante las primeras semanas que salieron. Tenía ese andar particular de chico nerd, ese ida y vuelta entre fanfarroneo y asombro.

—Y por supuesto sucede justo antes del baile de graduación.

—Uff.

Simon sacude la cabeza.

—¿Qué haremos?

—Bueno, ¿cómo quedaron las cosas entre ellos?

—Abby dice que todo está bien, que todavía son amigos, etcétera, ya sabes —dice Simon—. Pero... ¿Nick? No lo sé.

—Él... eh... no se veía feliz —digo.

—¿Piensas que debería llamarlo? —Simon exhala—. En realidad, tal vez debería dejarte en tu casa e ir hacia allí.

—Me parece bien.

—Todo saldrá bien. —Asiente con rapidez, casi como si lo creyera. Luego me echa un vistazo—. Pero necesito un pequeño favor.

—¿Cuán pequeño?

—Está bien, no es tan pequeño. Tienes que hablar con Abby.

Se me retuerce el estómago.

—¿Qué?

—Ustedes se marchan el lunes, ¿verdad?

Asiento lentamente.

—Leah, tienes que hablarle. Esto es... no sé. —Sacude la cabeza—. No es que esté intentando entrometerme, pero esto es simplemente innecesario, ¿no? Literalmente, no hay ninguna razón para que terminen ahora. Abby solo está asumiendo que no funcionará. —Gira en mi calle y sujeta el volante con fuerza—. ¿Por qué no pueden solo intentarlo y ver cómo resulta?

—Simon, nosotros no tenemos que tomar esa decisión por ellos.

—*Ya lo sé.*

—Bien.

Se detiene en la entrada de mi casa y aparca el auto.

—Solo estoy diciendo que podrías hablarle —dice luego de unos minutos—. Apuesto a que te escucharía.

—Shhh.

—En serio, ella te respeta mucho. Aunque se siente un poco intimidada por ti.

Entrecierro los ojos.

—¿Por qué?

—No lo sé. ¿Porque eres intimidante? —Le doy un empujón y él sonríe—. En serio. Ella piensa que eres genial, con la banda y todo. Así que creo que te escuchará.

—Eso no… —Mi voz se desvanece y me sonrojo.

—Solo háblale, ¿sí? —Simon se reclina contra el asiento y vuelve la cabeza hacia mí—. Solo… quizás puedas recordarle cuán genial es Nick y cuán increíbles son juntos. Y yo haré lo mismo con Nick, y nos mantendremos informados.

—*De verdad* creo que no deberíamos entrometernos en esto.

—¡Esto no es entrometerse! Solo estamos cuidando a nuestros amigos. Quieres que estén juntos, ¿verdad?

La pregunta me golpea como un puñetazo, siento que todo mi cuerpo se contrae. Es decir, por supuesto que quiero que estén juntos. Quiero que sean felices. No quiero que el baile de graduación sea un drama. Pero solo pensar en mencionarle el tema a Abby me provoca náuseas.

—Por favor. Solo háblale.

—Lo intentaré —respondo en voz baja. Miro hacia todos lados excepto a sus ojos.

—¿Y estás segura de que tienes el cargador del teléfono?

—Sip.

—¿Y el cargador para el auto?

—Sí.

—¿Y me llamarás cuando llegues?

—Mamá. Sí.

Camina de un lado a otro de la cocina, restregándose la frente. No sé por qué está actuando de esta manera. Es como si de pronto pensara que me voy a la luna.

—Mamá, es una hora y media. Es como conducir calle abajo en la hora pico.

—Lo sé. Es raro. Este es tu tour por la universidad. Siento que debería ir contigo. —Se desploma en una silla y apoya el mentón en su bolso—. No me gusta perderme estas cosas.

—Pero estaré bien. Estaré con Abby.

—Mejor que no sea como *Girls Gone Wild* —dice mamá con seriedad—. Nada de acostarse con universitarios.

—*Mamá.*

—Solo te estoy cuidando. —Me pellizca la nariz—. A ti y a Garrett.

—Ay, Dios. Nunca más te contaré algo, nunca.

—Está bien, pero llámame a la oficina. —Se pone de pie y se alisa la falda—. Lo digo en serio. Ni bien llegues. Y diviértete, ¿sí?

Me recuesto en mi silla, la cabeza inclinada hacia el techo. Faltan dos horas para que llegue Abby, y no sé qué esperar. No sé si estará llorando por Nick o queriendo salir con cualquier chico que aparezca. Y por supuesto, Simon cuenta conmigo para que encuentre las palabras mágicas que arreglen todo. Como si yo, de alguna forma, fuera capaz de convencerla de retractarse y vivir así feliz para siempre. Con Nick.

Estoy comenzando a pensar que esta es la peor idea en la historia de las malas ideas.

No lo sé. Solo estoy muy ansiosa y nerviosa, y no puedo descifrar por qué. Es como cuando una canción cambia de tonalidad, o comienza a destiempo, o cambia la métrica a mitad de camino. Es ese hipo que te atraviesa el pecho. Ese pequeño momento de incomprensión. Como que algo no está del todo bien.

O que quizás algo está a punto de cambiar.

Abby llega quince minutos antes. Y no me envía mensajes desde la entrada. Llama a la puerta.

Sabía que haría eso.

Por esa razón pasé todo el fin de semana quitando pilas de ropa y papeles de la sala de estar, apilando todo dentro de mi armario en una montaña gigante y precaria. Desde la entrada, la sala de estar parece casi normal, aunque el sillón está un poco viejo y desgastado, y el empapelado es de los noventa. Al menos ahora se puede ver el suelo.

La espío por la ventana y definitivamente no está llorando. En realidad, se la ve bastante alegre. A tal punto, que pensaría que ella y Nick están juntos otra vez si no fuera porque Simon me dio ese deprimente informe esta mañana. Pero supongo que Abby es la clase de persona que sonríe en cualquier circunstancia. Hasta donde yo sé, tiene el corazón roto en secreto.

Salgo por la puerta antes de que ella pueda entrar. El día está nublado y fresco, el frío suficiente para que pueda llevar puesto mi cárdigan de Hogwarts.

—Por fin los estoy leyendo —dice Abby, señalando el escudo de Slytherin—. Me obligaron.

—¿Simon?

—Y mi prima Molly. Me bombardeó con citas de los libros durante una semana.

—Mi heroína.

Abby sonríe.

—Por ahora me gustan. Estoy en la mitad del tercero.

—¿Te gustan? —Casi escupo. A Abby *le gusta Harry Potter.* Eso es como decir que el señor Rogers solo era agradable. Que Reece King solo se ve bien. No te puede solo gustar *Harry Potter.* Tienes que estar completamente obsesionada.

La brisa le sopla el cabello mientras busca las llaves del auto. Hoy es Abby Casual, rulos y jeans ajustados y un abrigo azul holgado. Abre la cajuela y acomodo mi bolso junto a su pequeña maleta con rueditas. El auto de su madre es viejo y la cajuela está repleta de libros y pilas de papeles. Es extrañamente reconfortante ver el desorden. Siempre supongo que las vidas de los demás son inmaculadas.

—Déjame poner la dirección de Caitlin en el GPS —dice—, y luego prepararemos la maldita segunda lista de canciones más épica y de más bajo nivel en la que solo trabajaste a medias. —Me sonríe.

—Guau. Me disparaste, Suso. —Me acomodo en el asiento del acompañante.

Ella se encoge de hombros de manera muy animada, las palmas en alto y todo.

La miro de reojo, pero estoy sonriendo.

—Bueno, en realidad tengo dos listas. Tú eliges.

—Yo elijo, eh. —Enciende el motor—. Esto se siente como un examen.

—Ah, por supuesto. Te estaré juzgando.

Abby ríe.

—Lo sabía.

—Música alegre o melancólica. Vamos.

Se burla de mí.

—Como si eso fuera una pregunta.

—Asumo que eso significa «Soy Abby Suso y quiero música alegre».

—En oposición a «Soy Leah Burke y quiero llorar todo el camino a Atenas».

—Shhh. Yo no lloro.

—Mira, ahora acabas de retarme a un desafío.

Le sonrío.

—Ya veo.

Guau. Esto es extraño. Definitivamente no está llorando por Nick. Está actuando como si nunca hubiera llorado en su vida. Y esta actitud burlona… Ni siquiera cuando solíamos ser amigas éramos así. Nunca había sido capaz de mantener el control lo suficiente como para hablarle como una persona normal, y conversar con ella no estaba siquiera en el reino de las posibilidades. Pero es como si una puertita acabara de abrirse dentro de mi cerebro. Me siento extrañamente lúcida. Por primera vez puedo seguirle el ritmo.

Esto es real y jodidamente increíble.

Nos sumimos en un silencio pacífico en la carretera. Miro por la ventanilla y lo único que escucho es Vampire Weekend, la voz de Ezra Koening haciendo un *decrescendo*. Y luego, Rilo Kiley. Un instante más tarde, Abby ríe.

La miro.

—¿Qué?

—Esta canción de ruptura. Guau. Qué coincidencia.

—Ay no. —Dentro de mi pecho siento como si un elevador estuviera cayendo sin control—. No me di cuenta. Lo siento.

—¿Por qué lo sientes?

—Porque no quiero volver las cosas incómodas para ti. —Trago saliva.

—No lo estás haciendo.

—¿Quieres hablar?

—¿De Nick? —Aprieta los labios.

—No si no quieres —añado.

—No, está bien. Es solo que… —Asiente, mirando hacia la carretera—. Bueno, esto queda entre nosotras, ¿sí?

—Por supuesto. —Sonrío—. Lo que sucede en Atenas queda en Atenas.

—Todavía no estamos en Atenas.

Echo un vistazo a los carteles de salida de la carretera.

—Bueno, lo que sucede en Lawrenceville…

—¿Lo prometes? —Estira la mano hacia mí, el meñique extendido.

Lo engancho con el mío.

—Lo prometo.

Creo que no había hecho un juramento de meñique desde que tenía diez años.

—No sé qué hacer, Leah.

—¿Con Nick?

Toma un rizo, lo acomoda detrás de la oreja y exhala.

—Sí. Algo así. Es decir, hablé con Simon y él obviamente piensa que estoy cometiendo un gran error, pero… no sé. ¿Me siento como la mierda? Sí. Pero no porque quiera volver con él.

Me quedo mirándola. No sé qué se supone que tengo que decir. Sé que Simon querría que la cuestionara, o que al menos consiguiera detalles. Pero es como si me hubieran empujado a un escenario a recitar líneas que nunca ensayé. ¿Se supone que debo saber cómo se siente una separación? Si nunca besé a alguien siquiera.

Al final, Abby suspira.

—Me siento una perra. Estuvimos saliendo durante un año. Lo amo. De verdad. Es solo que… —Da unos golpecitos en el volante—. No quiero una relación a larga distancia. En absoluto. Pero una parte de mí siente que le debo eso, dado que no lo voy a seguir a Nueva Inglaterra o adonde sea. Es ridículo, lo sé, pero me siento muy culpable.

—¿Porque no estás renunciando a tu beca para pagar préstamos estudiantiles durante el resto de la eternidad?

—Eso mismo. —Abby suspira—. Es decir, sí. ¿Por qué esto tiene que ser un problema?

—Mira, si él hubiera querido simplificar las cosas, debería haber solicitado ingresar a Georgia.

—Sí. —Abby se muerde el labio—. Aunque me alegro que no lo haya hecho.

Ah.

—Está bien.

—¿Soy tan mala persona? Él es un chico increíble. Ha sido un novio increíble. Es Nick. Es solo que no puedo… —Ríe con amargura—. ¿Sabes?, no dejaba de querer imaginar que había algo entre él y Taylor, porque entonces hubiera tenido un motivo para romper con él.

—¿Por qué necesitas una razón?

—Porque es una mierda que ni siquiera haya una. Simplemente ya no siento cosas. Al menos no tantas como debería. Quiero decir, estoy triste, pero no *destrozada*, y realmente siento que esto debería destrozarme.

La miro de soslayo.

—¿Quieres que te destroce?

—¿Si quiero amarlo lo suficiente para que terminar con él me destroce? Claro.

Y de alguna forma, esa sola palabra se infla como un globo. Llena todo el auto. *Claro*.

—Entonces, creo que hiciste lo correcto —digo luego de un instante. Me siento extrañamente recargada. Si alguien me tocara, le soltaría una descarga eléctrica.

—Lo sé —dice en voz baja.

Durante un minuto, nos quedamos en silencio.

—Dios. Me siento tan mal. Se acerca su cumpleaños. El baile es en dos semanas. Estoy muy segura de que acabo de arruinar la graduación para todos. —Ríe con sarcasmo—. Tendremos un viaje en limosina divertidísimo.

—No puedes mantener una relación solo para que el baile no sea incómodo.

Abby sonríe.

—Suena tan ridículo cuando lo dices de esa forma.

Me encojo de hombros.

—Es una sensación extraña. Nunca rompí con alguien antes —dice.

—¿En serio?

—Bueno, solo tuve un novio real antes de Nick, y él me dejó. —Se pasa una mano por el cabello, sonriendo con tristeza—. ¿Cómo funciona esto? ¿Tengo permitido sentirme bien?

—Bueno… quizás no enfrente de Nick. O de Simon.

—Sí. —Ríe en voz alta—. Dios. Los chicos son tan… uff. Nunca volveré a salir con uno.

—Quizás deberías salir con chicas —digo.

Sonríe.

—Quizás debería.

Giro con rapidez hacia la ventana, el rostro me arde.

Dios. Mierda. Dije eso.

No planeaba hacerlo. No sé de dónde salió. Pero lo dije, y está allí afuera, espesando el aire entre nosotras. Tengo esta imagen mental repentina de nuestro auto llenándose de humo. Pero quizás esté todo en mi cabeza, porque de pronto Abby está cantando al compás de Wham! como si no hubiera sucedido nada.

Estoy segura de que no es nada. Tal como el dibujo no fue nada.

Excepto que lo guardó, y no me imagino el porqué. Me pregunto qué piensa de él... o si piensa en él. Es probable que solo le guste cómo coloreé el fondo. O tal vez solo se haya olvidado de que lo tenía en el teléfono.

Pero esto es lo que Simon no sabe: el dibujo también está guardado en el mío.

♫

El tráfico de la carretera 29 de pronto me resulta fascinante. Hay una miniván frente a nosotras y tiene esas pegatinas que representan a los miembros de la familia en un rincón del parabrisas trasero. Una familia hetero de ensueño, mágica y perfecta: mamá, papá, dos niñas y un niño. Ahora estoy imaginando mi propia familia en pegatinas. Mamá y yo pegadas en el rincón izquierdo; papá en la esquina superior derecha, mayormente fuera de cuadro. Y, por supuesto, Wells intentando colarse por un costado. La típica historia de amor estadounidense.

La canción cambia, ahora suena Passion Pit. Demasiado animada. Debí haber elegido la lista melancólica. Conducimos y conducimos, y siento como si estuviera tambaleándome en el borde de algo. Han pasado diez minutos desde que hablamos por última vez. La música se siente demasiado alta y demasiado baja al mismo tiempo, y detrás de la línea del bajo escucho a Abby respirar.

Y estamos en Atenas. Abby avanza por Prince Avenue y yo contemplo la colorida mezcolanza de tiendas y cafés. Hay una pequeña librería indie que tiene ventanales altos y arqueados, un pequeño supermercado en una esquina y dos chicos caminando por la acera tomados de la mano. No creo haber caído en la cuenta de que viviré aquí. No estaré solo de visita. No miraré solo de pasada por la ventanilla de un auto. Definitivamente, esto no se siente como la vida real.

La amiga de Abby vive en un edificio de apartamentos sutil y moderno, cerca del centro de la ciudad y con su propio aparcamiento cubierto.

—Caitlin dijo que estacionemos en cualquier espacio —comenta Abby—. Nos presta su permiso de aparcamiento.

—Esto es una locura.

—Lo sé.

Miro por la ventanilla mientras damos vueltas alrededor de cada hilera del aparcamiento. Hay una mezcla extraña de autos, algunos recién lavados y de aspecto costoso, y otros abollados y maltrechos. Muchas calcomanías de la Universidad de Georgia. Al parecer, casi todos los que viven aquí son estudiantes.

Encontramos un lugar en el tercer nivel, tomamos un elevador hacia el vestíbulo y firmamos un papel en la recepción. Luego tomamos otro elevador hacia el sexto piso, donde se encuentra el apartamento de Caitlin, en la mitad de un largo pasillo alfombrado.

Cuando ella y Abby se ven, gritan y se abrazan en la puerta, aunque estoy segura de que se vieron literalmente una sola vez. Hablando en serio, ¿qué tan bien puedes conocer a la hermana del amigo de la novia de tu prima? Pero es Abby, así que quién sabe.

—Y tú debes ser Leah —dice Caitlin—. Déjenme tomar sus bolsos. —La seguimos hacia una cocina abierta y soleada que tiene encimeras de mármol, electrodomésticos de cromo y vajilla de cerámica guardada con cuidado. Todo luce perfectamente adulto. Sabía que Caitlin vivía afuera del campus, así que no esperaba un dormitorio universitario, pero este apartamento parece salido de un programa televisivo de decoración. No sabía que los estudiantes de segundo año de la universidad podían vivir así.

—Esto es todo. Habitación, baño, la contraseña del wifi está escrita, y tienen mi número. Mañana hacen el tour, ¿verdad?

Abby asiente.

—Por la tarde.

—Genial. Bueno, si tienen ganas, mi amigue Eva invitó gente mañana a la noche. Vive abajo, literalmente abajo de este apartamento, pero en el quinto piso. Leah, le *amarás*. Toca la batería.

El uso de la *e* se siente como un abrazo. Porque si Caitlin utiliza esa clase de lenguaje no binario para referirse a Eva, es probable que no se inmute por el hecho de que yo sea bi.

—En fin, te puedo enviar toda la información.

—¿Es una fiesta? —pregunta Abby.

Caitlin se encoge de hombros.

—¿Supongo? En realidad no. Creo que será algo muy tranquilo. —Se recoge el cabello con las manos y luego lo suelta—.

Deberían ir un rato. Y aquí está el permiso de aparcamiento. Lo pueden colocar cerca del parabrisas.

—Lo haré ahora —dice Abby.

—Perfecto. Te acompaño al aparcamiento. Y creo que eso es todo.

—Gracias —digo—. En serio.

—¡Ay, por supuesto! —Me abraza, y es como abrazar una flor. Es así con la gente delgada. Siempre tengo el temor de destrozarla.

Se retiran, y de pronto estoy sola en el apartamento de una extraña. Pero escucho la risita de Abby por el pasillo.

Llamo a mamá a la oficina.

—¡Aquí estás! Estaba comenzando a preocuparme. ¿Cómo fue el viaje?

—Bien.

—¿Solo dirás eso? ¿*Bien*?

—Fue genial —digo—. Fue como unicornios vomitando rayos de luz solar. —Hago a un lado dos cojines blancos mullidos y me desplomo en el sofá.

—¿Y Abby está bien?

—Sip.

—¿Ya se encontró con algún bombón?

—Mamá.

—Solo pregunto.

—Bueno, antes que nada, hemos estado aquí durante apenas cinco minutos. Segundo, no digas *bombón*. —Pongo los ojos en blanco—. Y yo no me estoy acostando con nadie.

—Ok, pero ya conoces el procedimiento. ¡Protector bucal! ¡Condones! —Las reglas de oro de mamá. No son demasiado relevantes, considerando que no tengo nada de acción. Y si la tuviera, estoy segura de que no sería en este viaje. No en el apartamento de Caitlin, y definitivamente no frente a Abby. No me imagino trayendo a una chica. Abby ni siquiera sabría qué estaría sucediendo. Estoy noventa y nueve por ciento segura de que piensa que soy hetero. Incluso Simon piensa que soy hetero.

A veces me siento extraña al respecto. Simon me dijo que es gay pero yo todavía no le pude contar que soy bi. Es como cuando Leia dice «Te amo» y Han Solo responde «Lo sé». Todo está un poco desequilibrado. Y me fastidia. Pero la idea de contarle ahora me hace querer vomitar. Debí haberle contado hace un año. No creo que, en ese entonces, hubiera sido una gran cosa, pero ahora se siente infranqueable. Es como si hubiera fallado un tempo y ahora toda la canción estuviera a destiempo.

Y así me siento cuando termino la llamada con mamá. Me acurruco contra el apoyabrazos del sofá de Caitlin, pero siento los miembros nerviosos e inquietos. Quiero explorar el apartamento, pero algo se siente incorrecto. Quizás es el hecho de que moriría antes de dejar a alguien a solas en mi espacio. Me dan náuseas de solo pensarlo. Toda mi ropa sucia y mi fan art a medio terminar. No entiendo cómo las personas caminan por la vida con todas sus ventanas abiertas.

Escucho la manija de la puerta. Abby regresó del aparcamiento. Se desploma junto a mí.

—Este lugar es fascinante.

—Lo sé.

—Y es un apartamento con una habitación. ¿Cómo puede pagarlo? —Se quita las sandalias y apoya los pies sobre el sofá—. No creo que algún día quiera eso.

—¿Te refieres al dinero?

—No, a una sola habitación. Definitivamente quiero una compañera de apartamento. O de suite.

—Una compañera de apartamento sería más barato.

—Lo barato es lo mejor —asiente. Se sienta derecha y me mira a los ojos—. ¿Has pensado en ello?

—¿En compartir la vivienda?

Asiente, y luego hace una pausa.

—Tú y yo podríamos vivir juntas.

—Eso es lo que Simon quiere.

—Sí, lo sé. Lo ha mencionado. Pero no es una mala idea, ¿sabes?

Tiene que estar bromeando. *¿No es una mala idea?* Abby viviendo en mi apartamento. Perdería la cabeza en una semana.

—O sí —se apresura a añadir—. Solo una idea. Ni siquiera tenemos que decidir ahora.

Asiento, me quedo sin palabras.

—Le pregunté a Caitlin sobre la fiesta.

—¿Y bien? —Frunzo el ceño.

—Al parecer, solo irán unas pocas personas. Es solo algo de martes a la noche. —Se muerde el labio—. Ni siquiera creo que sea una fiesta de verdad.

—Déjame adivinar. Quieres ir.

—Solo si tú quieres.

—Sí, no lo sé.

—Quizás podríamos ir un ratito. —Se acerca con las manos entrelazadas—. ¿Solo para animarme luego de mi ruptura?

Río.

—¡Tú rompiste con él!

—Pero igual me siento como la mierda.

—¿Y una fiesta lo arreglará todo?

—Definitivamente.

Hago una pausa y suspiro.

—Por estas cosas es que no podemos ser compañeras de apartamento.

—¿Qué? ¿Por qué?

—Porque me obligarías a ir a fiestas. Pondrías ojos de gacela hasta que yo accediera.

—Ah. —Abby sonríe—. Sí, es probable que eso sea cierto.

Desvío la mirada, sonriendo.

—Como sea. Es mañana, ¿verdad?

—Sí.

Pongo los ojos en blanco.

—Muy bien, pero no beberé nada.

—¡Ahhhhh! —Presiona las manos contra las mejillas—. No puedo esperar. Leah, ¡iremos a una fiesta universitaria!

—Mmmm.

—No. En serio, será increíble. ¿Te das cuenta de que este es el comienzo?

—¿El comienzo de qué?

Se recuesta sobre el sofá, sonriendo de forma soñadora.

—De la vida real. De la adultez.

—Eso es aterrador.

—Es fascinante.

Pongo los ojos en blanco, pero cuando me sonríe, no puedo evitar devolverle la sonrisa.

Pasamos la tarde recorriendo el centro de Atenas, bares de música y tiendas de ropa vintage donde Abby gastó su dinero para la comida en un par de botas cortas de cuero sintético. Afuera hay folletos por todos lados que promocionan noches de DJ, de teatro universitario y a una banda llamada Motel/Hotel que tiene programado tocar este fin de semana. Y adonde sea que miremos hay restaurantes. Abby reclama que está muriendo de hambre y, por suerte, tiene la tarjeta de débito de sus padres, de modo que nos detenemos en un ATM.

—Cuando era pequeña, cada vez que mi mamá retiraba dinero, solía pensar que habíamos ganado la lotería —dice Abby—. Pensaba: *mamá es la mejor en este juego.*

—Yo amaba cuán nuevos salían los billetes —digo.

—Yo todavía amo eso.

—Creo que ahora me gusta porque es dinero.

Abby sonríe.

—Eso es muy dulce, Leah. Lo amas por lo que es.

Nos detenemos en un restaurante a comer sándwiches de queso y mantequilla y luego tomamos un helado antes de regresar a lo de Caitlin. Y durante todo el camino de vuelta siento este zumbido alegre en mi estómago. Quizás esto sea así. Quizás así es la universidad.

De regreso en el apartamento, nos acomodamos en los extremos opuestos del sofá con nuestros teléfonos: Abby habla con sus primas mientras yo le envío un mensaje a Simon.

¿¿¿Cómo está???

Parece estar bien.

¿En serio? Uh. Bueno, Nick está destruido.

Abby me da un empujoncito.

—¿Quieres ver una foto de mis primas? —Se acerca e inclina la pantalla hacia mí. Echo un vistazo a la fotografía: Abby en el medio de dos chicas blancas, ojos puros e iluminados, sonrisas amplias y cabelleras un tanto ondeadas—. Molly es la morocha y Cassie, la rubia —explica Abby—. Esta es del casamiento de sus mamás.

Pasa algunas fotografías más hasta llegar a una toma iluminada de dos mujeres sonriéndose bajo un arco floral. Una tiene el cabello color rubio miel y un aire casual, aun con el vestido de casamiento. La otra mujer lleva pantalones y tiene el rostro de Abby. Quiero decir, es literalmente una versión mayor de Abby. Es bastante confuso.

—No sabía que tenías tías gays —digo al final.

—Sí, mi tía Nadine es lesbiana. Creo que mi tía Patty es bi.

Vuelvo a mirar la fotografía.

—¿Nadine es la hermana de tu padre?

—Sí. Tiene dos. Ella es la más joven.

—¿Le parece raro que ella sea lesbiana?

—Para nada.

—Me sorprende un poco.

—¿En serio? —Sonríe vagamente.

Se me encienden las mejillas.

—No lo sé. Siempre dijiste que tu padre era muy estricto y tradicional.

—Sí, lo es. Pero no tiene problema con eso. Digo, no sé qué haría si mi hermano o yo anunciáramos que somos gays… —Se detiene de pronto, ruborizada.

Y luego ninguna vuelve a hablar. Jugueteo con el control remoto. Abby se queda mirándolo durante unos minutos.

Entonces su celular comienza a vibrar y vuelve a ser ella misma.

—Es Simon —dice. Me mira mientras responde. Luego se dirige sigilosamente al dormitorio de Caitlin, el teléfono pegado a la oreja.

Durante un minuto, solo miro el ventilador de techo. Mi teléfono suena un par de veces más. A veces pienso que los mensajes son el peor avance tecnológico de la historia. Porque sí, son convenientes, pero en momentos como este, es como si alguien estuviera clavándote el dedo en el brazo repetidas veces, diciéndote *ey, ey, ey*.

Por supuesto que es Nick, el rey de las casualidades.

Hola, ¿cómo está yendo todo por allí? Me preguntaba si tienen algún plan interesante.

Apuesto a que hay muchos universitarios allí, eh. Abby probablemente no me extrañe demasiado.

¿Me ha mencionado? Lol

Miro el teléfono. No sé qué decir. Mierda. Me siento mal por Nick. De verdad. Pero esto me supera tanto que no sé ni por dónde empezar. Así que me rindo. Dejo a un lado el teléfono y busco mi bloc de hojas y mis lápices. Necesito entrar en mi zona. Es lo que sucede a veces cuando dibujo. Es como si el mundo dejara de existir. Todo desaparece, excepto la punta de mi lápiz. Nunca puedo explicárselo a la gente. Algunas veces hay una imagen en mi cabeza y lo único que tengo que hacer es plasmarla en curvas y sombras. Pero otras no sé lo que voy a dibujar hasta que lo dibujo.

Me reclino en el sillón, comienzo a bocetar y, al instante, mi cuerpo se calma. Cuando dibujo, casi siempre se trata de cosas de fandoms. A la gente de Tumblr parece gustarle.

Pero hoy dibujo una caja.

No, no una caja, un ATM.

Lo dibujo como si fuera un juego de arcade, rodeado por máquinas de Skee-Ball y caza peluches. Hago que algunos dólares salgan por la ranura del cajero automático y vuelen por el aire. Dibujo a Abby soltando una exclamación de felicidad, como si acabara de ganar la lotería. Luego me dibujo a mí misma, junto a ella, las manos cubriéndome la boca.

Es la primera vez que dibujo a Abby en un año y medio. También es la primera vez que me dibujo desde entonces.

—¿Qué estás escribiendo? —pregunta Abby. Levanto la mirada y la encuentro sonriendo con entusiasmo. Se deja caer de nuevo en el sillón y apoya su teléfono en la mesilla de café—. Me encanta cómo estás aquí, sentada riéndote sola.

—Estoy dibujando.

—¿Puedo ver? —Se acerca.

Inclino el bloc hacia ella, y suelta una risa.

—Ay, Dios. ¿Somos nosotras?

Asiento.

—¡Estamos jugando al ATM!

—Y estamos ganando.

—Por supuesto que estamos ganando. Somos muy buenas en eso. —Sonríe—. Dios. Eres tan talentosa, Leah. Estoy celosa.

—Como sea. —Miro mi bloc de hojas y dejo que mi cabello caiga hacia adelante para ocultar mi sonrisa.

—En serio. Podrías hacerlos a pedido o algo así. La gente pagaría sin pensar por tu trabajo.

—No, no lo harían.

—¿Por qué no?

—Porque no. —Me encojo de hombros.

Porque no soy lo suficientemente buena. Porque en cada dibujo hay algo que *no encaja*. Siempre hay una oreja más alta que otra, dedos demasiado cortos o marcas visibles de goma de borrar. Nunca es perfecto.

—Lo juro, tienes mucho más talento del que piensas. Yo definitivamente pagaría por esto.

Me ruborizo.

—Te lo puedes quedar.

Inspira.

—¿En serio?

—Sí. —Arranco la hoja con cuidado y se la entrego.

Observa el dibujo durante un instante y luego lo abraza contra el pecho.

—Sabes, todavía tengo el otro dibujo que hiciste de nosotras.

Todo se paraliza: mi corazón, mis pulmones, mi cerebro.

Alza la mirada hacia mí.

—¿Puedo hacerte una pregunta?

—Sí.

Hace una pausa. Cierra la boca. La vuelve a abrir. Y luego dice en voz baja.

—¿Por qué dejamos de ser amigas?

El estómago me da un vuelco.

—Somos amigas.

—Sí, pero el año pasado. No lo sé. —Se muerde el labio—. No dejé de preguntarme qué hice, o si dije algo que te molestó. Es decir, fuiste mi mejor amiga durante un tiempo, pero luego solo dejaste de hablarme.

Dios. Definitivamente hay un idiota diminuto e invisible dándome puñetazos en los pulmones. Y dándole cuerda a mi corazón para que lata a toda velocidad. Y utilizando mi estómago como trampolín. No puedo alinear mis pensamientos. Todo lo que sé es que no quiero hablar de esto. De verdad, podría hablar de cualquier otra cosa, pero no de esto.

Hago una pausa.

—No fue mi intención.

—Entonces, ¿qué sucedió? ¿Hice algo?

—No, es solo… —Comienzo a decir, pero la frase muere en mis labios.

♫

Es solo que era graciosa. Y hermosa. Y yo me sentía más despierta cuando estaba cerca de ella. Todo se amplificaba. Esperábamos los autobuses o ella hablaba de su antigua escuela, y yo me encontraba de pronto sonriendo, sin ninguna razón. Una vez soñé que besaba mi cuello. Suave y rápido, apenas un roce. Desperté dolorida. Y no pude mirarla en todo el día.

Y su voz entrecortada al mostrarle mi dibujo.

Me fascina. Leah. Me pondré a llorar.

Me había mirado entonces, los ojos prácticamente líquidos. Si hubiera sido un poco más valiente, lo juro por Dios, la habría besado. Habría sido fácil. Solo un mínimo movimiento hacia adelante.

Pero luego había levantado las piernas, las había apoyado en el borde de la acera y había entrelazado las manos.

—¿Puedo contarte un secreto? —Estudió mi rostro durante un minuto y luego se llevó las manos a las mejillas, sonriendo—. Guau, estoy muy nerviosa.

Fue extraño. Parecía que se había quedado sin aliento.

—¿Por qué estás nerviosa?

—Porque sí. No lo sé. —Luego tocó el borde de mi dibujo—. Dios. De verdad me encanta. Sé *exactamente* qué momento fue este.

—Está bien —dije en voz baja.

Luego su mano rozó la mía, y mis órganos se reacomodaron. Así se sintió, literalmente. Como si alguien me estuviera revolviendo desde el interior. Llevé las rodillas al pecho, incómoda y en alerta. Abby me lanzó un vistazo durante un segundo, se tocó la boca y parpadeó.

—Creo que mi autobús acaba de llegar. —Tragó saliva—. Debería tomarlo.

—¿De modo que me dejarás aquí con la intriga, Suso?

Sonrió vagamente.

—Quizás te lo cuente mañana.

Pero no lo hizo. Solo me envió un mensaje una vez.

Feliz cumpleaños . Le respondí: Gracias 😃

Y eso fue todo. Ninguna respuesta.

El lunes, todo fue dolorosamente normal. Ya no hubo miradas nerviosas. Ni incomodidad. Abby y Nick pasaron toda la clase de Inglés dándose empujoncitos y jugando a la lucha en el sillón. En el almuerzo, Abby y Simon parlotearon acerca del ensayo. Fue como si el secreto se hubiera evaporado.

♫

Y ahora Abby está mirando mi rostro como si estuviera en una película en otro idioma. Como si buscara los subtítulos.

—¿Es solo qué? —pregunta al final.

—¿Perdón?

—Dejaste de hablar en la mitad de la oración.

—Ah. —Me miro las manos.

Hace una pausa.

—Si no quieres hablar de ello…

—Bueno… —me apresuro a decir.

—¿Bueno qué?

—Bueno, no quiero hablar de ello.

Y Abby pone los ojos en blanco, solo apenas.

Pasamos nuestra primera noche en Atenas comiendo papas fritas y mirando *Tiny House Hunters*. Hoy es el turno de una pareja joven, blanca y hípster, aunque creo que es así todos los días. Se llaman Alicia y Lyon, y Lyon no deja de emplear palabras como *reutilizable* y *sustentable*.

—Esto no puede ser real —comenta Abby.

—Ah, es real.

—¿Cómo funciona siquiera? ¿Dónde guardan el auto?

—Conservan su antigua casa. Colocarán esta casita en el patio trasero.

—Dios —dice Abby, apretando los labios. Sacude la cabeza hacia la televisión. Luego, apenas un segundo más tarde, agrega—: Ey, deberíamos pedir esas galletas que vienen en cajas de pizza.

—Guau.

—¿Te parece? —pregunta Abby.

En este momento, resulta fácil imaginar que esto pueda funcionar. Esta amistad. Quizás sí podríamos ser compañeras de apartamento. Podríamos vivir en pijamas y hablar con Simon por Skype, comer galletas todas las noches y obtener excelentes calificaciones todo el tiempo. Ella podría tener un novio, y yo soñar con alguien de segundo; seríamos verdaderas mejores amigas. Al menos no tendría que vivir con un extraño.

Pero luego, cerca de las once, Abby bosteza y se estira.

—Creo que estoy lista para dormir.

Y de pronto, me doy cuenta de que Caitlin tiene una sola cama.

—Puedo dormir en el sillón —digo con prisa.

—¿Qué? —Abby me mira como si estuviera hablando sin sentido—. Eso es ridículo. Es una cama tamaño *king*. Literalmente tiene el tamaño de la casa de Lyon y Alice.

—Es verdad.

Y sí. Estoy siendo ridícula. Abby y yo hemos compartido espacios tan pequeños como este decenas de veces, en la casa de Simon y de Nick y en cada pijamada grupal. Incluso el viaje en auto hasta aquí nos obligó a estar así de juntas. Si quisiéramos, podríamos tener un metro de espacio vacío entre nosotras.

Y de cualquier forma, es solo Abby.

Pero tengo algo con el hecho de que sea una cama.

Observa mi rostro, el ceño fruncido.

—O yo podría dormir en el sillón.

—De ninguna manera. Caitlin es tu amiga.

—Bueno, es la hermana del amigo de la novia de mi prima.

—Claro. —Sonrío un poco—. Lo que sea. Está bien.

Por supuesto que está bien.

Despierto con el golpeteo de la lluvia en el balcón de Caitlin. Abby ya está despierta. Está sentada con las piernas cruzadas contra la cabecera de la cama leyendo *Harry Potter*.

Una ola de pánico me golpea. Es difícil de explicar, pero la idea de que Abby me observe dormir me provoca náuseas. No es que me estuviera observando. Quiero decir, está muy concentrada en el libro. Pero en este momento, mi cerebro está empeñado en recordarme lo fea que me veo cuando duermo. Probablemente tenía la boca abierta. Y estaba roncando.

—¡Ah, estás despierta! —exclama Abby, doblando una esquina de la página.

La miro boquiabierta.

—¿Acabas de doblar una página de *Harry Potter*?

—Ay. —Sonríe—. Debí haber sabido que eras de esa clase de personas.

—¿De esa clase de personas? ¿Te refieres a que no soy un monstruo? —Sacudo la cabeza lentamente. Uno mira a Abby y es la imagen misma de la inocencia: rizos en espiral y pantalones cortos de pijama color lavanda. Pero no—. Bueno, esto puede volarte la cabeza, pero ¿alguna vez escuchaste hablar de…?

—Marcapáginas. Sí, lo sé. —Pone los ojos en blanco—. Nick solía insistirme con lo mismo. Creo que me compró unos cien marcapáginas cuando salíamos.

—¿Y dónde se encuentran esos cien marcapáginas ahora?

—Bueno, obviamente tuve que deshacerme de ellos.

—Porque...

—¿Porque terminamos? —Se encoge de hombros—. No lo sé. Las cosas de Nick me ponen triste. ¿Es raro?

—¿Por qué sería raro?

Sonríe con melancolía.

—Yo terminé con él. No tengo permitido estar triste.

—Puedes sentirte como quieras.

—Sí, ya sé. Pero es complicado.

Y de pronto, parece que fuera a llorar. Quizás Simon tenía razón. Quizás Abby y Nick nunca debieron terminar.

—Así que, está lloviendo —dice Abby.

—Sí, escucho.

—¿Crees que deberíamos cancelar el tour?

—No lo sé.

—Es decir, probablemente no, ¿verdad? Quizás se despeje para la tarde. —Suspira y mira su celular—. En fin, los chicos están saliendo de Boston. Acabo de tener noticias de Simon. Al parecer, Nick acaba de descubrir que obtuvo una beca en Tufts, y realmente le gusta ese lugar, así que.

—¿A dónde irán ahora?

—Wesleyan, se quedarán con Alice. Y mañana a la NYU.

—Eso será divertido para Simon.

—Sí. —Se despereza—. Es tan gracioso. Insiste demasiado en que no le molesta mantener una relación a distancia con Bram y que haber elegido Nueva York es solo una coincidencia.

—Sí —digo, y Abby apenas sonríe.

Siento que estoy comenzando a calmarme, los latidos de mi corazón vuelven a la normalidad. Nos dirigimos de la cama al sillón, y para el mediodía estamos vestidas y empachadas de Froot Loops. La lluvia amainó hasta convertirse en llovizna, así que supongo que podría ser peor. Por supuesto, Abby trajo botas de lluvia a lunares color verde brillante.

—¿Sabías que llovería?

—No. Solo me gusta llevarlas con este atuendo. ¿Es raro?

—Bastante.

Me da un golpecito en el brazo.

Pero no luce rara. Luce completamente universitaria. Siempre sentí celos por cómo Abby combina la ropa. Hace que se vea intencional. Por ejemplo: hoy lleva unos jeans ajustados y una camisa a cuadros color azul marino debajo de un suéter gris ajustado y arremangado a la altura de los codos. Y las botas. Cuando yo intento vestirme en capas, simplemente me veo como si estuviera escondiendo algo.

Acomodo mi cabello detrás de las orejas.

—¿Deberíamos dirigirnos a la oficina de admisiones?

—¡Sí! —Toma un paraguas de la maleta. Por supuesto que trajo un paraguas.

Es un viaje corto hasta allí, y nos registramos en uno de los mostradores. Luego nos conducen a un auditorio al final del pasillo. Llegamos unos minutos antes, pero los asientos ya se están ocupando.

Literalmente todos están acompañados por al menos uno de sus padres. Todos excepto Abby y yo.

—Deberíamos inventarnos identidades falsas —susurra Abby, sentándose junto a mí en la hilera del fondo.

—¿Por qué?

—¿Por qué no? Somos totalmente anónimas en este momento.

—Te das cuenta de que estas personas serán nuestros compañeros de clase en cinco meses, ¿verdad?

Mira derecho hacia adelante, sonriendo.

—¿Y?

—Y eres ridícula.

Me ignora.

—De ahora en más, tienes que llamarme Bubo Yass.

Río.

—¿Qué?

Me dedica una sonrisita engreída.

—Es un anagrama de mi nombre.

—Eso es muy Voldemort de tu parte.

—Ah, ¡leí esa parte hace una semana! Muy bien. Y tu nuevo nombre es Hue Barkle.

La miro, atónita.

—¿Cómo se te ocurrió tan rápido?

—No lo sé.

—Abby SAT vuelve a atacar. —Sacudo la cabeza—. Gracias a Dios que doblas las páginas.

—¿Qué?

—Si no, serías demasiado perfecta. Es repugnante.

Suelta una risa.

—¿Perdón?

—Solo digo. —Cuento con los dedos—. Animadora, baile, club de teatro, anuario, consejo estudiantil. Calificaciones SAT perfectas…

—Solo en Lectura Crítica.

—Ah, ok, de modo que reprobaste Matemáticas y Escritura.

—Bueno, no.

Sonrío.

—Como dije. Perfecta.

—Bueno, tengo que serlo. —Abby se encoge de hombros.

—¿Por qué?

—¿Qué piensas? Porque así es mi vida. Porque las chicas negras tienen que esforzarse el doble. E incluso cuando lo hacemos… Es decir, ya escuchaste lo que dijo Morgan.

—Oh. Lo siento. —Me restriego la frente—. Morgan es solo...

—Pero no es solo Morgan, ¿ok? ¿Lo que dijo? Eso es apenas una partecita. Siempre recibo comentarios como ese. Todo. El. Tiempo.

—Eso es una mierda.

—Sí, lo es. —Inclina la cabeza hacia mí—. No lo sé. A veces se siente como si no pudiera ganar.

Abro la boca para responder, pero no tengo idea de qué decir. Durante un minuto, Abby y yo solo nos miramos. No puedo interpretar su expresión.

Al final, sonríe, casi con melancolía.

—Es lo que es.

—Supongo.

—Solo no vuelvas a llamarme perfecta. ¿Trato hecho? —Arruga la nariz hacia mí.

—Trato hecho.

Un hombre de la edad de mi madre se pone de pie para dar un discurso de bienvenida. Luego presenta a los guías del tour, tres chicas y un chico, todos estudiantes de último año de la UGA. Nos dividen en dos grupos y caminamos detrás de ellos hacia el aparcamiento, donde hay unos autobuses esperándonos.

—Me gustaría que este fuera un tour en un autobús de dos pisos.

—O en uno de esos *duck tours.*

La miro.

—¿Qué carajo es un *duck tour*?

—Dilo más alto que no te escucharon todos —dice Abby.

—Cállate. —Nos acomodamos en un asiento.

—Bueno, los *duck tours* son esos botes que circulan por tierra y agua. —Algo acerca de mi expresión la hace soltar una risita—. No, en serio, búscalo en Google. Existen de verdad en D. C.

Comienzo a responder, pero luego me doy cuenta de que una de las guías del tour, Fátima, está diciendo algo importante ahora mismo.

—Lo verán a su izquierda —dice— y *es* parte del plan de comidas.

De inmediato, un padre lanza varias preguntas trepidantes acerca de las restricciones alimentarias de su hijo. Fátima se muestra impávida.

—Los comedores contemplan de manera absoluta a los estudiantes que tienen alergias alimentarias —comienza.

—Bueno, mi hija es vegana —interrumpe una madre y le lanza una mirada fulminante a Fátima como si estuviera presentándole un desafío.

—No hay ningún problema. Hay muchas opciones veganas…

La madre vuelve a interrumpir.

—Apreciaría algo un poco más específico que «muchas opciones veganas». —Hace comillas con los dedos mientras lo dice. La hija vegana en cuestión se encoge en su asiento como si estuviera intentando desaparecer.

—Ahora sabes por qué no quería a mis padres aquí —murmura Abby.

—Ni lo menciones.

—Te lo aseguro, en este momento mi papá estaría preguntando cómo separarán los dormitorios de acuerdo al género.

—Eh… no lo harán —digo, y esbozo una sonrisita—. Porque es la universidad.

—Sí, no le llegó ese memo.

Es decir, esa es la manera de evitar que la gente se acueste, señor Suso. Totalmente infalible, excepto por el hecho de que los gays existen. ¿Cómo puede ser que el papá de Abby no se dé cuenta de eso? En serio, ¿cómo una persona que tiene una hermana lesbiana no considera esa posibilidad?

No es que *sea* una posibilidad. No por Abby de cualquier forma. Porque Abby es lo más hetero que existe.

♩♪

Horas más tarde, estoy en el baño de Caitlin intentando delinearme los ojos. Ya me rendí con mi cabello. Mi cabello es un imbécil.

—Mierda.

—¿Estás bien? —pregunta Abby, espiando por la puerta.

—Herida de delineador.

—He pasado por eso. —Hace una mueca de dolor—. Ey, ¿puedo pasar?

—Por supuesto. —Doy un paso al costado para hacerle lugar. Apoya un envase que tiene algo pegajoso y blanco junto al lavabo y comienza a mojarse el cabello—. ¿Qué es eso? —pregunto.

—Crema para rizos —dice. Luego vuelca un poco en su mano—. Hace que mantengan su forma.

De verdad amo tu cabello, pienso.

—Es bueno saberlo —digo.

—¿Cómo piensas vestirte? —pregunta, pasando las manos entre el cabello.

—Eh. ¿Esto? ¿Y mis borceguíes? No traje ropa extra.

—Eso servirá.

—¿Tú sí trajiste otra ropa? —La veo sonreír en el espejo—. Mírate, toda lista. —Destapo la máscara para pestañas.

Abby me observa durante un momento.

—Tus ojos son tan verdes.

Me sonrojo.

—Es la luz.

—Mmmmm. Son realmente hermosos.

Mi estómago da un salto. Intento concentrarme en mis pestañas. Que no se parecen en nada a las suyas. Las pestañas de Abby deberían tener su propio código postal.

Sale, y luego regresa con un bolso de maquillaje. Ni siquiera sabía que usaba maquillaje. Por lo que sé, no lo hace normalmente, al menos no en la escuela. Pero sabe lo que hace, empolva y difumina hasta que su piel brilla y sus ojos lucen grandes y suaves.

—Será divertido, ¿verdad? —dice, mirándome.

—Si tú lo dices.

Encuentra mi mirada en el espejo y sonríe antes de dirigirse al dormitorio para cambiarse.

La fiesta comienza a las ocho y treinta, pero Abby no quiere llegar allí sino hasta después de las nueve.

—*De verdad* no queremos ser las primeras en llegar —dice.

Nos tomamos unas selfies mientras esperamos, y nos lleva aproximadamente mil intentos conseguir una que satisfaga a Abby. Eso es extrañamente reconfortante. Siempre pensé que las chicas mágicas como Abby lograban sus selfies en el primer intento. Se la envía a Simon, y él responde de inmediato.

Guau.

Con un punto. Y es extraño cómo ese punto hace pensar que habla en serio. Me miro las rodillas.

Abby me propina un empujoncito, sonriendo.

—¿Deberíamos ir yendo?

—Sí.

Caminamos hasta los elevadores y, antes de presionar el botón del quinto piso, Abby toma mi mano y la aprieta con rapidez.

Se siente extraño e irreal estar aquí, estar haciendo esto. Es como un viajecito en el tiempo. Estas podríamos ser nosotras el próximo año, yendo a fiestas de los martes por la noche fuera del campus.

No estoy ciento por ciento segura de cómo me siento al respecto.

O de cómo interpretar el hecho de que todavía me está tomando de la mano. ¿Por qué las chicas hetero hacen eso?

Revisa el número de apartamento una vez más, y luego toca la puerta.

Se abre de inmediato.

—¡Abby! —exclama Caitlin. Está sosteniendo una bebida, algo rosa en un vaso de plástico transparente—. Chicos, ¡vengan a conocer a Abby y Leah! Son amigas de mi hermano.

—Solo para que sepas, nunca conocí al hermano de Caitlin —murmura Abby en mi oído. La sigo por el apartamento, el corazón latiéndome con fuerza en el pecho.

La distribución es idéntica a la del apartamento de Caitlin —los mismos ambientes, los mismos electrodomésticos cromados— pero la decoración es tan diferente que me desorienta un poco. Está iluminado solo por unas lámparas de pie de luz tenue y una maraña de luces navideñas colgantes. Hay un gigantesco tapiz batik rojo y violeta desplegado sobre una pared y cojines tejidos en todas las superficies. Estoy segura de que no hay una televisión.

Hay solo ocho o nueve personas además de nosotras, todas amontonadas en el sofá y alrededor de la mesa de la cocina. Un chico con barba toca la guitarra mientras dos chicas lo acompañan cantando en armonía. Conocemos a Eva, quien es absolutamente hermosa, alta, un tanto andrógina, de piel color café claro y cabello muy corto. Caitlin apoya las manos en nuestros hombros y pregunta si queremos algo para beber.

Abby dice que sí, y supongo que eso me molesta un poco. A veces pienso que soy la única persona en el mundo que no bebe alcohol.

—¡Ay, Abby, amo tus botitas! —exclama Caitlin, luego de regresar unos minutos más tarde con un vaso de plástico. Todos nos sentamos en el suelo con las piernas cruzadas.

Abby lleva puestas las botas que compró ayer y una falda corta estampada, y el efecto es apabullante. Es demasiado perfecta. Casi me molesta.

—Ey. —Abby me clava el dedo en el brazo—. ¿Por qué me estás mirando así?

—¿Así cómo? —*Mierda*. Se me incendian las mejillas.

—Como si quisieras asesinarme.

Durante un minuto, me quedo sin palabras. Nunca le estuve tan agradecida a mi rostro de perra permanente. Nunca.

Eva se deja caer junto a mí.

—Así que… Caitlin dice que eres baterista.

—Eso intento.

—¿Eso intentas? —Abby me propina un empujoncito—. Es una baterista increíble. En serio, *espectacular*.

—Ah —dice Eva, y se vuelve hacia el guitarrista, que está sentado en el sillón—. Tom, la amiga de Caitlin es baterista.

—¿En serio? —pregunta el chico barbudo.

—En serio —responde Eva. Luego giran hacia mí—. No sé si Caitlin lo mencionó, pero necesitarán a una nueva baterista luego de que me gradúe. Tú estarás en primero, ¿verdad?

Asiento.

—Interesante —dice Eva.

Mientras tanto, Tom y las cantantes armónicas se han acercado. Las chicas se presentan como Victoria y Nodoka, y me abrazan como si nada. Como si fuera un apretón de manos. También abrazan a Abby.

Es como si alguien desprendiera el cerebro de mi cuerpo. Estoy aquí, pero no estoy aquí. Sonriendo como si fuera un acto reflejo. Asintiendo sin saber por qué.

—Sin presiones, de todas maneras —dice Nodoka.

Levanto la mirada con un sobresalto y me doy cuenta de que todos me están observando.

—Yo...

—¿Alguna vez tocaste una batería electrónica? —pregunta Eva—. Me llevó un tiempo acostumbrarme, pero ahora ya me convertí.

—La batería de Nick es electrónica, ¿verdad? —dice Abby.

Asiento lentamente.

—Bueno, si tienes ganas, nos encantaría escucharte tocar —propone Tom.

—¿Ahora mismo?

—Claro.

—Está bien. —Me siento aturdida. Mierda. Estoy en una fiesta universitaria repleta de gente hermosa y creo que acaban de invitarme a una prueba para una banda.

—Buscaré mis auriculares —dice Eva.

Cinco minutos más tarde, estoy sentada en la banqueta de la batería en el dormitorio de Eva mientras Abby se acomoda en la silla de escritorio, los brazos envolviendo sus rodillas. Mientras tanto, Eva, Nodoka, Tom y Victoria se desparraman en la cama. El corazón me golpea contra las costillas. Ni siquiera sé por qué me molesto en tocar. Simplemente podría conectar un micrófono a mi pecho.

Acomodo los auriculares de Eva sobre mis orejas y doy unos golpecitos de prueba contra el redoblante. Las baterías electrónicas siempre me desconciertan durante un segundo. Por no mencionar el hecho de que me está observando un grupo de músicos de verdad que tocan en una banda universitaria.

Y Abby.

A veces soy muy *consciente* de su presencia.

Pero esto es tocar la batería, y sé cómo hacerlo. Si pude tocar increíble en el show de talentos de la escuela dos años seguidos, puedo hacerlo ahora. De hecho, es más fácil con auriculares. Hacen que sienta que mis ritmos son un secreto, que solo viven entre mis oídos. Aunque sé que eso no es verdad. El sonido no es ensordecedor, como con un equipo acústico, pero es posible escuchar cada *pum* y *pam* en el *pad*. Solo tengo que dejar de pensar demasiado.

Tengo que concentrarme. Tengo que encontrar el ritmo de la canción y seguirlo. Cierro los ojos mientras los palillos encuentran los *pads*. Fingiré que estoy pasando el rato en el sótano de Nick. Ni siquiera tengo que tocar una canción real. Solo iré adonde me lleven las manos.

Cuando abro los ojos, Tom está siguiendo el tiempo con la cabeza, golpeteando las yemas de los dedos como si fueran los trastes de una guitarra, como lo hace Nick. Los ojos de Nodoka están cerrados. Y veo que Eva articula un *guau* hacia Victoria.

Sonrío, las mejillas me arden. Y Abby también sonríe.

No diría que Abby está ebria, pero tiene los ojos brillosos y está muy sonriente. Se apoya contra mí durante todo el trayecto de regreso al apartamento de Caitlin.

—Eso fue increíble —dice—. ¿No estás contenta de haber ido?

—Sí —admito.

—Estuviste genial. Yo estaba como *guau*. Esta chica está tocando para esta gente universitaria como si nada.

Río.

—Ok.

—Los llamarás, ¿verdad? Serás su baterista y yo iré a todos tus recitales, y cuando seas famosa, les contaré a todos que te conozco. —Se deja caer en el sofá y se quita las botas—. ¿Piensas utilizar un nombre artístico?

—Creo que nos estamos adelantando un poco.

Me quito las botas y me acomodo en el extremo opuesto del sillón. Resulta gracioso que habiendo estado aquí menos de dos días ya tengamos establecidos nuestros territorios en el sillón. Yo a la izquierda y Abby a la derecha. Un océano de espacio vacío entre nosotras.

Se recuesta y suspira con alegría.

—Por esto me encanta estar soltera. Porque puedo salir contigo y no tengo que correr arriba a llamar a mi novio. —Estira el pie para darle un golpecito al mío—. Puedo simplemente vivir el momento. Me encanta esto.

—Bueno, bien.

Me mira de reojo.

—Pero tienes que dejar de ser tan talentosa. No puedo soportarlo.

—Lo siento.

Sonríe.

—No te disculpes.

Mi corazón golpea con suavidad. Se encuentra apenas a una mano de distancia de mí.

—En realidad deberías disculparte.

Río con nerviosismo.

—¿Por qué?

—Por hacer que me cuestione cosas.

La miro.

—¿Que te cuestiones qué?

—Cosas.

—No entiendo.

—Digamos que realmente disfruté verte tocar. —Esboza su sonrisa más pequeña.

—¿Verme tocar la batería hizo que te cuestionaras cosas?

—Sí. —Sus ojos viajan al suelo—. ¿Puedo hacerte una pregunta?

Y en un abrir y cerrar de ojos, mi corazón late a toda velocidad. Algo simplemente cambió. No puedo explicarlo, pero lo siento.

—Adelante.

—Quiero saber quién te gusta.

—Pregunta difícil. Odio a todos.

Ríe.

—Bueno, entonces, ¿a quién odias menos?

—No quiero responder eso.

Las comisuras de su boca se elevan.

—Entonces, tienes que escoger Consecuencia.

—No me di cuenta de que estábamos jugando a Verdad-Consecuencia.

—Por supuesto que estábamos jugando. —Levanta las piernas y gira para mirarme, y parece que está a punto de echarse a reír. Pero no lo hace.

Se me corta la respiración.

—Te reto a que me beses —dice.

Mi cerebro entero entra en cortocircuito. Me quedo mirándola, sin palabras.

—Si quieres —añade, y aprieta los labios.

—¿Tú quieres?

Asiente, sonriendo débilmente.

—¿De verdad?

—¿Tú no sientes curiosidad?

—No lo sé. —Mi corazón está desbocado. Nunca antes he besado a alguien. Pasé demasiadas horas preocupándome por eso. Arruinaré todo. Sé que lo haré. Seré torpe o húmeda o demasiado pasiva o demasiado impaciente.

Abby ríe por lo bajo.

—Leah, relájate.

—Estoy relajada. Es solo que...

Y de pronto, sus labios están sobre los míos. Y me quedo helada.

Porque.

Mierda.

Esto es real. Estoy besando a una persona, y esa persona es Abby. No tiene sentido.

Pero sus dedos rozan la línea de mi mandíbula, su pulgar está en mi mentón. Un millón de detalles me sacuden al mismo tiempo. Cómo se tocan nuestras rodillas. Cómo mis labios se mueven contra los suyos. Saben a ponche de frutas y vodka. No puedo creer que esto esté sucediendo. Mis manos encuentran sus mejillas y…

Dios. ¿Qué demonios estoy haciendo? No me gusta Abby. No me puede gustar Abby. Y definitivamente no puedo besarla. Ni siquiera quiero besarla. Ok, quizás sí quería hacerlo. Pero eso no fue nada. Un mes de mi vida, años y años atrás. Está enterrado. Asunto cerrado. Y no puedo…

Guau. Mi corazón no deja de golpear con fuerza. Mierda. Mierda. Mierda. Porque tal vez no fue años atrás. Quizás es ahora. Quizás fue siempre.

Es como una luz parpadeando dentro de mi pecho. En mi garganta. Debajo de mi estómago. No sé cómo explicarlo. No creo que mi cerebro esté funcionando.

Abby se retira del beso y se desploma contra los cojines del sofá. Parece aturdida, casi sin aliento. Durante un instante, simplemente nos miramos.

Luego ríe y dice:

—Somos bastante buenas para ser dos chicas hetero.

—No soy hetero.

Se queda paralizada.

—Espera… ¿qué?

El aire se escapa de mis pulmones.

—Leah. —Abby intenta tomarme de la mano, pero yo la retiro con brusquedad.

—No.

—Lo siento —dice en voz baja, y cierra los ojos—. No… no tenía idea.

—Sí, bueno. —Me encojo de hombros. Como si no fuera nada. Como si no importara.

Excepto que de pronto estoy tan molesta que estoy temblando.

—Dios, Abby, ¿qué tan tonta eres? ¿En serio? ¿Yo hago un dibujo en el que estamos prácticamente una arriba de la otra y no se te ocurre que quizás, solo quizás, tú me gustas?

Sacude la cabeza.

—No sabía…

—Y luego dices: «Ah, tengo un secreto, estoy tan nerviosa». ¿Cómo se supone que debo interpretar eso? Pero no importa, porque *¡ta-rán!* Está Nick. Y ahora estás coqueteando con él. Y ahora estás saliendo con él. Y en el minuto en el que estás soltera, aquí estás, coqueteando abiertamente conmigo, otra vez. Pero por supuesto, no significa nada, porque eres muy jodidamente heterosexual. ¿Y luego me besas? —Se me quiebra la voz—. Ese fue mi primer beso, Abby.

Arruga el rostro.

—Lo siento.

—No importa. —Cierro los ojos de pronto—. Ni siquiera me importa. Solo no jodas con mi cabeza. Por favor.

—No fue mi intención.

—Entonces, ¿por qué me besaste?

—Porque quería —dice—. Y quería hacerlo en la casa de Morgan.

Mis pulmones se vacían con un solo resoplido feroz.

—¿Qué?

—Ese es el secreto. Es eso. Quería besarte, pero tenía miedo. —Se le corta la voz—. E intenté decírtelo un millón de veces, pero no pude.

—¿Por qué no?

—Porque, Leah, eres aterradora. Dios. La mitad de las veces pienso que me odias.

Ni siquiera puedo mirarla. Es como si me hubieran bloqueado.

Abby está a punto de llorar.

—Solo me siento *tan*... no sé qué hacer. Mi prima Cassie hace poco remarcaba lo egoísta y espantoso que es que las chicas hetero coqueteen con las lesbianas porque están aburridas o sienten curiosidad...

—O porque acaban de terminar con sus novios.

—O eso. —Abby hace un gesto de dolor—. Pero pensé que eras heterosexual. Lo juro.

—Entonces, ¿me besaste? Eso no tiene sentido.

—Quiero decir, pensé que éramos dos chicas heterosexuales experimentando.

Mi corazón se retuerce.

—Bueno, no lo somos.

—Ahora lo sé. —Solloza—. Lo siento tanto. En serio. No quería ser la típica chica hetero que usa a la gente. Pero entonces pienso, quizás en realidad no soy hetero. No lo *sé*. Me he enamorado antes, pero nunca...

—¿Te has enamorado de chicas?

Abby se encoge de hombros.

—Y ahora qué, ¿piensas que eres bi?

—Tú me lo has hecho pensar.

Mi corazón se detiene.

Abby se cubre el rostro con las manos.

—No sé, es solo que... —Respira hondo—. ¿Quieres escucharme hablar de la gente que me gustó? ¿Quieres saber por qué seguí en contacto con Caitlin?

Me da un vuelco el corazón.

—La verdad es que no.

—Leah, no es... Dios. Es heterosexual, ¿sí? Yo tuve novio, ella tiene novio y es hetero, y yo estoy arruinando esto. No lo *sé*. —Exhala—. No me gusta Caitlin, ¿ok? Apenas la conozco.

—Como sea. Es linda.

—Tú también —susurra Abby. No puedo evitar echarle un vistazo. Se está abrazando las rodillas, las pestañas repletas de lágrimas—. Y quiero que seamos amigas. O algo. No lo sé. Solo odio esto.

Se enjuga las lágrimas, y mi cerebro se desacomoda. No puedo lidiar con esta chica. No puedo.

Hace que quiera meterme la mano en el pecho y arrancarme el corazón.

♪

Abby pasa la mitad de la noche intentando convencerme de que no duerma en el sofá.

—Ya me siento una mierda —dice—. En serio, toma la cama.

—Ay, Dios. —Arrastro una almohada y una manta hacia la sala de estar—. Está bien, ¿sí? Solo detente.

—Dormiré en la silla.

Pongo los ojos en blanco.

—Esa es tu elección.

Y supongo que ambas somos demasiado tercas, porque la cama queda vacía toda la noche. Cuando despierto, veo a Abby en la silla de IKEA de Caitlin, la cabeza inclinada un poco hacia un costado, como si estuviera durmiendo en un avión. Durante unos minutos, la observo. Quizás eso me convierte en un pequeño vampiro depravado, pero no puedo evitarlo.

Está abrazando una almohada, las manos entrelazadas, y la almohada se eleva y cae con su pecho. Tiene los labios apenas separados. Y de pronto se forma en mi cabeza una imagen mental de ella de niña, lo que me provoca este nudo en el estómago que no puedo explicar. No es atracción, porque obviamente no me atraen los niños. Es más bien melancolía. Solo este extraño deseo de haberla podido conocer en aquel entonces.

Se despierta poco después y empacamos nuestras cosas en silencio. Apenas puedo respirar, me siento demasiado tensa e incómoda. Tengo esta sensación de que mi piel se resquebrajaría si alguien la tocara. No sé cómo sobreviviremos el viaje de regreso a casa.

Caitlin viene a las diez para buscar la llave y despedirse, y cuando la miro, lo único en lo que puedo pensar es en lo que dijo Abby ayer por la noche. *¿Quieres saber por qué seguí en contacto con Caitlin?*

Pero no puedo estar celosa de Caitlin. No soy tan imbécil. Esta chica me dio un apartamento, un pase para aparcar y, posiblemente, una nueva *banda*.

—Me alegra tanto que estemos juntas el año próximo —dice, y nos abraza a ambas.

Mi estómago salta un poquito. Todavía me sorprende que este no sea un fin de semana anómalo cualquiera. Esto es un adelanto de la vida real. Estos lugares, esta gente, esta extraña sensación de libertad.

Llegamos al auto de Abby, y Caitlin nos abraza una vez más a cada una.

—Manténganse en contacto, ¿sí?

Nos ayuda a cargar nuestros bolsos y se retira, y vuelvo a quedarme a solas con Abby. Me paseo con nerviosismo cerca de la cajuela.

—¿Quieres que conduzca?

—Ah, no te preocupes. —Pero luego duda—. A menos que *tú* quieras.

—Me da igual.

Me mira.

—Abby, en serio, me da igual.

Asiente despacio.

—Está bien. —Sonríe vagamente—. Conduciré yo. Tú relájate.

Me acomodo en el asiento del acompañante y dejo preparada la lista de canciones mientras Abby se incorpora a la autopista. Definitivamente, la lista melancólica esta vez: Nick Drake, Driftwood Scarecrow y Sufjan Stevens. Durante casi veinte minutos, ninguna de las dos dice una sola palabra. Abby claramente está en agonía. No deja de abrir y cerrar la boca y sus ojos viajan de forma constante hacia mí. No creo que Abby Suso sea capaz de estar en silencio.

Dicho y hecho, lo rompe incluso antes de que salgamos de Watkinsville.

—¿Y? ¿Piensas hacer la prueba para entrar en la banda?

—Probablemente no.

—¿De verdad? —Frunce el ceño—. ¿Por qué no?

—Porque soy una baterista mediocre.

—¿Hablas en serio?

Hago un gesto de desdén.

—Ni siquiera tengo una batería.

—Conseguirás una.

—No puedo pagar una.

Abby sujeta con fuerza el volante.

—¿Cuánto cuestan?

—No lo sé. Un par de cientos de dólares.

—Bueno, entonces quizás podrías conseguir un trabajo. —De inmediato hace una mueca—. Uh, eso sonó muy condescendiente. No quise decirlo de esa forma.

Sacudo la cabeza.

—Está bien. Pero sí, no tengo auto, así que…

—Pero el año próximo. Estaremos muy cerca del centro de Atenas, o quizás encuentres algo en el campus. Yo lo intentaré.

—Puede ser. —Miro por la ventanilla.

—O —dice, y hay un cambio en su voz—. Tal vez podrías ganar dinero con tus dibujos.

—Mmm. No lo creo.

—En serio. ¿Alguna vez consideraste subir algunos de ellos a Internet? ¿Solo para ver qué sucede?

—Abby, estoy en Internet.

—¿Tienes un blog de arte?

—Te enviaré el enlace si quieres.

—Por favor. —Sonríe—. Leah, esto es perfecto.

—Bueno, son todos dibujos de fandoms. No gano dinero con ellos.

Hace una pausa durante un instante.

—¿Y qué piensas de hacer dibujos por encargo?

Es gracioso, ya he pensado en eso. A veces, incluso recibo mensajes privados pidiéndome encargos. Pero nunca había tomado la idea en serio. Es difícil imaginar que alguien mire mis espantosos dibujos y quiera darme dinero.

—O —Abby me echa un vistazo—, podrías tener una tienda online. Quizás podrías subir algunos diseños y luego la gente podría encargar impresiones o fundas para el teléfono o cosas por el estilo.

—Mmmmm.

—De verdad pienso que podrías ganar una cantidad decente de dinero, ¿sabes? Y luego lo podrías usar para comprarte una batería. Sería perfecto.

—No estoy segura de por qué te importa.

Hace una mueca de desilusión.

—Porque me importa.

Dios. Soy tan idiota. Sé que lo soy. Abby solo está intentando ayudar. Y sus ideas ni siquiera son tan terribles. Es decir, ¿cuán genial sería ganar dinero con mi arte? Ser capaz de comprar algo una vez en mi vida. Quizás hasta podría ayudar a mamá luego de graduarme. No es que me oponga a lo que Abby está diciendo. Solo siento ganas de ser malvada con ella.

Es horrible, lo sé. Pero es lo que sucede.

Cuando llego a casa, hay una bolsa de Nordstrom sobre mi cama. Mi vestido amarillo. Lo sé aun antes de mirar su interior. Mi estómago se retuerce tan pronto como lo veo.

Llamo a mamá por FaceTime al trabajo.

—¿Qué demonios es esto?

—Guau. Esa no es la reacción que estaba esperando.

—No podemos pagar esto. —Siento calor en las mejillas—. Lo devolveré.

—Leah.

—No gastaremos doscientos cincuenta dólares en un…

Me interrumpe.

—Bueno, antes que nada, no costó doscientos cincuenta dólares. Estaba en oferta.

—No te creo.

Levanta las palmas.

—Bueno, es verdad. Tenía un diez por ciento de descuento y obtuve un quince por ciento adicional por suscribirme a la lista de emails.

—Aún son casi doscientos dólares.

—Lee, no tienes que preocuparte por esto.

—¿Cómo puedo no preocuparme? —Una vez más se está formando un nudo en mi garganta. Esto es ridículo. Ni siquiera soy de las que lloran, pero últimamente estoy pasando la mitad de mi vida al borde del colapso.

—Leah, estamos bien. Lo sabes, ¿verdad? —Se restriega el puente de la nariz—. Cobré todas esas horas extra del mes pasado y tenemos que recibir otro cheque de tu padre...

—No quiero que él pague esto.

—Pero ¿estás de acuerdo con que pague tu teléfono? ¿Tus blocs de dibujo? Lee, así es cómo funciona la manutención.

—Bueno, me disgusta.

—Ok, ¿sabes qué? Solo pagará otros dos meses y luego podrás ser tan independiente en lo financiero como gustes, pero ¿podemos decir por ahora, ey, ya está? Ya está pago. Él puede costearlo. —Sacude la cabeza—. ¿Tienes que hacer que todo sea difícil?

—¿Perdón? —digo. Y durante un instante solo nos miramos la una a la otra.

Exhala y deja caer los hombros.

—Mira, ¿podemos hablar de esto cuando llegue a casa?

—Eh. Si tú quieres.

—Está bien. De acuerdo. Cariño, por favor no te preocupes por el dinero, ¿sí? Estamos bien, lo prometo.

Aprieto los labios.

—Leah, en serio. Estamos bien. No lo habría comprado si no pudiéramos pagarlo. Sabes eso, ¿verdad?

—Sí. —Siento que me ablando.

—Te quiero, ¿sí? Estaré en casa a las seis. Estoy impaciente por escuchar cómo te fue en el viaje.

—Yo también te quiero —murmuro—. Y gracias por el vestido. Supongo.

Resopla.

—Quédate tranquila, Leah. Y de nada.

Pero no estoy tranquila. Ni un poco. Rasgo la bolsa del vestido tan pronto cortamos la comunicación. Me quedo mirándolo.

Es tan perfecto como lo recuerdo. Quizás más perfecto todavía. Me había olvidado de lo increíbles que pueden llegar a lucir las flores.

Me quito los jeans, me enfundo en el vestido y subo la cremallera de la espalda. La falda acaricia el suelo durante todo el camino hacia el baño. Estamos hablando de un nivel de vuelo digno de *La Bella y la Bestia*. Lo amo demasiado.

Enciendo la luz del baño y contemplo mi reflejo. Es como una especie de milagro: no me veo como la mierda. El amarillo del vestido hace que mi piel luzca cremosa, y mi cabello cae en ondas sueltas por debajo de mis hombros. Incluso mis mejillas se ven redondeadas y con el color de una manzana. Ahora solo quiero mirarme al espejo hasta memorizar mi imagen. Quiero proyectar esta versión de mí misma en cada uno de mis ensueños. Esta Leah podría patear cualquier trasero. Podría dar besos durante *días*.

Cuando regreso a mi habitación, la pantalla del teléfono se ilumina con un mensaje. Me desplomo en la cama, todavía con el vestido puesto. Es Anna.

¿Estás de regreso?

Quiero responderle que no. Quizás podría desaparecer durante el resto del receso de primavera. Podría encerrarme en mi habitación y no hablar con nadie y pasar los próximos cuatro días inmersa en mi repertorio infinito de ensueños. Como ese en el que estoy tocando la batería bajo una luz estroboscópica, llevando mi vestido de graduación y siendo un completo éxito; luego Abby encuentra mi mirada desde la audiencia y la música se vuelve más lenta, y me sonríe con esa media sonrisa tranquila que solo me dedica porque está literalmente intentando hacerme añicos.

¡Te extraño!, agrega Anna. ¿Quieres ir al Starbucks el viernes?

Sí. Y ahora me siento una idiota, porque ni siquiera había pensado en Anna durante días. A duras penas recordaba que existía. Y a pesar de que estoy enfadada con Morgan, Anna no ha hecho nada malo. Solo soy una amiga negligente de porquería.

¡Sí! ¿Solo nosotras?

Me responde con un emoji sonriente.

Por suerte, Anna se despierta temprano, de modo que voy directo al Starbucks después de dejar a mamá en el trabajo. Pero me olvidé de lo jodidamente horrible que es este lugar los viernes a la mañana. La hilera de autos para pedidos es tan larga que apenas consigo entrar en el aparcamiento, por lo que termino estacionando en el club de estrípers de al lado. Llegué cinco minutos antes, pero el auto de Anna ya está aquí, y ni bien entro la veo de espaldas, el cabello oscuro recogido en una coleta bien hecha.

Está sentada frente a Morgan.

Estoy tan furiosa que podría vomitar. Mi estómago literalmente se revuelve. Morgan encuentra mi mirada y le murmura algo a Anna, quien se vuelve para sonreírme. Me hace un gesto para que me acerque.

Solo me quedo allí, mirándolas.

Anna vuelve a girar, se inclina hacia Morgan, apoya la mano sobre la de ella y se pone de pie. Luego camina directo hacia mí.

—¿Es una broma? —le pregunto.

—Leah, no. Vamos. Tienen que hablar.

—No puedo creer que me hayas mentido.

Anna hace una mueca.

—No te mentí.

—Dijiste que seríamos nosotras dos.

—Técnicamente, te respondí con un emoji muy ambiguo.

—¡Era uno sonriente! Eso no es ambiguo. —Miro por sobre su hombro hacia Morgan, quien dibuja una sonrisa vacilante. Sí, no. Desvío la mirada con rapidez—. Sabías que no quería hablar con ella.

Anna pone los ojos en blanco.

—Está bien, ¿te das cuenta siquiera de lo ridícula que estás siendo? Es el último año. Nos quedan dos meses de escuela. Y listo. Y ustedes han sido amigas desde la primaria. ¿Echarán todo por la borda? ¿Eres así de terca?

—No te atrevas a sugerir que esto es mi culpa.

—Dios, solo detente. —Anna suspira—. Leah, ella sabe que la cagó. Estuvo muy triste. Dijo algo estúpido. ¿No puedes simplemente dejar que se disculpe?

—Debería disculparse con Abby.

—Bueno, tú eres la que está molesta por esto.

—¿Piensas que Abby no? —De pronto siento las mejillas ardientes. Ni siquiera puedo decir su nombre sin sonrojarme.

—Sí, me estuve preguntando eso. ¿Cómo sabe Abby lo que dijo Morgan? —pregunta Anna con los ojos entrecerrados.

—¿Me estás preguntando si fui yo la que le contó?

Anna se encoge de hombros.

—Ay, Dios. ¿En serio te estás concentrando en eso ahora?

—Leah, no hagas esto. —Suspira—. ¿No puedes hablar con Morgan? ¿Por favor? —Su voz se vuelve más suave—. Realmente estoy harta de estar en el medio.

—Entonces, deja de meterte en el medio.

—¿Puedes detenerte? ¿Sí? Solo quiero que las cosas sean normales. No tenemos mucho más tiempo.

La miro, y de pronto tengo once años. Un desastre pecoso de sexto curso sin amigos. Literalmente ninguno. Iba a la escuela, regresaba a casa y miraba televisión con mamá. Pasaba los almuerzos leyendo manga en el baño. Fue justo luego de que papá se fuera, así que mamá estaba siempre enfadada o triste, y lo que sucede con Morgan y Anna es que fueron las primeras a quienes les importé. Fueron mis amigas incluso antes de conocer a Simon y a Nick. Así que, tal vez sí soy una idiota. Quizás mi reacción sea exagerada.

Lo juro por Dios, alguien ató un nudo en mi estómago.

Anna sacude la cabeza con lentitud.

—¿Qué viene después? ¿Encontrarás una razón para odiarme a mí? ¿A Nick? ¿A Simon? ¿Nos apartarás a todos porque no puedes lidiar con las despedidas?

—Eso es cualquier cosa y lo sabes.

—¿Lo es?

—Esto no se trata de mí —suelto—. Morgan dijo algo racista. Y no le pidió disculpas a Abby. Es eso. Esta conversación terminó.

Giro sobre mis talones y salgo del Starbucks a las zancadas. Y dejo a Anna parada enfrente del mostrador con la boca abierta.

Simon me envía un mensaje incluso antes de que me suba al auto. ¿Puedes venir a la Casa de los Gofres? ¿Ahora?

Le respondo al instante. Qué coincidencia siniestra. Justo estaba saliendo del Starbucks. Casi me pregunto si él lo sabía. La Casa de los Gofres se encuentra tan cerca que podría ir caminando.

Ah, genial, estamos al fondo, ¡búscanos!

Mi estómago se retuerce. ¿Búscanos?

A mí y a Nick, responde.

Mierda. Una mierda estelar.

Dios, no puedo lidiar con la idea de enfrentarme a Nick ahora mismo. Ni siquiera sé cómo lo miraré a los ojos. ¿Qué sucede si simplemente lo descubre? ¿Y si se entera por mi rostro? *¡Adivina qué, Nick! ¡Adivina lo que hice! ¡Con tu exnovia! ¡De quien todavía estás enamorado!*

Lo que quiero decir es que esta no es una cagada menor. Esto es directamente un delito de amistad.

Miro la pantalla de mi teléfono y me pregunto cómo podré salir de esto. Quizás ahora sea el momento para uno de esos ataques de diarrea ficticios que a Simon, extrañamente, le gustan tanto.

O no. No lo sé. Supongo que en algún momento tendré que enfrentar a Nick.

Estaré en cinco, respondo.

Eres la mejor, escribe Simon.

Está tan cálido y ventoso afuera que creo que optaré por caminar. Dejaré el auto en el aparcamiento del club de estrípers. No sería la primera vez que un auto aparca allí durante horas.

Cuando llego, están desplomados en lados opuestos de un reservado, compartiendo un waffle. Es una escena jodidamente triste.

—Hola —digo, y me deslizo junto a Simon.

Nick levanta la cabeza.

—¡Hola! Bienvenida. ¿Cómo les fue en el *road trip*?

Mi corazón se retuerce cuando lo pregunta. Quizás algún día las palabras *road trip* no me recuerden a Abby. Levanto las piernas, las cruzo sobre el asiento y aprieto los labios.

—Bien.

—Bien. —Asiente con rapidez—. Eh, me estaba preguntando...

—Aquí vamos —murmura Simon.

Una camarera aparece en el reservado y pido un waffle y un café negro. Sin rodeos. Pero ni bien se retira, Nick vuelve al ataque.

—¿Cómo estuvo Abby? Eh, estuvo bien o, digo, no sé. ¿Actuó de forma extraña?

Carajo.

—A mí me pareció...

—¿Cómo si estuviera llorando?

—Eh. ¿Un poquito?

Bueno, es verdad. Lloró un poquito. Justo luego de que la increpara. Que fue justo después del beso.

—¡Ah! Bueno. —Los ojos de Nick se agrandan—. Eso es... bueno, es bueno saberlo.

Salto con pánico a otro tema.

—¿Y cómo les fue a ustedes en su viaje?

—Fue genial —dice Simon. Se le corta un poco la voz.

Pero antes de que pueda preguntarle qué sucede, Nick está hablando otra vez.

—Simplemente la extraño, ¿saben? No hemos hablado en una semana. Siempre estoy por llamarla. Es demasiado automático. Es solo que. Uff. —Se restriega la frente—. Fue un error, ¿verdad? No deberíamos haber terminado.

—Bueno —dice Simon con cuidado—. Ella terminó contigo.

Es como si Nick ni siquiera lo escuchara.

—Debí haber luchado por ella. —Le tiembla la voz—. Fue lo mejor que me pasó y simplemente la dejé ir. ¿En qué estaba pensando?

Simon me lanza una mirada.

—Bueno, tú no hiciste nada malo —digo al final.

—Solo no luché lo suficiente. —Sacude la cabeza—. Debí haber solicitado ingresar a Georgia.

—Pero amas Tufts —dice Simon con incertidumbre.

—Amo a Abby.

Me siento casi mareada. No puedo ordenar mis pensamientos. Lo único que sé es esto: Nick ama a Abby. Yo besé a Abby. Y si él lo descubre, no creo que vuelva a estar bien alguna vez. Nunca lo superaría.

—Espera. —Me mira de pronto—. ¿Estuvo con alguien?

—¿Qué?

—Lo hizo, ¿verdad?

—Nick —suspira Simon.

—Solo dime. —Se inclina hacia adelante—. ¿Quién fue, algún tipo de alguna fraternidad?

—Eh…

—Mierda. Lo sabía. —Se reclina contra el reservado—. Mierda. No puedo creerlo.

Lo juro por Dios, estoy a punto de morir. Mi estómago se retuerce en veinte direcciones. No creo poder hablar aunque quiera.

—Vamos. —Simon gira hacia mí—. Abby no haría eso. No estuvo con ningún tipo. ¿Verdad, Leah?

Asiento despacio.

—¿Lo ves? Todo estará bien. —Simon apoya el mentón en la mano—. Solo fue una semana confusa.

—¿Eh? —digo.

Simon se queda sentado allí, asintiendo, mientras Nick observa el vacío con la mirada perdida.

—¿Simon?

—¿Mmmmm?

No sé qué hacer con Simon cuando se comporta así.

A veces tengo la sensación de que quiere que le lea la mente. Está sentado allí, intentando volcar sus pensamientos directamente en mi cerebro para no tener que decirlos en voz alta.

Lo apunto con el tenedor.

—Ey.

—¿Sí?

—Habla.

Suelta esa risita suave.

—Muy bien. —Escucho que traga saliva—. Creo que me enamoré de una universidad —dice por fin.

—Bueno.

—Y no es la NYU.

—Claro. Entendí eso. —Hago una pausa y apoyo el tenedor—. ¿Qué universidad?

—Haverford. Es muy pequeña.

—Está cerca de Filadelfia, ¿verdad?

Asiente y se muerde el labio.

—Pero Bram estará en Nueva York —agrega Nick.

Simon suspira.

—Sip.

—Ah.

Simon juguetea con los paquetes de azúcar.

—¿Has hablado con Bram? —pregunto.

—No.

—Deberías hacerlo.

—Lo sé. —Hace una pausa—. O no. No lo sé. La NYU también fue genial. Estoy siendo ridículo, ¿verdad?

—¿A qué te refieres?

—Estoy complicando las cosas sin necesidad.

—Sí —asiente Nick.

—Bueno, no necesariamente. —Hago un gesto de desdén—. ¿Qué es tan genial acerca de Haverford?

—Uff. No lo sé. —Simon hace una mueca pronunciada. Cualquiera pensaría que acabo de pedirle que hable con entusiasmo acerca de Cálculo—. Simplemente me gustó.

—Simplemente te gustó.

—Iré a hacer pis —anuncia Nick, poniéndose de pie—. Espérenme para seguir hablando.

Pero Simon gira para mirarme.

—No creerías cuánta gente gay asiste allí. No dejábamos de toparnos con ellos. Por ejemplo, está esta chica que organiza un bingo de Orgullo todos los jueves a la noche en su dormitorio. Literalmente podría ir allí y solo ser amigo de gays.

—Genial.

—No dejo de imaginarme cómo se sentiría tener amigos gays.

Mi corazón da un vuelco cuando lo dice. Es difícil de explicar. Los chicos piensan que soy hetero, y me siento rarísima al respecto. Pero aliviada al mismo tiempo. Es complicado.

—Creo que me gustaría eso —añade.

—Pero tú sabes que hay gente gay en Nueva York —digo—. Estoy segura de que la NYU es mega gay.

—Lo sé, pero esos son gays hípsters. Necesito a los gays nerds.

—¿Y Haverford los tiene?

—Allí hay noventa y nueve por ciento de nerds. Es una estadística real.

Contengo una sonrisa.

—Creo que encontraste a tu gente.

Simon suelta un quejido y se cubre el rostro.

—Es solo que... sentí algo cuando estuve allí. Llegué al campus y todo se sintió bien. Siento que me eligió. ¿Me entiendes?

La pregunta me toma desprevenida, y dejo que mi mente viaje a los últimos días. Es extraño cómo el tour del campus ya se siente lejano. Prácticamente lo único que recuerdo es la mirada en el rostro de Abby cuando dijo «Quizás, en realidad no soy hetero». Es decir, no parecía tan hetero cuando me besó.

—No lo sé —digo al final—. Creo que es diferente. Yo ya sabía que iría a Georgia. No estaba buscando esa clase de momento.

—Yo tampoco lo estaba buscando —murmura—. ¿Qué estoy haciendo? Todo era perfecto y lo tuve que cagar.

—No cagaste nada, Simon. —Mi café y mi waffle llegan al mismo tiempo. Comienzo con el jarabe, una gotita en cada cuadrado—. ¿Qué es lo peor que puede ocurrir?

Parpadea.

—Que terminemos.

—¿Quieres terminar con él?

Me mira como si lo hubiera abofeteado.

—¿Estás bromeando? ¡No!

—¿Y Bram?

—Tampoco. Por supuesto que no. No.

—Entonces, ¿qué me estoy perdiendo? —pregunto, y muerdo el waffle—. Estarán bien.

—Eso es ridículo. Debería ir a la NYU. Es el plan. Ni siquiera sé por qué esto es un problema. —Simon sacude la cabeza con rapidez—. Debería ir a la NYU, ¿cierto?

—Claro. A menos que prefieras el reino de los gays nerds.

Suelta un quejido.

—No estás siendo de ayuda.

—Quiero decir, ¿cuán lejos está Filadelfia de Nueva York?

—Como a una hora y media en tren —dice de inmediato. Claramente, ha estado averiguando—. Un poco menos si tomo el Acela.

—Eso no está tan mal, Simon.

—Lo sé. Pero. —Frunce el ceño—. Sigue siendo una relación a distancia.

—Y no quieres estar en una relación a distancia.

—Bueno, en teoría, no me importa. Solo que no sé si funcionan.

—Mucha gente hace que funcionen.

—Sí, pero mira a Nick y Abby. —Hace un gesto vago hacia el baño—. Es un maldito desastre.

Casi se me detiene el corazón. La gente debería advertirme que mencionará a Abby de la nada. En especial si hablan acerca de que ella y Nick son un maldito desastre.

Dios mío. Tengo que detenerme. Clavo el tenedor en el waffle y lo meto en mi boca. Esto es absurdo. Literalmente absurdo. Como si Abby Suso, una verdadera princesa Disney, fuera a correr directamente hacia mis brazos. Y aunque lo hiciera, no podría hacerle eso a Nick. No es que lo vaya a hacer. Digo, ni siquiera es realmente bi.

Pero se está cuestionando las cosas. Yo *hago* que se cuestione las cosas.

—¿Estás... bien? —pregunta Simon, y me espía con nerviosismo a través de sus lentes.

—¿Qué? —Levanto la cabeza de golpe—. Estoy bien. ¿Por qué? ¿*Tú* estás bien?

—Ok, estás actuando demasiado raro.

—No, no es verdad.

Levanta las cejas. Nos miramos fijo.

—*Tú* estás actuando raro —murmuro, y al final desvío la mirada.

—Lo sé. —Se cubre el rostro—. Solo necesito pensar en esto.

—Creo que deberías hablar con Bram. ¿Cuándo lo verás?

—Recién en el partido de mañana.

—¿El partido de fútbol?

Simon asiente.

—Entonces habla con él ni bien termine el partido.

Suspira.

—No lo sé.

—Simon. Te sentirás mejor, lo juro.

Es así, Simon. Sé totalmente honesto y cuéntale todo lo que te está molestando. ¿Sí? Definitivamente deberías tomar mi consejo, porque soy tan jodidamente buena en esto de compartir sentimientos y ocuparme de cosas por mí misma. Sentimientos. Soy la mejor en eso.

—Bien, lo haré. Pero tienes que venir conmigo al partido y mentalizarme.

—¿Vendrán al partido? —pregunta Nick, reapareciendo por el extremo del reservado—. Buenísimo.

—Eh. —Miro a Simon—. Eso creo.

—Sí. Bien. Genial. —Simon asiente con rapidez. Luego se mete un bocado enorme de waffle en la boca, las mejillas infladas como las de un hámster.

El partido del sábado es en el campo de fútbol ubicado detrás del gimnasio auxiliar. Ni bien llego, diviso a Simon, cabizbajo, en las gradas.

Me apresuro a acomodarme junto a él.

—¿Cómo te sientes?

—No quiero decirle —suelta de pronto.

Ok, en serio no entiendo a las parejas. Lo siento, pero ¿todo este drama por una hora en el Acela? No es lo ideal, lo entiendo, pero Simon está actuando como si fuera el apocalipsis.

Suspira.

—Es solo que estoy asustado. Por esta misma razón Abby y Nick terminaron, ¿sabes?

—Esto es distinto.

—¿Cómo? ¿Cómo es distinto? —Me mira, casi como si me estuviera suplicando.

—Es muy distinto. —Mis pensamientos dan vueltas en todas las direcciones. Necesito tranquilizarme y concentrarme—. Ni siquiera está cerca de ser la misma situación, Simon. Nick estará en Boston.

—Simplemente es una porquería —dice Simon, y mira derecho hacia adelante. Sigo su mirada y contemplo el césped recién cortado de los campos de fútbol, los arcos y los chicos. Muchos chicos. Literalmente hay cientos de chicos en esta escuela, e incluso más en la Universidad de Georgia. Sería tan fácil enamorarme de uno de ellos.

Más fácil —y más seguro— que enamorarme de Abby Suso.

—¿Está bien Nick? —pregunto luego de un minuto.

—Sí, supongo —responde Simon. Me sujeta la mano y la aprieta. Y es extraño lo perfecto que se siente el estar tomada de la mano con Simon. Ni un indicio de romance. Se siente como un hogar—. Ahora dice que quiere que las cosas sigan siendo normales —comenta Simon—. No quiere que cambiemos los planes para el baile ni nada.

—Ay, Dios. El baile —digo. Es en una semana. Literalmente una semana a partir de hoy—. Me había olvidado.

—Lo sé.

—¿Ya no… irán juntos?

Simon sacude la cabeza.

—Ambos irán a la cena y al baile, pero sin acompañante.

—¿Sin acompañante? ¿La gente todavía dice eso?

Ríe.

—No lo sé.

Giro hacia el campo de juego justo a tiempo para ver cómo Nick patea con tanta fuerza una pelota que casi hago una mueca de dolor. Tiene el rostro rojo como un tomate y los ojos ardientes, con una intensidad que nunca había visto. El entrenador asiente desde un costado y aplaude con cautela. Me vuelvo hacia Simon con las cejas en alto.

—¿Estás seguro de que se encuentra bien?

—Esto no está bien —murmura Simon. Pero un minuto más tarde, esboza una sonrisita. Su expresión cuando ve a Bram. Y como era de esperar, Bram sale al campo sonriendo hacia Simon mientras corre.

—LOS OJOS EN LA PELOTA, GREENFELD —grita el entrenador—. Y LAUGHLIN. CONCÉNTRATE. MALDITA SEA.

—Levanto la mirada y veo a Garrett saludándome de forma frenética con ambos brazos.

—Hola, Garrett —digo entre dientes, poniendo los ojos en blanco. Simon ríe. Tengo que admitirlo, me gusta la sensación de ser buscada, aunque venga de Garrett. Se siente bien. Y quizás *bien* es algo novedoso. Abby Suso me hace sentir toda clase de cosas, pero *bien* no es una de ellas.

Basta. De. Pensar. En. Abby. *Santo Dios.*

—Esto es tan extraño —susurra Simon.

Y lo es.

Aquí tienen una sorpresa: tengo una cita para el baile de graduación, y Abby Suso irá sola.

♫

No sé si debería enviarle un mensaje.

Es decir, no estamos peleadas. Y no tiene que ser incómodo. Fue solo un beso. Y estoy segura de que solo sucedió porque ella tenía unas copas de más. Solo debería enviarle algo amistoso y casual, porque somos amigas casuales que se envían mensajes casuales. Lo que sucede es que cada vez que intento tipear algo, mi cerebro se bloquea por completo. Ni siquiera puedo tipear un «hola» para esta chica sin prenderme fuego.

Estoy segura de que este es uno de esos enamoramientos por los que se puede morir.

Intento distraerme visitando mi propio Tumblr, deslizando mis publicaciones de atrás para adelante. Cuanto más viejas, más espantosos se vuelven mis dibujos: proporciones desastrosas y sombreado caótico. Supongo que debería estar contenta por haber mejorado, pero me siento extrañamente avergonzada por mis antiguos trabajos. Desearía tener esa clase de talento que aparece completamente formado. No me gusta que la gente me vea «en progreso». Es como bajar de un escenario y darte cuenta de que se te veía la ropa interior. No es que mi ropa interior metafórica esté particularmente bien escondida ahora mismo. Todavía veo fallas mire donde mire. Es cansador y desgastante, casi insoportable.

Excepto que.

Bueno.

Tengo otro mensaje anónimo preguntándome si acepto pedidos. Me encantan tus dibujos, muero de amor por ellos, dice.

Tanto que me pagarían por ellos. Me están *pidiendo* pagar por ellos. Pienso en la batería que no tengo. En el auto que no pudimos arreglar. En mi vestido de doscientos cincuenta dólares.

Pienso en Abby.

Pero no puedo aceptar encargos, porque ¿qué sucede si dibujo algo y es una perfecta mierda? ¿Y si me piden que les devuelva el dinero? ¿Y qué ocurre si publico mis tarifas y la gente solo rompe a reír? ¿Y si nadie me contacta? Quizás este anónimo solo se esté burlando. Quizás es como uno de esos tipos de las películas para adolescentes que fingen invitar a la chica nerd al baile de graduación.

Se me seca la boca. Es difícil de explicar. Tal vez debería eliminar mi cuenta de Tumblr. Excepto que.

No lo sé.

Siento curiosidad.

Lo que no significa que vaya a hacerlo. No significa nada en absoluto.

Me bajo del autobús el lunes y, de pronto, Garrett sale de la escalera como uno de esos muñecos sorpresa.

—¡Burke!

Doy un salto.

—¡Dios, Garrett!

—Adivina qué —dice.

Entrecierro los ojos.

—¿Qué?

—Estoy enfadado contigo.

—¿Por qué?

Sonríe y se revuelve el cabello.

—Desapareciste antes de que terminara el juego. Una vez más. ¿Por qué siempre haces eso?

—Porque sí. —Mi mente queda en blanco. Digo, no en *blanco*, exactamente. Pero definitivamente no me está dando nada útil para responder.

Porque sí.

Porque Abby me besó. Porque quizás no sea hetero. Lo que significa que tuve que actualizar cada uno de mis ensueños para que reflejaran eso. Estamos hablando de una restauración masiva, Garrett. No creo que te des cuenta de cuántas fantasías relacionadas con Abby viven en este cerebro.

—Este fue el receso de primavera más aburrido de la historia —comenta Garrett. Ahora camina junto a mí, igualando mis pasos—. Deberías haberte quedado en casa para entretenerme.

—¿Entretenerte? —Lo asesino con la mirada.

—Bueno, Burke, no lo decía con ese sentido —aclara, y me da un empujoncito—. Pero ahora que lo mencionas…

Luego me guiña un ojo, así que, sí. Hemos terminado aquí.

—Te veré en el almuerzo, Garrett —digo, y le doy una sola palmada en el brazo antes de girar con brusquedad por un pasillo lateral.

—¡Hice la reserva para la cena! —grita detrás de mí—. ¡Para el baile!

Le levanto los pulgares por sobre mi hombro. Qué maldito y apenas adorable tonto.

♫

No he hablado con Abby desde que bajé de su auto el miércoles, y cuando me doy cuenta de eso, me quedo perpleja. No parece que haya pasado tanto tiempo. Pero a lo mejor es porque he pensado en ella unas diez mil millones de veces por día.

Durante toda la mañana siento que zumbo por lo bajo. No tengo ninguna clase con Abby hasta la tarde. Pero está el almuerzo. Al mediodía. En seis minutos y medio. No puedo dejar de mirar el reloj.

Cuando llego, Bram ya está sentado en la mesa y ocupo un lugar junto a él, frente a la puerta. Se me ocurre que no tengo idea de si Simon habló con él, así que esto se vuelve incómodo. *Eh, Bram, tu novio quizás se mude a Filadelfia, y me lo contó a mí primero.*

Y luego caigo en la cuenta. Simon me lo contó a mí primero. Y para ser totalmente honesta, en cierta forma, me alegra. Nadie me elige en primer lugar. Pero él lo hizo. Siento esta oleada repentina de afecto por Simon. Creo que quizás es el mejor amigo que alguna vez he tenido.

Y quizás realmente debería contarle. Contarle que soy bi. Me lo puedo imaginar perfectamente. Creo que se reirá cuando se lo cuente. No de forma estúpida. Solo pienso que se alegrará.

—¿Por qué estás sonriendo? —pregunta Bram.

Me encojo de hombros y desvío la mirada.

Y entonces la veo en la puerta. La discreta Abby, la diosa de la sobriedad. Jeans, un cárdigan largo y lentes. Acabo de pasar dos noches con ella y no tenía idea de que usara lentes. Por supuesto que lucen fantásticos en ella.

Entonces sonríe apenas, en mi dirección, y casi ni puedo mirarla. Literalmente no puedo recordar si se supone que debo estar enfadada con ella. Hace un gesto para que me acerque, y al principio giro la cabeza para ver a quién le está hablando. «Sí, tú», articula, sonriendo.

Me levanto de la mesa justo cuando Simon se sienta. Abby está esperando en el pasillo, a un costado de la puerta.

—Hola —dice, y sonríe con vacilación.

—Hola.

—No me puedo sentar allí.

—¿Por Nick?

Se encoge de hombros.

—No me parece correcto.

Durante un instante, ninguna de las dos habla. Solo nos quedamos allí paradas contra la pared, observando cómo los estudiantes de tercero entran en grupos a la cafetería. El pie de Abby golpetea contra la moldura y en sus ojos hay una mirada que nunca antes había visto. No la puedo descifrar.

—Bueno, realmente tenemos que hablar —dice Abby al final.

—¿Tú y Nick?

—No. —Pone los ojos en blanco, sonriendo—. Tú y yo.

Mi corazón da una voltereta.

—Está bien.

—¿Estás libre luego de la escuela esta semana?

—¿Qué día?

—Cualquier día. ¿Qué te parece el viernes? —Abby hace una pausa—. Solo necesito...

Pero de pronto deja de hablar y se aparta de mí de manera casi imperceptible. Levanto la mirada y allí está Garrett.

—Hola, damas.

La vergüenza diaria, protagonizada por Garrett Laughlin. En el episodio de hoy: Garrett no recibió el memo acerca de no llamar *damas* a las mujeres.

—Solo estaba informando a todos sobre los planes para la cena antes del baile. Tenemos una reserva para las seis en el American Grill Bistro en el centro comercial North Point. Queda a unos veinte minutos de la reserva natural.

—Me fascina que el baile sea en la reserva —dice Abby—. Encaja con nosotros.

—¿Porque somos tan naturalmente fantásticos? —pregunta Garrett.

—Porque nuestros compañeros de clase son en verdad salvajes —responde Abby.

Garrett ríe, y yo sacudo la cabeza, sonriendo.

—En fin, debería irme —dice Abby con rapidez, y mira primero a Garrett y luego a mí—. Pero. —Empuja mi pie con el suyo—. Viernes a la tarde. Te buscaré. —Esboza una sonrisa rápida y se aleja por el pasillo. Luego gira en una esquina y desaparece.

Por supuesto, soy un completo desastre durante el resto del día. Estoy tan perdida que ya no resulta gracioso. Mi cabeza es solo gelatina. Gelatina de verdad. Y una cosa sería que solo sucediera ante la presencia física de Abby, pero va mucho más allá. Se extiende a todo lo que hago y a todos los lugares a los que me dirijo. La gente intenta hablarme y ni siquiera la escucho.

Simon me intercepta de camino a los autobuses.

—Vamos. Te llevaré a casa.

—No tienes que hacerlo.

—No es una pregunta. Vamos. —Engancha su brazo alrededor de mis hombros y me hace girar hacia el aparcamiento. Luego me guía durante todo el camino, como si fuera una bisabuela frágil e inestable.

—Eres ridículo —le informo.

Abre la puerta del acompañante para mí.

—¿También me abrocharás el cinturón de seguridad? —añado.

—Muy graciosa.

—¿Dónde está Nora? —pregunto cuando él finalmente se acomoda en el asiento del conductor.

—Qué gracioso que preguntes eso.

—¿Gracioso en qué sentido?

—Bueno, por gracioso —explica— me refiero a nada gracioso en absoluto.

—Ah.

Retrocede con lentitud de su espacio de aparcamiento, los labios apretados.

—¿Está todo bien? —pregunto luego de un minuto.

—¿Qué? Ah, sí. No puedo creerlo. —Sacude la cabeza—. ¿Sabes que irá al baile?

—¿Nora?

Simon asiente.

—Ah. ¿Con Cal?

Se detiene en un semáforo y gira hacia mí con incredulidad.

—¿Tú lo sabías?

—No, pero se los veía coquetear bastante durante la obra.

—¡No! Lo habría notado. Siempre me doy cuenta de esas cosas. —Suelto un resoplido fuerte, y él entrecierra los ojos—. ¿Qué?

—Nada.

—Agh.

—¿Están saliendo? —pregunto.

Suspira.

—No lo sé.

—¿Quieres que le pregunte? Le puedo preguntar. No me molesta.

—Es extraño, ¿verdad? —dice, asintiendo con ansiedad—. Él gustaba de *mí*.

—Y tú tienes novio. Y hablando de novio... ¿has hablado con Bram?

—No. Pero lo haré. Y, Leah, Dios. Tú sabes que no soy celoso, ¿no? Solo digo, es extraño.

—No me parece extraño en lo más mínimo. Tú y Nora se parecen mucho.

Simon golpea el volante.

—Por eso es raro.

—El chico sigue un patrón.

—No me gusta.

—Creo que no te gusta la idea de que tu hermanita esté saliendo con alguien.

—NO ESTÁN SALIENDO.

Sacudo la cabeza, sonriendo.

—Pero no deja de quedarse con él luego de la escuela, para el anuario, y ahora él la lleva a casa casi todos los días. O sea, están saliendo.

Simon resopla.

—No, no es así.

Gira en Roswell Road y durante los próximos cinco minutos viajamos en silencio. No digo una sola palabra hasta que se detiene en la entrada de mi casa.

—En serio, ¿estás bien? —pregunto al final.

—¿Qué? Sí.

—Tienes que hablar con Bram.

—Lo sé.

—Pero ahora. Hoy.

Asiente, despacio, la mandíbula apretada.

—Esto es estúpido. Solo debería enviar mi depósito para la NYU, ¿verdad?

—Simon, no puedo tomar esa decisión por ti. —Sacudo la cabeza. Luego tomo su mano y jalo de ella—. Muy bien. Vamos.

—¿Quieres que entre? —Frunce el ceño.

—Sip.

—Eh. Claro. —Simon asiente con rapidez—. Guau, creo que hace años no entro a tu casa.

—Lo sé —digo, sintiéndome estúpidamente cohibida. No es un secreto que no soy rica. Y Simon no me juzgará por tener una casa pequeña, por el desorden o por tener mobiliario de segunda mano de IKEA. Solo me siento incómoda con que la gente visite mi casa. Es como que no puedo evitar ser sumamente consciente de las manchas de la alfombra y de la disparidad de la ropa de cama. O, incluso, del simple hecho de que mi habitación sea del tamaño del clóset de Simon.

Entramos por el garaje, y él me sigue por el pasillo.

—Ni siquiera recuerdo cómo se veía tu habitación —dice.

—Es muy pequeña. Te lo advierto.

Luego, abro la puerta y entro. Simon se queda en la entrada.

—Es increíble —dice en voz baja.

Lo miro como si estuviera bromeando.

—¿Tú dibujaste todos estos? —Camina hacia la pared y observa de cerca uno de mis dibujos.

—Algunos de ellos. Otros los tomé de Internet.

Mis paredes están tapizadas de arte, bocetos en lápiz y retratos de personajes cuidadosamente hechos con tinta y chibis y yaoi. Si me enamoro de algo en DeviantArt, lo imprimo. O a veces Morgan y Anna imprimen cosas y me las regalan. Aunque supongo que, últimamente, cada vez más dibujos son míos. Dibujos de Harry y Draco, de Haruka y Michiru, de mis personajes originales. Y el dibujo que hice de Abby y yo en la casa de Morgan. Le ruego a Dios que Simon no se dé cuenta de eso.

—Esta habitación es tan tú —dice sonriendo.

—Eso creo.

Se deja caer hacia atrás sobre mi cama. Eso es lo que tiene Simon. Se siente completamente en casa a donde sea que vaya. Me tumbo junto a él, y ambos observamos mi ventilador de techo.

Luego Simon se cubre el rostro y suspira.

—Ey —digo.

—Ey.

—Sé que estás preocupado.

Suspira y gira la cabeza para mirarme. Hay una lágrima recorriendo su mejilla y deslizándose por debajo de sus lentes. La seca con la palma de la mano.

—Es solo que no me gustan las despedidas.

—Lo sé.

—No quiero tener que dejarlo a él o a ti o a Abby o a cualquiera de los chicos. —Se le corta la voz—. No conozco a nadie en Filadelfia. No sé cómo hace esto la gente.

Siento que mi garganta comienza a cerrarse.

—Creo que incluso extrañaré a Taylor.

—Bueno, ahora sí que no te sigo.

Ríe y vuelve a suspirar.

—Vamos. Sabes que la extrañarás. ¿Cómo sabremos si su metabolismo todavía es superrápido?

—Probablemente por sus actualizaciones diarias de Instagram.

—Bueno, es verdad.

—Y esa es una estimación conservadora.

—Lo sé. —Se acerca a mí, tan cerca que nuestras cabezas se tocan. Luego suspira despacio en mi oreja, y su aliento me revuelve el cabello. Creo que nunca lo he querido tanto. Simplemente nos quedamos allí, mirando cómo el ventilador se mueve en círculos.

Debería decirle.

Ahora mismo. No creo que haya existido en la historia un momento más perfecto que este para salir del clóset.

Pero no lo hago.

Es muy extraño, de verdad. Estoy acostada en mi habitación con mi mejor amigo gay, quien estará cien por ciento de acuerdo con esto. Literalmente no hay riesgos.

Pero es como si las palabras no quisieran salir.

Y luego está el asunto de Nick. A pesar de su colapso en la Casa de los Gofres, luce totalmente normal el lunes y el martes, tan normal que resulta casi preocupante. Hasta que, en la tarde del miércoles, pierde la compostura.

Estoy caminando hacia los autobuses cuando, de pronto, escucho —sin lugar a dudas— la voz de Nick en el intercomunicador.

—Simon Spier y Leah Burke, por favor presentarse en el patio inmediatamente.

Me detengo y observo el parlante.

—Repito: Simon y Leah, presentarse en el patio inmediatamente.

No tengo idea de qué se trae entre manos, pero me dirijo hacia allí de todas formas. Encuentro a Simon en las escaleras.

—¿Qué sucede? —pregunta.

Sacudo lentamente la cabeza.

—No tengo idea.

Sigo a Simon al piso de arriba, hacia el patio. Está repleto de gente riendo, dándose empujones y saliendo en masa hacia el aparcamiento. Pero Nick no está por ningún lado. Quiero decir, supongo que debe estar en alguna parte. Para ser sincera, es probable que para este momento ya esté suspendido, porque definitivamente no tenemos permitido utilizar el inter-comunicador.

—¿Piensas que nos está haciendo una broma? —pregunta Simon.

—Bueno. —Inclino la cabeza hacia un lado—. Si es así, no la entiendo.

Pero minutos más tarde, sale disparado de la oficina de enfrente, los ojos salvajes y el cabello despeinado.

—Ey, están aquí. Bien, bien.

Simon observa su rostro.

—¿Estás bien?

—¿Qué? ¡Totalmente! —Asiente con rapidez—. Totalmente.

Durante un instante, nadie habla.

—¿Y bien, qué es lo que sucede? —pregunto al final.

Nick mira a su alrededor. Y luego hace una pausa.

—¿Están libres ahora?

—Yo sí. —Asiente Simon.

—Bueno, bien. Porque necesito que tú —me señala—, tú —señala a Simon— y yo vayamos a mi casa y comamos comida chatarra y juguemos videojuegos. Como en los viejos tiempos. Sin Abby, sin Bram, sin Garrett.

—Mira, Garrett y yo no estamos…

Me interrumpe.

—Solo nosotros. El trío original.

—Solo nosotros —repite Simon—. Ok, déjame enviarle un mensaje a Nora. Si tú me llevas, le dejaré el auto a ella.

—Excelente —dice Nick, y nos sujeta con fuerza por los hombros. Los ojos de Simon viajan hacia mí con nerviosismo.

Ninguno de nosotros habla mientras caminamos por el aparcamiento. El cielo está oscuro y encapotado, las nubes grises cuelgan bajo. Trago una espina de temor mientras me deslizo en el asiento del pasajero. Es un viaje corto hasta la casa de Nick, y Simon llena el silencio con un parloteo agitado acerca de Nora y Cal y de esmóquines alquilados. Nick no dice ni una palabra. Se mete directo en el garaje y ocupa el lugar en el que generalmente aparca su mamá.

—Están los dos de guardia toda la noche —informa—. Y hay cerveza.

Así que es esa clase de noche.

Nick toma un paquete de seis cervezas y su guitarra acústica y se dirige al sótano. Yo me acurruco en una de las sillas de videojuegos y Simon se desploma en el sillón. Pero Nick ignora todo lo confortable y opta, en cambio, por el suelo, donde se cruza de piernas y comienza a afinar la guitarra. Luego toma un sorbo de cerveza y toca unos rasgueos de prueba; sus hombros al fin se relajan.

—¿Eh, Nick? —dice Simon luego de un instante—. ¿Por qué estamos aquí?

—¿Te refieres en materia de evolución o existencialmente?

Simon frunce el ceño.

—Me refería a tu sótano.

—Porque somos amigos, y eso es lo que hacen los amigos. Pasan el rato en los sótanos. —Rasguea un acorde y bebe un trago largo de cerveza—. Y además, todos son una mieeeeeeeerda. —Canta esa última palabra en lugar de decirla.

Luego apoya la cerveza, reacomoda su guitarra y comienza a tocar una melodía tan intrincada que mis ojos no pueden seguir el ritmo de sus manos.

Simon se desliza del sillón y se sienta junto a Nick en el suelo.

—Bueno, esto de verdad suena estupendo.

—Suena para la mierda —dice Nick, los dedos todavía rasgueando los trastes. Pero sonríe.

Simon hace una pausa.

—En serio, ¿estás bien?

—No.

—¿Quieres hablar?

—No.

—Muy bien —dice Simon. Me mira con desesperación.

Me inclino hacia adelante en mi silla.

—Nick, nos estás asustando.

—¿Por qué?

—Porque estás actuando muy raro.

—No, no es verdad. —Toca un acorde fuerte—. Solo estoy. —Acorde—. Tocando música. —Acorde—. Con mis dos mejores. —Acorde—. Amigos. —Luego, sus manos se quedan quietas—. ¿Saben qué es increíble?

Simon luce esperanzado.

—¿Qué?

—El hecho de que de ahora en adelante, para el *resto de mi vida*, puedo decirle a la gente que me dejaron dos semanas antes del baile de graduación.

Ufff. Miro a Simon. Infla las mejillas y luego exhala con fuerza.

—Divertidísimo, ¿verdad?

Lo miro.

—En realidad, no.

—Estaba enamorado de ella —dice, la voz tranquila pero inquietante—. Y ella lo superó por completo. Como si nada. Así de fácil.

—No creo que eso sea… —Simon comienza a decir.

—Solo digo, ¿saben siquiera cómo se siente estar enamorado de alguien así?

Casi me atraganto.

—Amigo, en serio, estoy realmente preocupado por ti ahora mismo —dice Simon. Me vuelve a lanzar una mirada.

—¿Por qué? Estoy bien. —Nick sonríe con alegría—. Estoy muy bien. ¿Saben qué necesito?

—¿Qué?

Deja la guitarra a un lado y bebe el resto de su cerveza. Luego toma otra y bebe esa también.

—Eso —dice sonriendo—. Dios, ya me siento mucho mejor.

—Ok —dice Simon con incertidumbre—. Bien.

Nick suelta una exclamación ahogada.

—Acabo de tener una idea.

—¿Qué idea?

—¡Deberíamos jugar al fútbol!

—Eh...

—Sí, bien. Qué buena idea. Hagámoslo. —Nick asiente con entusiasmo—. Déjenme buscar mis pelotas. Ja. Mi pelota.

Simon encuentra mi mirada y sacude la cabeza sin palabras. Durante un minuto, solo nos quedamos sentados allí, escuchando cómo Nick tararea algo mientras hurga en su armario. Ya está bebiendo su tercera cerveza. Y no es que no haya visto ebrio a Nick antes, pero nunca lo había visto así de descontrolado.

—La encontré —anuncia, y sale triunfante con una pelota de fútbol—. Esto será genial.

—Pero está lloviendo —dice Simon.

Nick sonríe.

—Mucho mejor. —Se escabulle por la puerta del sótano hacia el patio trasero y comienza a pasar la pelota de un pie al otro con suavidad. En realidad, no está lloviendo, pero el aire se siente pesado y húmedo—. Vamos —dice—. Leah, te la paso a ti.

—Recuérdame por qué estamos haciendo esto.

—Porque sí —dice. Luego, con un golpe seco y firme, me pasa la pelota. Balanceo mi pie sin entusiasmo y le erro por un kilómetro.

—Bueno, bueno. Buen amague —dice Nick, haciendo chocar la palma de su mano contra su puño.

Giro para buscar la pelota, la levanto y regreso hacia él.

Nick ríe.

—Tienes que patearla.

—Sí, no creo que esa sea una buena idea.

Apoya la pelota en el suelo.

—¿Sabían qué? Abby y yo solíamos hacer esto todo el tiempo. Es muy buena en el fútbol. —No espera a que respondamos—. De verdad. Es muy, muy buena… Pero… ¿adivinen qué?

Ninguno de los dos habla.

Sonríe.

—¡Terminó conmigo! —Luego patea la pelota con tanta fuerza que golpea el cerco del vecino.

—Nick —dice Simon, y da un paso hacia él. Pero Nick se aparta y corre tras la pelota.

Luego regatea mientras regresa hacia nosotros.

—¿Saben qué? Está bien, igual. Está todo bien. No iba a funcionar de todas maneras, porque las relaciones a distancia son lo peor del mundo. ¿Verdad?

Simon hace una mueca.

—Verdad.

—No, no lo son —me apresuro a decir.

—Sí lo son —insiste Nick. Patea la pelota en dirección a Simon—. Están condenadas a terminar incluso antes de comenzar.

—No necesariamente. —Miro directamente a Simon—. Si uno se compromete a que funcione, funcionará.

Simon frunce el ceño y mira hacia adelante.

—Amigo, se supone que tienes que patearla de regreso.

—Ah. —Los ojos de Simon vuelven a posarse en la pelota de fútbol, y le da un empujoncito desanimado con el pie. Rueda unos cincuenta centímetros y se detiene—. ¿Has vuelto a hablar con Abby?

—No. No me interesa. —Nick sonríe—. No me importa tanto.

—No te importa… —Simon suena dubitativo.

—¿Sabes cuántas chicas hay en Tufts? —pregunta con calma Nick.

—¿Muchas?

—Millones. Millones y trillones. —Le da un golpecito a la pelota con la punta del pie—. Para ser sincero, Abby me hizo un favor.

Los ojos de Simon viajan hacia los míos.

—En fin, ya la superé —añade Nick.

Sí, Nick, *de verdad* pareces haberla superado. Totalmente normal, sin mencionar que estás teniendo un maldito y épico colapso. Dios. No soy idiota, pero guau: me encantaría creerle. Porque si Nick realmente hubiera superado a Abby, entonces quizás yo no me sentiría tan idiota por tener esperanzas. No de que suceda algo pronto, por supuesto. Tal vez algo en el futuro —en un mes o dos—, cuando las cosas no estén tan frescas. Podría besarla de verdad.

Nick golpea la pelota una vez más y la envía volando hacia la casa.

Tal vez no.

Esta vez Simon corre a buscarla.

—Así que, Leah, tú eres la que tiene toda la intriga romántica ahora —dice Nick, y es como si alguien estuviera golpeando un piano con los puños. Mi corazón se desploma en mi caja torácica y se cae del pecho por completo.

—¿De qué estás hablando? —Mi voz sale débil.

—Vamos. —Se restriega el puente de la nariz—. Sabes que Garrett está como loco por ti. Pero no le digas que te conté —añade de pronto—. Se suponía que no debía decirte nada.

—Está... bien. —Se me retuerce el estómago, y tengo esta repentina sensación de desazón. Quizás me largue a llorar. Lo que sería una locura. Debería estar feliz. O halagada. O algo.

—Deberían besarse en el baile de graduación. Es como el logro máximo de la preparatoria, ¿verdad?

—Quieres decir el cliché máximo de la preparatoria —respondo sin expresión.

—Bueno, deberían hacerlo —insiste Nick.

—No quiero.

—¿No quieres qué? —pregunta Simon, de regreso y con la pelota debajo del brazo.

—Chicos. ¿Cuántas veces tengo que decirlo? Dejen de tomar la pelota con las manos.

Simon la deja caer.

—No quiero estar con Garrett —digo, más fuerte de lo que quería. Sale como una declaración. Y de pronto, me siento tan segura acerca de esto que casi me quedo sin aliento. Apoyo una mano en mi mejilla—. No quiero besar a Garrett.

Simon ríe.

—Bueno, entonces no lo hagas.

Nick patea, y la pelota gira lentamente hacia mí. Mis pensamientos también están girando con lentitud.

No quiero besar a Garrett. No quiero besar a nadie.

Excepto a ella.

Lo que sería la idea más alocada, insensata y pésima de mi vida. Para el caso, podría pisotear entero el corazón de Nick y luego pisotear el mío también. No puedo enamorarme de una chica heterosexual. No puedo enamorarme de la exnovia de mi mejor amigo.

Respiro hondo. Y pateo la pelota... la pateo con fuerza, como si estuviera golpeando un tambor. La pateo con tanta violencia que vuela casi hasta la luna.

—Simon está actuando raro —dice Bram el jueves, el mentón apoyado en la mano. Él, Garrett y yo ocupamos una mesa en el rincón de la bilbioteca—. Es como si no me estuviera diciendo algo.

—Tal vez es gay —susurra Garrett.

—Sí, he estado preguntándome eso. —Bram lo dice de forma tan inexpresiva que no puedo evitar sonreír. Pero Dios. No puedo creer que Simon no le haya contado. ¿De verdad piensa que la distancia entre Nueva York y Filadelfia es un impedimento tan grande? No estamos hablando de París y Tokio. Es literalmente una hora y media en tren—. No lo sé —agrega Bram al final. Garrett me mira y se encoge de hombros. Y me doy cuenta, de pronto, de cuán extraño es pasar la mañana con estos dos. Ni Simon ni Nick, ni Morgan ni Anna. Solo Bram, Garrett y yo.

Eso no hubiera sucedido un año atrás. Ni siquiera seis meses atrás.

—Burke, no puedo descifrar si estás mirando al vacío o el trasero de Taylor.

—Definitivamente el trasero de Taylor —digo automáticamente. Parpadeo, y allí está ella, a un par de metros de nosotros. Está en cuclillas y parece estar ayudando a un estudiante de primero a organizar un despliegue de papeles desparramados. A veces me olvido de lo chica scout que es.

—Creo que le gusta Eisner —murmura Garrett.

Asiento.

—Coincido.

—¿Y qué sucede con Abby? —pregunta Bram.

Garrett se encoge de hombros.

—Bueno, ella lo dejó a él. Así que es hombre libre.

—Supongo. —Bram se muerde el labio—. El baile de graduación será interesante.

—Sí, ¿Eisner y Suso en la misma limosina? Espectáculo de mierda garantizado.

—¿Piensas que será malo?

—¿Para ellos? Sí. Pero nosotros la pasaremos genial, Burke. Lo prometo. —Sonríe, y veo esa suavidad en sus ojos.

Me paralizo.

Y luego suena el timbre. Gracias a Dios.

—Debería ir a clase. —Me pongo de pie tan rápido que casi hago caer la silla.

Porque, guau. No puedo hacer esto. No puedo lidiar con los ojos melosos de Garrett y con el corazón roto de Nick. Y, en serio, no puedo haber perdido la cabeza por una chica hetero de esta forma.

Necesito que mi cabeza se quede en su lugar.

Necesito relajarme respecto a esta situación con Abby.

No puede *existir* una situación con Abby.

Pero no puedo dejar de pensar en la tarde de mañana. En este plan misterioso después de la escuela que Abby está elaborando. No dijo ni una palabra con respecto a él durante toda la semana, y estoy empezando a pensar que quizás se haya olvidado por completo.

Pero justo cuando estamos saliendo de Inglés, me sujeta de la manga de mi cárdigan.

—Eh, ¿tomarás el autobús mañana?

Mi estómago pierde el control.

¿En serio? A la mierda esto. A la mierda las mariposas. Deja de actuar como si esta fuera una escena de una comedia romántica. *Si tomaré el autobús.* Eso está en un nivel superior a conversar acerca del clima. Pero por alguna razón, mi cuerpo decidió reaccionar como si me estuviera proponiendo matrimonio.

Parpadeo, asiento y exhalo.

—Bien. Puedo llevarte a casa. —Sonríe—. Estoy entusiasmada.

Ni siquiera puedo responder. Soy un gigantesco caos.

Durante todo el viaje en autobús a casa, soy como una licuadora en funcionamiento. Un momento creo que finalmente estoy bajo control, y al otro me asalta la anticipación con un estallido de un megavatio. Mañana estaré a solas con Abby. Lo que no significa que vaya a suceder algo. Estoy segura de que soy lo peor solo por *querer* que algo suceda.

Pero, en realidad, quizás esté perdiendo la cabeza. Estoy de un humor muy extraño. Estoy así de cerca de levantar los brazos y empezar a correr por la ladera de una montaña al estilo *La novicia rebelde.*

Me siento temeraria.

Y quiero *hacer* algo.

Me conecto ni bien llego a casa e inicio sesión en mi Tumblr de arte. Después de todo, ¿por qué no debería hacerlo? Ni siquiera dudo. Tipeo algunas palabras y subo algunos dibujos, y luego contengo el aliento y hago click en postear. Listo. Lo fijo en mi barra lateral.

Y es probable que a nadie le importe un carajo y que nunca me contacten, pero en este momento, no me importa. Realmente no.

Porque lo hice, y lo subí, y ahora me siento como Pie Grande. Como si cada paso que doy dejara una huella.

Está justo allí, en mi Tumblr: estoy oficialmente disponible para recibir encargos.

Pero el sentimiento de Pie Grande se desvanece tan pronto como llego a la escuela el viernes. Nick se encuentra en mi casillero, esperándome, por supuesto. Reacciona apenas me ve.

—Ey, escuché que estarás con Abby hoy.

—Eh. —Dudo—. Sí. ¿Está bien?

Asiente.

—Totalmente. Por supuesto. No quiero interponerme en su amistad. —Suelta esa risa extraña y forzada—. Es gracioso, porque ni siquiera sabía que ustedes fueran amigas. Pero ¡ahora lo son! Igual no tengo ningún problema con eso.

—¿Estás seguro?

—Muy seguro. Demasiado seguro. —Asiente como un Muppet. Ay, mierda.

Quiero decir, está colapsando… solo con la idea de que Abby y yo seamos amigas. Amigas platónicas y hetero que se ven luego de la escuela. Moriría si supiera. De verdad moriría. Así que, sí.

—Eh. Entonces. —Me mira la frente—. ¿Me dirás si dice algo de mí?

—Seguro.

—Genial. Eso es genial. Realmente te lo agradezco.

Mi estómago se retuerce de la culpa.

Por supuesto, es el día más largo en la historia de los días largos. El tiempo se vuelve espeso.

Abby me encuentra en mi casillero, exactamente en el mismo lugar en el que Nick estuvo parado esta mañana.

—¿Estás lista? —pregunta sonriendo. Durante un instante, solo la miro.

Tiene el cabello recogido y sus mejillas se ven casi relucientes. Creo que quizás esté usando delineador, pero en realidad es difícil saberlo. Sus pestañas son así de intensas. Y lleva puesto un vestido de manga corta con un cinturón sobre unas mallas y unas botas cortas.

—Las botas son las de Atenas —comenta cuando ve que las observo, y casi me ahogo con mi propia saliva.

—Lo sé —digo al final.

—De verdad me gusta tu vestido —dice.

Es el del universo, y no mentiré. A excepción de mi vestido para el baile, esta es la mejor prenda que tengo.

—El clima es perfecto. Sé exactamente adonde quiero llevarte.

Guau. Ok. ¿A dónde me quiere llevar? No quiero perder la calma ni nada parecido, pero está haciendo que esto parezca una cita.

—Me da igual —logro decir.

—¿Desde cuándo eres tan dócil?

—Soy superdócil. No sé de qué estás hablando, Suso.

—Cada vez que me llamas Suso, siento que en realidad eres Garrett usando una máscara de Leah.

—¿Hay máscaras de Leah?

—Debería haberlas —dice Abby. Luego gira por un pasillo lateral y baja por las escaleras traseras. Hay unas puertas dobles al final del pasillo de música; es extraño, porque estoy en este lugar todo el tiempo y nunca las había visto. Abby empuja y sostiene una puerta abierta con la cadera, y yo salgo hacia el calor suave de la tarde. Estamos en un patio detrás de la escuela donde hay un camino que conduce al estadio de fútbol americano.

—¿Me harás jugar al fútbol? —pregunto. Porque eso es todo lo que necesito. Otro extraño y tenso juego de pelota. ¿Es este el ritual universal postruptura?

—Por supuesto. Eres defensora, ¿verdad?

—Ok. ¿Puedo hacer una pregunta?

—Claro.

Comienzo a avanzar por el camino e igualo su paso.

—¿El defensa y el mariscal son dos cosas distintas?

—¿Es esa una pregunta siquiera? —Parece divertida.

—Pensé que era todo lo mismo.

—Bueno. Guau. Eres demasiado adorable.

—No, no lo soy.

—Sí, lo eres.

El calor de mis mejillas aumenta de forma desmesurada. Podría asar carne sobre ellas. Podría romper termómetros y alisar cabelleras y ocasionar quemaduras de segundo grado.

—En serio, ¿por qué me estás llevando al campo de fútbol?

—Porque claramente nunca habías visto uno.

Contengo una sonrisa.

—Falso. Fui a un juego en la UGA hace cinco años.

—Déjame adivinar… ¿con Morgan?

—Sí. —Pongo los ojos en blanco.

—¿Te conté que se disculpó conmigo?

—¿Lo hizo?

—Hace unos días. Parecía muy angustiada. —Gira a la izquierda y echa un vistazo por sobre su hombro para asegurarse de que la estoy siguiendo. Luego me conduce por una abertura en las tribunas hacia la pista que rodea el campo de fútbol.

—Bueno, debería estarlo. La cagó.

—Sí. —Abby asiente—. Pero me alegra que se haya disculpado.

De pronto, Abby sale corriendo al centro del campo y se deja caer en el césped. Cuando la alcanzo, está acostada boca arriba apoyada sobre los codos.

Me acomodo a su lado.

—Entonces, ¿está todo bien con ella?

—Supongo. —Hace un gesto de desdén—. Es decir, no mentiré. Ese comentario fue una porquería. Es demasiado doloroso. Y lo escucho *todo el tiempo*. Y luego me obsesiono con la idea de probar que la gente está equivocada y con ser perfecta e intachable, lo que resulta muy cansador y probablemente no sea nada sano. Lo odio. —Suspira—. Pero también odio el conflicto, en especial cuando estamos tan cerca de la graduación. Así que no lo sé.

—Está bien.

—Supongo que la perdono, pero no sé con certeza si puedo volver a confiar en ella. ¿Tiene sentido?

—Definitivamente. —Asiento—. Sí, tiene mucho sentido.

Abby inclina la cabeza hacia mí.

—Pero creo que es genial que me hayas defendido.

—No te estaba defendiendo a ti. Estaba defendiendo la decencia.

—Bueno, la decencia me parece genial también —dice, y sonríe. No puedo dejar de mirarle las rodillas, cómo su falda cae sobre ellas y cubre con suavidad el césped—. En fin. —Arruga la nariz hacia mí.

Lo que me hace arrugar mi nariz hacia ella.

—No hagas eso —dice, y se cubre los ojos.

—¿Hacer qué?

—Esa cosa. —Mueve la mano en el aire—. Esa cosa con la nariz y las pecas. Ay, Dios.

—No entiendo. —Me doy un golpecito en la nariz.

Abby sacude la cabeza, las manos todavía sobre el rostro. Pero luego espía entre ellas.

—Eres demasiado encantadora —dice suavemente.

—Ah.

—Y ahora te estás sonrojando.

—No, no es verdad.

—Sí es verdad —dice Abby—. Lo que también es encantador. Detente.

No puedo creer que esté haciendo esto. O me está haciendo una broma, lo que la convertiría en una idiota, o no, lo que... no lo sé.

Me recuesto sobre el césped, levanto las rodillas y apoyo los pies en el suelo. Me mira durante un instante, y luego se acerca a mí. Hay apenas unos dos centímetros entre nosotras. Como en aquel septiembre de tercer año en el suelo de la habitación de Morgan. Ahora hay una brisa, fresca y suave, y observó cómo le revuelve el flequillo. Es tan hermosa que hace que me duela el estómago. Giro la cabeza con rapidez, la mirada fija en las nubes.

—Todavía no entiendo por qué me trajiste aquí —digo al final.

Ríe.

—Lo sé. —Luego respira hondo. Creo que de verdad está nerviosa—. Quería abofetearme por haber elegido un viernes.

—¿Por qué?

—Porque he estado queriendo decirte algo desde el fin de semana pasado, y ha sido una tortura. —Echo un vistazo a su rostro. Está mirando directamente hacia el cielo, un atisbo de sonrisa en sus labios.

—¿Querías decirme algo?

—Sí.

—Bueno. —Hago una pausa, expectante, pero ella solo se muerde el labio sin hablar. La miro de reojo—. Entonces, *¿me lo dirás?*

—Dame un segundo.

Asiento, y mi corazón golpea de forma salvaje.

—Ok. Bueno. —Respira hondo—. Salí del clóset el fin de semana.

—¿Saliste... saliste del clóset?

—No para todos —se apresura a decir—. No ante mis padres ni ante cualquiera de la escuela. Solo les conté a mis primas. Las mellizas. —Gira hacia mí—. Estaba realmente nerviosa. ¿No es extraño?

—¿Por qué sería extraño?

—No lo sé. ¿Porque son la familia más gay que existe? —Se encoge de hombros—. Se lo tomaron muy bien, por supuesto. Estaban fascinadas.

—Eso es genial. —Encuentro su mirada—. En serio, felicitaciones.

Sonríe y no responde, y durante un instante, solo permanecemos allí.

—Espera —digo al final—. ¿Puedo preguntarte algo?

—Mmmmm.

—¿Saliste del clóset como qué?

Abby ríe.

—¿A qué te refieres?

—Bueno, hasta donde yo sabía, tú eras hetero.

—No creo que sea hetero —dice, y mi corazón casi se detiene.

»No lo sé —agrega al final—. Supongo que soy un poco bisexual.

—No creo que eso exista.

—¿Qué? Sí existe. —Me clava un dedo en el brazo—. Un poco bi.

—O eres bi o no lo eres. Es como estar un poquito embarazada.

—Eso también es un tema. ¿Por qué no puedes estar un poco embarazada?

—Creo que simplemente se llama estar embarazada.

—Bueno, yo soy un poco bi, y me quedaré con eso.

Me siento.

—No te entiendo.

—¿Qué?

Sacudo la cabeza.

—Un poco bi, un poquito bi. Solo sé *bi*. Vamos.

—¿Qué? No. —Se incorpora—. Tú no decides mi etiqueta.

—¡No es una etiqueta real!

—Bueno, es real para mí. —Exhala con fuerza—. Dios, a veces, ni siquiera sé…

Se me tensa la mandíbula.

—¿Ni siquiera sabes qué?

—Qué quieres de mí. —Vuelve las palmas hacia arriba—. ¿No puedes solo…? No sé. Esto es raro para mí, ¿ok?

—¿Qué quiero de ti?

Asiente, parpadeando con rapidez.

—Dios, Abby. —Presiono las manos sobre mis ojos—. Quiero que dejes de jugar con mi cabeza.

—No estoy…

—¿En serio? ¿Un poco bi? —Suelto una risa fingida—. También conocido como ¿eres bi, pero no lo quieres admitir? No estoy diciendo que tienes que marchar en el desfile del

Orgullo. No tienes que salir del clóset. Pero *Dios*. Al menos admítelo para ti misma. —Hago un gesto de desdén—. O no. No me interesa.

—Leah.

Ni siquiera puedo mirarla. Dios. Nada de esto tiene sentido. No es que hayamos tenido una oportunidad, para empezar. ¿Qué clase de amiga de mierda pensaría siquiera en besar a la exnovia de su mejor amigo? Dos semanas luego de la ruptura. *El día anterior al baile.* Y el pobre, inocente Garrett, a quien ni siquiera me molesté en rechazar. No puedo hacer esto ahora. Ni siquiera salí del clóset.

Me pongo de pie de forma abrupta y aliso mi falda.

—Ok, sí. No haré esto. Me iré.

—¿Qué? —Abby me mira parpadeando.

—Me iré a casa.

—Déjame llevarte.

—Tomaré el último autobús.

Se abraza las rodillas.

—Estoy intentándolo, ¿sí? —Hay un temblor en su voz.

—¿Estás hablando en serio? —Aprieto las manos—. ¿Estás intentando? ¿Intentando hacer qué?

—No lo sé.

—Está bien. ¿Sabes qué? ¿Quieres ser «un poco bi»? Bien por ti. Diviértete. Pero mientras no te decidas, tampoco me jodas. No te atrevas a golpear a mi puerta con tu crisis de identidad postruptura. —La miro directo a los ojos—. Tú me diste mi primer beso, Abby. Me lo robaste.

—Lo siento…

—Y todos piensan que tienes todo bajo control. —Trago saliva con esfuerzo—. Pero tú solo haces lo que quieres y todos lo aceptan. Y ni siquiera te importa a quién hieres.

El rostro de Abby luce desolado.

—¿Piensas que no me importa?

—No sé qué pensar.

—Bueno, sí, no soy perfecta. —Una lágrima recorre su mejilla—. ¿Sí? Estoy arruinando esto por completo. No soy como tú. No lo tengo todo pensado. No tengo idea de qué estoy haciendo y en este momento estoy realmente asustada.

—¿De qué?

—No lo sé. De estar equivocándome. De que me odies.

—No te odio.

—O de herirte. No quiero hacer eso.

El tiempo parece congelarse. Durante un instante, simplemente nos miramos. Me siento sin aliento y mareada.

—Mira, estoy bien —digo al final—. ¿Sí? Ya resolverás esto. Tú puedes. Me siento feliz por ti. Y no me debes nada. —Exhalo y me encojo de hombros.

—Eso no es…

—Está todo bien. Somos amigas. Te veo en el baile.

—Está bien —dice con suavidad.

No me molesto en responder. Me voy sin mirar atrás.

—Lo vamos a lograr. Lo juro por Dios. —Mamá mira la pantalla de su celular y luego encuentra mi mirada en el espejo—. Miré este tutorial unas cincuenta veces.

—Estoy segura de que lo hiciste. —Sonrío vagamente.

—Solo no está funcionando. ¿Por qué soy un desastre en esto?

—No eres un desastre. —Tengo este pequeño rizo de cabello colgando de forma extraña sobre mi oreja, así que jalo de él. Y ahora tengo un mechón enorme cayendo como si fuera una patilla gigantesca. Genial.

Mamá suelta un quejido.

Pasé la última hora en su habitación viendo cómo se volvía loca con cada aparato para el cabello que alguna vez se haya inventado. Todavía estoy en pijama y faltan cinco horas para que llegue Garrett. Pero mamá no deja de mirar obsesivamente la hora en el teléfono, como si él fuera a aparecer en cualquier momento.

—Ok. Empecemos de nuevo. —Me peina el cabello con los dedos y quita aproximadamente diez mil clips. Luego lo rocía con agua y lo vuelve a alisar—. Lo juro por Dios…

En cuanto a mí, estoy adormecida. Todo esto simplemente me importa un carajo. Entiendo que el baile de graduación sea algo enorme, pero ¿para qué? ¿Para qué tanto esfuerzo? Para ser sincera, no me importa impresionar a mi pareja. O quizás una partecita estúpida de mí sí quiere impresionar a *alguien*, pero si ese alguien se encuentra fuera de mi alcance, ¿cuál es el punto?

Mamá se humedece los labios.

—Déjame que lo seque otra vez.

—Hazlo.

Lo hace.

Es gracioso, nunca pensé que iría al baile y aquí estoy, sometiéndome a toda la rutina que eso implica. Nos tomaremos fotos en la casa de Simon y luego iremos en una limosina de verdad a un restaurante pretencioso en Alpharetta. Es el sueño erótico de la preparatoria de los suburbios.

Mamá apaga el secador.

—Odio que estés peleada con Morgan y Anna —suelta de la nada.

—¿Por qué?

—Solo no me gusta que haya tensión. Quiero que tengas la noche perfecta.

—Eso es un mito.

—¿Qué es un mito?

—La noche perfecta en el baile de graduación.

Mamá ríe.

—¿Qué quieres decir?

—Es como un cliché de una película para adolescentes. Está el número de baile coreografiado y el extraño contacto visual, y luego el beso meloso.

—Eso suena como un gran baile —dice mamá.

—Es un chiste.

—Dios, Leah. —Recorre mi cabello con sus manos y enrolla un mechón alrededor de su dedo—. ¿Cómo te volviste tan cínica?

—No puedo evitarlo. Soy de Slytherin.

Y soy de la peor clase de Slytherin.

Soy de esas que están tan estúpidamente enamoradas de alguien de Gryffindor que ni siquiera funcionan. Soy la Draco de un *fic* de mierda de Drarry que el autor abandonó luego de cuatro capítulos.

—Bueno, mi baile fue hermoso —dice mamá—. Fue una de las noches más románticas de mi vida.

—¿No estabas embarazada?

—¿Y qué? Aun así fue hermoso. —Sonríe—. ¿Sabías que me hice un ultrasonido el día anterior al baile?

—¿Y eso fue... genial?

—¡Fue genial! Fue el más completo, también. Allí me enteré de tu género.

—El género es una construcción social.

—Lo sé, lo sé. —Me clava un dedo en la mejilla—. No sé. Solo estaba muy emocionada. Ni siquiera me importaba cuál fuera tu género. Solo quería saber todo acerca de ti.

Resoplo.

—Eso suena bien.

—Solo recuerdo perfectamente estar acostada en la camilla, viéndote en la pantallita. Eras tan...

—¿Fetal?

—Sí. —Sonríe—. Pero también... no lo sé. Eras solo una pequeña luchadora allí. Recuerdo que eso me impactó mucho. Aquí estaba yo, con todas estas cosas, la escuela, el baile y tu papá, pero tú solo seguiste haciendo lo tuyo. Creciendo y creciendo. Nada te detenía.

—Creo que ese es el logro mínimo de un feto.

—No lo sé. Solo me pareció increíble. Y todavía siento lo mismo. Mírate. —Levanto la mirada hacia el espejo, encuentro sus ojos y durante un instante nos quedamos en silencio.

Cuando mamá por fin vuelve a hablar, lo hace casi en un susurro—: Todo el mundo solía decirme cuán rápido pasaría todo. Y de verdad me molestaba.

—Ja.

—Siempre era una señora cualquiera en alguna tienda. Tú pataleabas o hacías un berrinche, y todas las veces alguna idiota tenía que aparecer y decirme que algún día lo extrañaría. «Ay, se irá a la universidad antes de que te enteres. Disfruta de estos momentos». Y yo pensaba, *linda historia, vete a la mierda.* —Enrolla un mechón de mi cabello alrededor de la buclera—. Pero tenían tanta razón.

—Suele pasar.

—No puedo creer que te irás. —Mamá parpadea demasiado rápido.

—¿Te das cuenta de que estaré a una hora y media de distancia, no?

—Lo sé, lo sé. —Sonríe con tristeza—. Pero sabes a qué me refiero.

La miro arrugando la nariz.

—No te atrevas a llorar.

—¿Por qué? ¿Porque tú llorarás también?

—De ninguna manera. Nunca.

Mamá ríe con suavidad.

—Todo será muy extraño aquí sin ti, Leah.

—*Mamá.*

—Ok, no seguiré. No quiero verte llorar por mí y arruinar tu estética para el baile.

—Mi estética para el baile. —Pongo los ojos en blanco y sonrío.

Mamá me devuelve la sonrisa.

—Leah, te divertirás tanto esta noche.

—Será extraño.

—Aun si lo es. Yo amé mi extraña y caótica noche de graduación. —Se encoge de hombros—. Solo disfrútala. Eso hice yo. Recuerdo mirarme en el espejo y decidir que mi baile de graduación no apestaría, aun si no salía como yo imaginaba.

—Bueno, el mío será una porquería. —Hago una mueca en el espejo.

—¿Por qué? No tiene que ser así. —Se inclina hacia adelante y apoya el mentón en mi cabeza—. Solo prométeme que intentarás no pensar demasiado.

Entonces recuerdo algo de forma repentina, y se siente como una patada en la ingle.

—*Mierda.*

Mamá me mira a los ojos a través del espejo, las cejas en alto.

—¿Estás bien?

—Soy tan idiota.

—Lo dudo mucho.

—No tengo sujetador.

—Mmm. —Mamá acomoda en su lugar un último mechón de cabello y sonríe—. No está mal, ¿verdad?

Es decir, sí, mamá hizo un trabajo espectacular. No sé cómo lo logró, pero mi cabello está suave y ondeado, recogido a los lados, con pequeños mechones suaves cayendo sobre mis mejillas. Por supuesto, el hecho de estar todavía en pijama hace que mi cabeza y mi cuerpo parezcan pertenecer a dos personas distintas, pero supongo que se verá bien con el vestido.

Excepto por el hecho de que no tengo un maldito sujetador.

—Necesito algo sin tirantes.

—¿No tienes un sujetador sin tirantes?

—¿Por qué debería tenerlo?

Mi mamá hace una mueca.

—¿Porque tienes un vestido sin tirantes?

—Ok, no es gracioso. Estoy a punto de desesperar.

—Lee. —Apoya las manos sobre mis hombros—. Tenemos algunas horas hasta que llegue Garrett. Podemos comprarte un sujetador.

—¿En dónde?

—En cualquier lugar. ¿Qué te parece Target? Ve a ponerte unos jeans. —Toma su bolso—. Vamos.

♪♪

Excepto que el auto no enciende.

—No —dice mamá mientras las llaves giran sin resultado—. Hoy no, Satán.

—¿Me estás jodiendo?

—Espera. —Le da un golpecito al volante y abre y cierra la puerta—. Intentaré otra vez.

Nada.

Luce un tanto asustada.

—¿Debería soplar la llave?

—Eso no tiene sentido, mamá.

—Ay, vamos —murmura, y ahora golpea con fuerza el volante con ambas manos—. De todos los días de mier...

—Bueno, pero no lo digas así.

Me lanza una mirada cohibida.

—Pensé que nos gustaba maldecir.

—Amamos maldecir. Pero maldecimos con todas las letras. De todos los malditos *días de mierda*.

—No puedo creerlo —dice.

Asiento.

—Es una señal.

—¿De qué?

—De que debería quedarme en casa.

Ahora es mi mamá quien pone los ojos en blanco.

—¿No quieres ir al baile por un sujetador?

—Por la *falta* de un sujetador —la corrijo—. Y porque no tengo forma de conseguir uno.

Mamá no responde, solo mete la mano en el bolso para tomar su teléfono. Luego busca entre sus contactos más frecuentes.

—¿A quién estás llamando? —Me ignora—. No, de ninguna manera. —Intento tomar el teléfono, pero lo coloca fuera de mi alcance—. ¿Estás llamando a Wells?

No me responde. Presiona llamar.

—Por favor dime que no le estás pidiendo a Wells que me compre un maldito sujetador.

—¿Por qué no? —El teléfono comienza a sonar.

—Porque es un sujetador.

—¿Y?

—Es repugnante.

—¿Qué, un sujetador? ¿Te repugnan los sujetadores? —Abro la boca, pero ella sigue hablando—. Querida, si no puedes hablar de sujetadores espera hasta que aprendas acerca de tetas... Hola, cariño. —Se interrumpe a sí misma y toda su conducta cambia. Me imagino a Wells al otro lado de la línea, el teléfono pegado a su oreja diminuta.

La golpeo en el brazo, se vuelve hacia mí y me guiña el ojo.

—Leah y yo necesitamos un favor.

Sacudo la cabeza de forma frenética, pero mamá gira hacia un lado y me ignora.

—El auto acaba de morir y nos dimos cuenta recién de que Leah no tiene...

Me cubro el pecho con los brazos cruzados.

—… algo que necesita —continúa mamá. Luego hace una pausa. Apenas puedo escuchar la voz de Wells a través del celular—. Muy bien. No hasta las cinco. —Vuelve a hacer una pausa, y luego ríe—. Sí, realmente murió. —Asiente y me mira con una sonrisa en el rostro—. Gracias, cariño. Te amo.

Ok, primero que nada: puaj. Segundo: qué mierda. Así que mamá y Wells están en el nivel de *te amo*. Es demasiado vomitivo.

Termina la llamada y se vuelve hacia mí.

—Estará aquí en quince minutos para hacer arrancar el auto.

—Genial.

—Eh, de nada. —Levanta las cejas.

Me sonrojo.

—Gracias.

Y es extraño. No nos bajamos del auto. Ni siquiera nos desabrochamos los cinturones. Es como si alguien hubiera pausado el universo. Todo huele a aerosol para cabello y tengo esta sensación de cambio de ritmo y de destiempo una vez más. Esa pequeña picazón en el estómago. Mamá tamborilea sobre el volante, tarareando.

—¿Tú y Wells están comprometidos en secreto o algo así?

Deja las manos inmóviles.

—¿Qué? ¿Por qué dices eso?

—Es solo una pregunta.

Mamá suspira.

—Leah, no. No estoy comprometida en secreto.

—¿Se están por comprometer?

—Eh. —Sonríe—. No que yo sepa.

—¿Dirías que sí si te lo preguntara?

—Leah, detente un minuto. ¿Por qué me estás preguntando esto?

—Es solo una pregunta hipotética. —Levanto los pies, los apoyo sobre el asiento y giro hacia la ventanilla. Todo está verde y bañado por la luz del sol. Estúpido y perfecto día de abril.

—¿Si me lo preguntara hoy? No lo sé —dice mamá—. El matrimonio es una gran cosa. Sé que lo amo mucho.

La miro.

—¿Por qué?

—¿Por qué amo a Wells?

—Entiendo lo del dinero, por supuesto.

—Eh, ¿perdón? —Los ojos de mamá destellan—. ¿Sabes qué? Eso es hiriente y no es verdad.

—Entonces, no lo entiendo.

—¿No entiendes qué?

—Quiero decir, no te casarás con él por cómo se ve —digo, e incluso antes de que las palabras salgan de mi boca, me arrepiento. Siento que el calor me sube a las mejillas. No sé por qué soy tan mala.

—Ok, ¿en serio?

—Lo siento —murmuro.

—Sabes, yo de verdad pienso que es apuesto.

—Lo sé. Lo entiendo. Soy una idiota.

—¿Tú no piensas que se parece un poco al príncipe William?

—Eh, ¿Wells no tiene cincuenta?

—Tiene cuarenta y dos.

—Aun así.

—Es como un príncipe William un poco mayor y un poco más pelado. Solo me refiero a su rostro. —Me da un empujoncito en la rodilla—. Lo puedes ver.

Mierda. Lo puedo ver. E incluso su nombre encaja a la perfección.

—Entonces, ¿toda esta relación está basada literalmente en tu fetiche de toda la vida por el príncipe William?

—Ok, no es un *fetiche*. Solo creo que es sexy.

—No puedo creer que hayas dicho que el príncipe William es sexy.

—Lo hice. Había que decirlo. —Sonríe, casi con tristeza—. Sabes, creo que él te agradaría si le dieras una pequeña oportunidad.

—No me tiene que agradar. Estoy a punto de graduarme, ¿recuerdas?

—Ay, sí. Claro que lo recuerdo.

Y algo en la forma en que lo dice hace que se me forme un nudo en la garganta. Miro la guantera y me abrazo las rodillas.

—Lo siento —murmuro.

—Cariño, está bien, ¿sabes? Es solo que…

Deja de hablar cuando Wells se detiene junto a nosotras en su Beemer. Luce demasiado golfista hoy, una camiseta polo metida dentro del pantalón y, Dios, ahora no puedo dejar de ver su aspecto de príncipe William, lo que es un tanto perturbador. Abre el capó de su auto y mamá hace lo mismo. El juego previo para esta relación automovilística. Mamá sale del asiento del conductor y toma de la cajuela un juego de cables con pinzas.

Observo desde el asiento del acompañante mientras colocan sus pequeñas pinzas dentadas en algún lugar de ese caos de partes de la batería y del motor. Un instante después, Wells enciende su auto y mamá se asoma por la puerta del asiento del conductor.

—Lee, intenta encenderlo.

Lo hago, e inmediatamente ruge de regreso a la vida.

—¿Eso es todo? —pregunto—. ¿Lo arreglaron?

—Bueno, encendió, lo cual es algo, pero necesitamos mantener la batería encendida durante un rato. ¿Por qué no te sientas atrás?

—¿Por qué?

—Porque Wells nos llevará a Target para poder mantener el auto encendido mientras nosotras compramos.

—Ah. Ok. —Dios. Compras para el baile con Wells. Pero supongo que, técnicamente, él nos rescató, y que, técnicamente, debería estar agradecida. O algo así.

Mamá le cuenta a Wells todos los chismes del baile durante el camino a Target. Recuerda cada detalle que alguna vez le mencioné.

—Bueno, Abby dejó a Nick, así que eso es lo más importante, pero Morgan también está generando problemas —explica mamá—. Y Garrett está enamorado de Leah.

Me inclino hacia adelante.

—Eso es solo un rumor.

—Pero —continúa mamá, y gira para sonreírme—. Creo que a Leah le gusta alguien más.

—Mamá.

Mierda. Será mejor que no esté implicando lo que pienso que está implicando.

—Solo digo. —Sonríe—. Será una noche interesante.

Ni bien nos detenemos en el aparcamiento, el teléfono de mi mamá comienza a sonar.

—Ay, maldita sea. Tengo que atender esta llamada. —Responde, arruga el rostro hacia mí y articula la palabra *trabajo*.

Qué momento tan oportuno.

Durante un instante, Wells y yo simplemente nos quedamos allí sentados mientras mamá asiente y dice:

—Ajá. Ok. Sí. Ajá. —Tantea dentro su bolso en busca de un bolígrafo y garabatea algunas cosas en el dorso de un recibo—.

Bueno, realmente, ah. *Ah*. Ok. No, no. —Me lanza una mirada que se ve mitad culpable y mitad desesperada—. Mmmmm —murmura. Luego desabrocha su cinturón y se vuelve para mirarme.

Le devuelvo la mirada y alzo las cejas.

—Sí. Ok. Absolutamente —dice al teléfono. Pero asiente con la cabeza de forma intencionada hacia mí. Luego me alcanza su tarjeta de crédito.

—¿Se supone que debo hacer esto sola? —pregunto en voz baja.

Se encoge de hombros, hace un gesto hacia su teléfono y luego señala el reloj del tablero del auto, que ha estado roto durante años, pero entiendo lo que quiere decir. Garrett estará en casa en dos horas, y yo estoy en jeans y sin una pizca de maquillaje.

—Iré contigo —dice Wells.

—Eh. No es necesario.

—En realidad es perfecto. De todas maneras, necesito comprar una tarjeta de cumpleaños.

Le lanzo una mirada a mamá que dice «me estás jodiendo». Se encoge de hombros y levanta las palmas, los ojos brillantes.

¿Acaso no es mágico esto? Estoy comprando un sujetador con Wells.

Mete las manos en los bolsillos mientras caminamos por el aparcamiento.

—¿Qué es lo que necesitas?

—Una prenda de vestir.

—¿Una prenda de vestir? —Me lanza una sonrisa, confundido—. ¿Tengo que adivinar?

—No —respondo con prisa. Me cago en mi vida—. Es solo un sujetador. —Para mis tetas, Wells.

—Ah.

Ahora ni siquiera puedo pensar con claridad. Quizás mi cerebro se esté friendo. Quizás eso es lo que sucede cuando llegas al colmo de la humillación.

Atravesamos las puertas automáticas y lo primero que veo es la sección de bolsos: bolsos gigantes de lona con cierre, bolsos de cuero sintético y una variedad veraniega de bolsos de playa tejidos, aun en esta época.

—Ay no. —Me golpeo la frente.

—¿Todo bien? —pregunta Wells.

—No tengo bolso.

Es decir, técnicamente, tengo uno. Pero es una cosa andrajosa que compré hace tres años en Old Navy. No puedo llevar esa porquería al baile.

—Está bien. Podemos solucionarlo. —Asiente con energía—. ¿Te serviría alguno de estos?

—Y zapatos. No tengo zapatos.

Ok, honestamente, estoy comenzando a desesperar, porque esto parece una señal. No tengo sujetador, ni zapatos, ni bolso, la batería del auto está muerta y mamá está ocupada. Universo, te escucho fuerte y claro. Ni siquiera debería haber considerado asistir al baile. Debería regresar a casa y mirar HGTV, y devolver el vestido ni bien el centro comercial abra mañana.

Solo desearía… No lo sé. Desearía ser la clase de chica que tiene en cuenta cosas como sujetadores, zapatos y bolsos. Es como si hubiera un gen para el baile de graduación y yo no lo tuviera. Y creo que tiene sentido. En general, apenas puedo confiar en vestirme yo misma. No es una sorpresa que esté hecha un desastre cuando se trata de esta porquería.

—Este es lindo —dice Wells, sosteniendo un pequeño bolso de mano. Está hecho de cuero sintético dorado y tiene la forma de la cabeza de un gato. Tengo que admitir que es adorable.

Me muerdo el labio.

—¿Cuánto cuesta?

Revisa la etiqueta.

—Ah, solo veinte dólares.

—Ufff, no importa.

—Leah, yo lo pago.

Río.

—Sí... No, gracias.

—De verdad. En serio, no te preocupes.

Dios, odio esto. Wells es, literalmente, la última persona que querría que me compre cosas. No es mi padrastro. Y definitivamente no es mi padre. Todo esto es raro e incómodo, y me siento como una aprovechadora.

Pero. No lo sé. Tampoco quiero llevar un bolso de lona al baile de graduación.

—Iré a buscar un sujetador —digo con prisa, y mis ojos comienzan a enrojecerse. Todo esto es demasiado ridículo. Y, honestamente, ni siquiera sé cómo se supone que haga esto sin mamá. No sé nada de sujetadores sin tirantes. No sé cómo se supone que tengan que calzar. Ni siquiera sé si tengo permitido probármelos. Termino dando vueltas en el sector de lencería luciendo, probablemente, como una pequeña tortuga perdida. Al final, tomo el más barato de mi talla, pero aun el más barato cuesta casi veinticinco dólares. Un sujetador que, casi con seguridad, utilizaré solo una vez. Y si pago veinticinco dólares por un sujetador, de ninguna forma compraré zapatos. Tendré que llevar mi calzado deportivo. Un calzado gigante y horrible. Ahora sí tengo una estética para el baile de graduación.

Me estoy sintiendo un poco histérica. Solo un poco.

Wells está sosteniendo una bolsa de Target cuando lo encuentro en la caja automática. Sonríe y se restriega la nuca.

—Ok, sé que no querías que hiciera esto, pero compré el bolso del gato.

—¿En serio?

—Es solo que supuse que probablemente intentarías detenerme, y luego yo insistiría y seguiríamos así hasta la eternidad y sé que no tenemos mucho tiempo. Así que, bueno. —Se muerde el labio—. Si no lo quieres usar, está todo bien.

—Ah. Eh. —Miro la bolsa.

—Habría tomado algunos zapatos también, pero no sabía tu talla.

—Está… bien. Eso es genial de tu parte, Wells.

Estoy acostumbrada a pronunciar su nombre con una especie de énfasis sarcástico, un tono que representa mi desdén. Decir Wells sin ese tono ácido se siente extraño y, de alguna forma, incompleto.

Pago el sujetador con la tarjeta de mamá y regresamos al auto. Pero cuando llegamos allí todavía está hablando por teléfono, así que Wells y yo nos apoyamos contra la cajuela, uno al lado del otro.

—¿Estás emocionada? —pregunta.

—¿Por el baile?

—Sí. —Se encoge de hombros—. Nunca fui al mío.

—Nunca pensé que yo lo haría.

—Solo no te olvides de llevar la cámara. Tu mamá querrá fotografías.

—¿Mi cámara? —Digo, por supuesto que Wells diría eso. Como si fuera a aparecer en el baile con una gigantesca cámara antigua y un trípode. Tal vez debería saltearme la cámara por completo. Llevaré algunos óleos y un maldito caballete.

—Supongo que tienes tu celular para eso, ¿no?

—Eh, sí. —Sonrío.

Me devuelve la sonrisa. Y por un instante, solo nos quedamos allí.

—Ah, y gracias por el bolso —digo al final. Restriego mi zapato contra el asfalto—. No tenías que comprármelo.

—Fue un placer.

—Bueno, te lo agradezco —digo, y comienzo a ruborizarme. Porque al parecer no soy capaz de agradecer a las personas sin volver incómoda la situación. Es probable que Wells piense que soy ridícula por ponerme tan nerviosa por un bolso de veinte dólares. Probablemente los veinte dólares no signifiquen nada para él. Probablemente use los billetes de veinte como papel higiénico.

Pero Wells solo sacude la cabeza.

—Sé que esta clase de cosas pueden ser muy incómodas. Yo solía odiar los regalos.

—Yo también.

—Aun cuando sabía que la persona podía pagarlos. Solo no quería sentir que estaba recibiendo limosna. —Me mira, y es como si estuviera leyendo mi mente—. No siempre tuve mucho dinero.

—¿De verdad?

Asiente.

—Sí. Era el chico pobre en el vecindario rico. Todos mis amigos tenían casas y nosotros vivíamos en un apartamento diminuto. Creo que algunas personas ni siquiera saben que hay apartamentos en los suburbios.

—Guau.

—¿Guau?

—Es solo que… No lo sé. Me imaginaba que eras un chico de club campestre.

—Bueno, lo fui, de alguna forma. —Sonríe—. Fui *caddy*.

—Eso es… algo de golf, ¿verdad?

—Exacto —asiente. Y es extraño. Me siento más liviana. Quizás este tipo nerd puede quedarse con nosotras si quiere.

Quizás mamá pueda quedarse con este príncipe William falso para distraerse. Supongo que es eso o merodear por los pasillos de Publix advirtiendo a las madres con bebés sobre cómo vuela el tiempo.

Sin embargo, el punto es otro: nadie advierte a los bebés.

Garrett llega en horario y salgo a los escalones de entrada para recibirlo. Me mira, abre la boca y la vuelve a cerrar. Creo que es la primera vez que se queda sin palabras.

—Mierda, Burke —dice al final.

—Mierda, Laughlin. —Jalo de las puntas de mi cabello.

Supongo que me siento bonita. Ahora que estoy vestida, el peinado funciona a la perfección, y tengo las mejillas rosadas, los ojos sombreados y los hombros pecosos al descubierto, todo al mismo tiempo. Y resulta que mis botas son exactamente del mismo tono dorado que mi bolso de gato. Así que, eso es lo que está sucediendo. Estoy llevando mis borceguíes al baile.

Garrett solo mira mi boca. Supongo que me alegra que no me esté mirando las tetas.

Me entrega un ramillete blanco para mi muñeca y mamá me ayuda a sujetarle una flor en la solapa de su esmoquin. Luego nos conduce fuera de la casa para una sesión de fotos del infierno. No ayuda que Garrett no sepa dónde colocar sus manos. Primero me rodea la cintura con el brazo, luego los hombros y, al final, regresa a la cintura. Estoy esperando —a medias— que tome su teléfono para consultar en Google.

Cuando finalmente es hora de partir, abre la puerta del auto para mí, y, honestamente, es superextraño llevar un vestido de graduación en la miniván de la mamá de Garrett. Nunca había visto a Garrett tan callado como esta noche. No puedo evitar echar algunas miradas a su perfil.

—Te ves muy bien hoy, Garrett —digo al final. Y es verdad. La mitad del tiempo es tan molesto que es difícil recordar que es apuesto. Pero lo es. Tiene una buena línea de mandíbula, el cabello espeso y esos brillantes ojos azules.

—Tú también —dice—. En serio. —Se queda callado durante un momento—. ¿Estás entusiasmada por el baile?

—Supongo.

—¿Supongo? Me encanta tu alegría, Burke.

—Espera, déjame intentarlo una vez más. —Me aclaro la garganta—. Signo de exclamación, supongo, signo de exclamación.

Ríe.

—Mucho mejor.

Lo miro y sonrío, pero siento esta punzada de culpa. Porque Garrett es en realidad muy gracioso y decente. Probablemente sería un gran novio. Solo que no es para mí.

Y debería decírselo. *Eh, Garrett. ¡Solo un aviso! Todas esas cosas del baile salidas de una película que te estás imaginando… No sucederán. No habrá baile coreografiado. Ni miradas de ensueño. Y definitivamente no habrá ningún beso meloso.*

Ey, Garrett. Estoy penosamente enamorada de otra persona.

♫

Al menos entiendo el porqué de los esmóquines. Hacen que los chicos se vean un setenta y cinco por ciento más apuestos. Y no solo Garrett, sino todos. Casi muero cuando veo a Nick, a Simon y a Bram.

En este momento, Simon, Bram, Nora y Cal están padeciendo una épica sesión de fotos con sus padres. Nick está sentado solo en los escalones, golpeteando los dedos en el borde de los ladrillos. Anna corre directo hacia mí, y Morgan la sigue de cerca. Y dado que me convertí en un verdadero cliché, me sumo a toda la rutina. *¡Ay, Dios, me encanta tu vestido! Ay, Dios, ¿estás emocionada?*

Anna luce demasiado bien. De verdad. Lleva un vestido de dos piezas que solo deja entrever un poco de su barriga y tiene el cabello trenzado y sujeto hacia arriba. Anna y Morgan son las dos muy pequeñas y, a veces, cuando estoy cerca de ellas me siento como Hulk.

Pero no.

Mi cerebro finalmente se calla, por una vez. *Hola, cerebro: por favor, déjame sentirme hermosa.*

Creo que de verdad lo siento. Me siento hermosa.

Morgan me dedica una sonrisa cuidadosa.

—Te ves hermosa, Leah.

Me quedo paralizada. Debí haberme preparado para esto. Sabía que tendría que estar cerca de ella. Pero no dejé de apartarlo de mi mente. Ella se *disculpó*. Y Abby la perdona. Quiero decir, eso es algo para tener en cuenta.

—Gracias —respondo—. Tú también.

—¿Podemos hablar? —me pregunta en voz baja.

Es extraño. No dejo de pensar en lo que dijo Anna, que quizás quise arruinar esta situación para hacer que la despedida fuera más leve. Estoy segura de que eso es mentira. Morgan la cagó ella sola. Yo no le pedí que fuera racista para extrañarla menos.

—Ok —digo al final. Miro al cerezo, donde el papá de Simon está haciendo zoom para tomar unas incómodas fotos en primer plano de los rostros de Nora y Cal. Hago un gesto hacia la calle—. ¿Allí?

—Me parece bien.

Hay un silencio extraño y tenso mientras recorremos el camino de entrada. Recojo mi falda hacia adelante y me acomodo en la acerca. Los ojos de Morgan no dejan de viajar hacia mí, como si esperara que yo hable primero. Pero no sé qué decir. Ni siquiera sé cómo sentirme.

Se apoya sobre las manos y suspira.

—Me disculpé con Abby.

—Me enteré.

Durante un minuto, ambas nos quedamos allí sentadas, mirando hacia cualquier lado excepto la una a la otra.

—La cagué —dice al final—. No puedo creer que haya dicho lo que dije. Me siento como la mierda.

—Deberías sentirte así.

—Lo sé. —Cierra los ojos—. Lo sé. Sí, estuve muy triste. Estuve tan… Dios, ni siquiera puedo explicar cómo se sintió. Que me rechazaran.

—Pero eso no es excusa, Morgan.

—Ay, lo sé. No lo es. No está bien. Y yo me considero una aliada. —Exhala—. Pero ni bien se torna personal, todo sale volando por la ventana. Nunca olvidaré que dije eso.

—Sí.

—Y no tienes que perdonarme. Lo entiendo. Solo quería que supieras que lo siento mucho. Prometo ser mejor.

La miro de reojo. Tiene los labios apretados y el ceño fruncido. Está siendo dolorosamente sincera. Es evidente en todo su rostro.

Pero el perdón ajeno es complicado. Nunca sé qué actitud adoptar. Si Abby la perdonó, ¿debería hacer lo mismo? Si Simon perdonó a Martin, ¿debería hacerlo yo también?

Abro la boca para hablar. Ni siquiera sé lo que estoy por decir.

Pero antes de que pueda decir algo aparece Garrett.

—Ey, el tipo de la limosina se encuentra a la vuelta. ¿Alguien sabe algo de Abby?

—Ah, ¿no llegó? —Hago una mueca ni bien lo digo. Soy incluso peor que Taylor. *¿Abby no llegó? Guau, ¡no me había dado cuenta en absoluto! ¡No es que haya estado obsesivamente buscando su auto en la calle!*

Dios. ¿Y si se saltea el baile? ¿Y si no puede lidiar con la incomodidad? Debería enviarle un mensaje. Solo para ver cómo está. Intento buscar el celular en mi bolso, pero el corazón me da un vuelco de solo pensarlo. ¿Qué le diría?

Al final, aparece Simon y me rodea los hombros con el brazo.

—Ok, Abby está por llegar, está atascada en el tránsito. Deberíamos continuar y tomarnos unas fotos grupales. Primero los chicos. —Luego se me acerca y me susurra al oído—. Te ves increíble.

—Shhh.

—Solo digo.

—Tú también.

Sonríe y me jala un mechón de cabello, y luego busca a Garrett para tomarse las fotografías. Cal y Nora ya se fueron, y ahora el padre de Simon acomoda a los demás debajo del árbol de cerezo. Son un grupo interesante, no mentiré. Lucen como una banda de chicos. Garrett es el más alto por lejos, de modo que el señor Spier lo ubica en el medio, con Bram y Simon a un lado y Nick al otro. Todos hacen la pose de graduación con las manos entrelazadas cerca de sus entrepiernas mientras la madre de Simon toma fotografías de forma frenética. Es fascinante.

Pero yo tengo un ojo en la calle, y cada vez que se aproxima un auto, mi corazón comienza a latir con fuerza. Sé que está cerca, pero siento que ese momento no llegará nunca. El tiempo está pasando demasiado lento y todo se vuelve borroso y onírico. Intento concentrarme en la calidez del sol sobre mis hombros. Cualquier cosa para mantenerme centrada. Siento como si hubiera tragado un globo de helio.

Entonces el auto de Abby se detiene y mi cerebro entero parece despejarse. Su mamá gira en la entrada de la casa de Simon, y ella sale del asiento del acompañante sujetando su falda con una mano y un bolsito con la otra.

Deja que su falda caiga.

Y a la mierda mi vida para siempre.

Parece una nube. O una bailarina. Su vestido entero está hecho de un tul azul pálido, ligero como el aire, y tiene unas tiras entrecruzadas con cuidado sobre la espalda. Lleva el cabello levemente recogido, el flequillo hacia un lado, y sus labios y mejillas lucen suaves y rosadas. Es demasiado. Lo juro por Dios. Esta chica es demasiado, y yo ya estoy en otro mundo.

Me mira, y sus ojos resplandecen y se agrandan. *Guau*, articula sin emitir sonido.

Durante un instante, solo la miro. Hace veinticuatro horas le estaba gritando en el campo de fútbol, y ahora me está sonriendo como si fuera lo más fácil del mundo. No puedo decidir si estoy aliviada o decepcionada. Es decir, vamos: ¿ni siquiera se mostrará un poquito incómoda? ¿Ni siquiera un poco?

Regreso de un sacudón a la tierra debido a la mamá de Simon, que se desliza entre Abby y yo, aplaudiendo.

—Sus *paparazzi* las esperan. —Lleva puesta una camiseta enorme que dice, en letras negras gigantes, TEME A LA ARDILLA.

—¿Por qué deberíamos temerle a la ardilla? —pregunto.

—Porque mira —dice. Y luego gira para mostrar la espalda de su camiseta. Que tiene una imagen de una ardilla y las palabras MADRE DE HAVERFORD.

—¿Su mascota es una ardilla? —pregunta Abby.

Encuentro la mirada de Simon al otro lado de la entrada de su casa. *¿Bram sabe?*, articulo.

Inclina la cabeza, confundido.

Tomo mi teléfono y le envío un mensaje. ¿Bram sabe lo de Haverford?

Simon toma el suyo de su bolsillo trasero, mira la pantalla y sonríe. Me responde: Lo sabe. 😃

Nos dirigimos al árbol de cerezo y el padre de Simon nos acomoda para tomarnos las fotos. Incomodidad máxima. No sé si los padres de Simon no saben nada o si me están haciendo una broma, pero parecen decididos a ubicarme entre Abby y Garrett en cada-maldita-foto. Excepto en aquellas en las que se supone que debo estar junto a Morgan.

—Acérquense *más*. Hagan de cuenta que se quieren.

¿Cómo hacen eso los padres? ¿Cómo logran siempre decir cosas ciertas sin saber que son ciertas?

El señor Spier está a punto de meterse en un serio problema al pedir una toma de pareja de Nick y Abby, pero Simon se interpone y luego llega la limosina. Me ubico entre Garrett y Nick mientras la mamá de Simon mete la cabeza por la ventanilla para tomar más fotos.

El interior de la limosina es prácticamente un club de estrípers. No es que alguna vez haya estado en uno. Pero hay asientos en ambos lados y una franja delgada y fluorescente a lo largo de la pared, como una barra luminosa que cambia de color. Y hay un minibar, que tiene botellas de agua en lugar de alcohol. Pero *aun así*. Me siento como si hubiera entrado en la vida de alguien más. Como una Kardashian o Beyoncé. No quiero mirar por las ventanillas o recordaré que estamos en Shady Creek.

—Apuesto a que la gente piensa que somos famosos —dice Simon.

—Bueno, eso es lo que yo pensaría al ver una limosina repleta de chicos de la preparatoria recorriendo los suburbios en abril —dice Abby—. *Definitivamente* el estreno de una película.

—O los Oscar —añade Bram.

—De ninguna forma pensaría en una graduación.

—Cállense. —Simon sonríe y les propina codazos a ambos al mismo tiempo.

Luego Garrett se estira y —por Dios— desliza su brazo sobre mis hombros. Genio de la sutileza. Me inclino hacia adelante, solo unos centímetros. Lo suficiente para poner un poco de espacio entre nosotros, pero no tan lejos para que alguien se dé cuenta.

Excepto que Abby sí lo hace. Levanta las cejas de forma casi imperceptible y me dedica una sonrisita secreta.

Y sí.

Mierda.

Esta será una noche para recordar.

El conductor no puede encontrar el restaurante. Baja el vidrio divisorio y nos mira por el espejo retrovisor.

—¿El American Grill?

—El American Grill Bistro —aclara Garrett.

—¿Están seguros de que este es el centro comercial?

—Correcto. —Garrett quita su brazo de mis hombros y se inclina hacia adelante en el asiento—. El centro comercial North Point, el American Grill Bistro.

Damos vueltas durante algunos minutos, hasta que el conductor se rinde y nos deja en Macy's. Caminar por el centro comercial con ropa formal es irreal. Hay ancianas que nos sonríen y niños que nos miran fijo, y un tipo hasta nos toma una fotografía.

—Siniestro.

Garrett toma la delantera y nos guía. Pasamos delante de Forever 21, de la tienda Apple y de Francesca's. Luego recorremos todo el centro comercial, hasta Sears, pero no hay ningún restaurante. Garrett luce perplejo.

—Definitivamente era por aquí. Definitivamente.

—¿Debería revisar el mapa? —pregunta Anna.

—Debería estar justo aquí.

Todos nos quedamos allí parados durante un minuto en nuestros vestidos y esmóquines. Estamos un tanto desorientados. Es decir, soy una chica de los suburbios, conozco los centros comerciales. Pero este no es el que suelo visitar, lo que significa que es como entrar en un universo paralelo. Observo cómo Simon se muerde el labio mientras Garrett mira el directorio.

—Quizás deberíamos comer en el patio de comidas —sugiere Anna.

—No, esperen —dice Abby, y se tapa la boca con la mano.

—¿Estás bien?

Asiente despacio.

—Solo déjenme… enseguida regreso —dice frunciendo el ceño, y un momento más tarde desaparece por una esquina.

Garrett se me acerca, luciendo desconsolado.

—Lo juro, hice una reserva. Hablé con alguien. Por *teléfono* —agrega.

—Garrett, está bien.

—Lo hice. Lo juro.

—Te creo —digo, buscando a Abby con la mirada. Hay un Starbucks, unas escaleras mecánicas y decenas y decenas de personas. Pero ella no está en ninguna parte.

—Quiero un sillón de masajes —dice Simon, mirando hacia Brookstone.

—Yo seré tu sillón de masajes —dice Bram.

—No acabas de decir eso. —Lo miro arrugando la nariz. Pero él solo aprieta los hombros de Simon y lo atrae hacia él. Simon sonríe y se reclina contra Bram.

—Ey —dice Abby sin aliento. Levanto la mirada de golpe. Y ella es como un rayo de sol. Tiene una sonrisa de oreja a oreja, y los ojos brillantes y alegres.

»Así que, Garrett —dice.

—Suso.

Ella lo toma de las manos.

—Tenemos una reserva.

—¿Sí? —Luce esperanzado—. ¿Dónde está el restaurante?

—No es un restaurante —dice Abby.

La miro.

—¿Qué?

—Bueno, es una especie de restaurante… —Parece como si estuviera a punto de estallar en carcajadas—. Pero está allí. —Señala un lugar detrás de su espalda.

—Esa es la tienda American Girl —dice Simon.

—Sí.

—Como las muñecas.

—Sí. —Los ojos de Abby destellan.

—No entiendo —dice Simon, desconcertado.

—Bueno —explica Abby—. Al parecer Garrett hizo nuestra reserva para la cena de graduación en el bistró American Girl.

Garrett sacude la cabeza.

—No, es el American *Grill* Bistro.

—Ok. —Abby inclina la cabeza—. Pero el American Girl Bistro tiene una reserva para ocho, y está a tu nombre, así que…

—Ah. —Los ojos de Garrett se agrandan—. Mierda.

Simon apoya su rostro en mi hombro, casi llorando de la risa.

♫

Todo el lugar es rosa. Un rosa brillante y enceguecedor. Todo. Las paredes, las mesas, los centros de mesa con flores artificiales.

—Me encanta —dice Abby.

Le sonrío.

—Era de esperar.

Hay un dispensador de refrescos al estilo antiguo contra una pared, debajo de un techo brillante, y lámparas con forma de flores rosadas gigantes. Y adonde sea que mire, veo muñecas American Girl. Creo que somos los únicos que no trajimos muñecas. Sin embargo, es lo más adorable del mundo. Las muñecas están sentadas en sillitas altas, sujetas a las mesas, y los camareros les sirven tacitas de té para muñecas.

—Recuerdo cuando abrió esta tienda —dice Morgan—. Estaba *obsesionada* con las American Girl.

Anna levanta las cejas.

—Aún lo estás.

—No con todas. —Morgan le propina una palmadita—. Solo con Rebecca. Es judía, así que es parte de la familia.

—Creo que se pueden alquilar muñecas —señala Bram—. Para la cena.

—Alquilaré una —dice Simon.

—Chicos, lo siento tanto. —Garrett se cubre el rostro.

Abby sonríe.

—¿Estás bromeando? Esta es la mejor cena de graduación del mundo.

—Estoy de acuerdo —dice Morgan. Junta las manos de golpe.

La recepcionista nos ubica en una mesa larga con sillas rosas a lunares y servilletas de tela blanca dobladas de forma intrincada, justo enfrente del dispensador de refrescos. Lo primero que Simon hace es preguntar acerca de las muñecas en alquiler, y luego él, Abby y Bram siguen a la recepcionista hacia su puesto. Los chicos regresan unos minutos más tarde con sillitas altas rosas y un par de muñecas rubias que tienen un perturbador parecido a Taylor Metternich.

—Abby todavía está decidiendo —explica Simon. Echo un vistazo hacia el puesto de la recepcionista y Abby me guiña un ojo.

Cuando finalmente regresa, está abrazando una muñeca negra que lleva coletas.

—La llamaré Hermione —anuncia.

Simon suelta un gritito ahogado.

—Por fin está sucediendo. Abby se está convirtiendo en una Potterhead.

—Algo así. —Mira directo hacia mí.

Termino sentada entre la muñeca Hermione y Garrett, frente a Simon y Bram. Mientras tanto, Nick mira aturdido el menú, y se muestra tenso y miserable. Mis ojos regresan a Abby, quien apoya el mentón en su mano y sonríe.

—Hablemos de que la mascota de la universidad de Simon es una ardilla.

—Una ardilla negra.

—Sigue siendo una ardilla.

—Amo las ardillas. —Simon sonríe—. Ah, y adivinen qué. Amtrak tiene un descuento para estudiantes.

—Qué útil —dice Abby.

—Creo que intentaremos visitarnos fin de semana por medio —dice Bram.

—Y hablaremos por Skype —agrega Simon—. Y resucitaremos los e-mails de Jacques y Blue.

—Ayy, me encanta. Es un gran plan.

—Sí, lo tenemos todo pensado. La relación a distancia puede funcionar... —Simon se interrumpe y mira a Abby y a Nick—. Puede funcionar para algunas personas —agrega con incomodidad.

—Yo escuché que termina relaciones —dice Nick en voz alta, y todos nos quedamos en silencio. Es la primera vez que habla en toda la noche. Miro a Abby, que tiene una gran sonrisa, pero parpadea rápido.

Nick se encoge de hombros.

—Pero quizás eso es solo algo que la gente dice cuando terminan contigo justo antes de la graduación.

Abby empuja la silla hacia atrás y se pone de pie.

—Disculpen.

Simon suspira.

—Nick. —Los chicos se revuelven en sus asientos, y Morgan y Anna intercambian miradas con los ojos bien abiertos. Pasa un milenio, y nadie dice ni una palabra.

Al final, me pongo de pie y sujeto el respaldo de mi silla.

—Iré a hablar con ella.

Luego respiro hondo y la sigo hacia el baño.

♫

Abby está sentada en una saliente junto a los lavabos, los pies hacia afuera como una bailarina, las sandalias de plástico asomándose debajo de su vestido. Me mira sorprendida.

—¿Qué estás haciendo aquí?

—Te estaba buscando. —Me restriego la nuca—. Solo quería asegurarme de que estuvieras bien.

Se encoge de hombros.

—Estoy bien.

—Ok.

Durante un momento, ninguna habla.

—¿Por qué estás en el baño? —pregunto al final.

—¿Sabías que tienen ganchos para muñecas en los cubículos? —pregunta.

Parpadeo.

—¿Qué?

—Sí, hay un ganchito allí adentro donde puedes colocar tu muñeca. De verdad. Mira.

—Pero ¿por qué?

—Para que la muñeca tenga la experiencia de ir al baño contigo —dice Abby.

—Eso es… extraño.

—¿Verdad? —Ríe, pero luego ahoga la risa con un suspiro.

Observo su rostro.

—¿De verdad te encuentras bien?

—Quizás deberías preguntarle eso a Nick.

—Bueno, no lo haré. Te lo estoy preguntando a ti.

Me lanza una mirada curiosa, pura ceja. No puedo descifrarla por completo. Siento calor en las mejillas, el pecho y la nuca.

—Bueno —dice al final, apoyando el mentón entre las manos—. Oficialmente soy la peor.

—No, no lo eres.

—Hice que todo se volviera incómodo.

—Créeme, los chicos se encargaron de eso.

Ríe.

—No solo los chicos.

Mi corazón late fuerte cuando dice eso. Ni siquiera sé por qué. Pero tengo este impulso de sentarme en ese espacio diminuto junto a ella. Me sentaría dentro del lavabo de ser necesario. Quiero mirar el espejo y ver nuestros reflejos, uno al lado del otro.

Pero estoy paralizada en el lugar.

—No me gusta esto.

—A mí tampoco. —Inclina la cabeza hacia atrás y suspira—. La graduación es lo peor.

—Definitivamente.

Tan pronto como lo digo, pienso en mamá y su decisión de tener una noche de graduación libre de conflictos. Pero creo que debió haber sido distinto para ella. Porque tal vez en su graduación era la única chica embarazada, pero al menos podía besar a quien quisiera besar. Si beso a Abby Suso, aniquilaré mis amistades. Si ella me devuelve el beso, será el apocalipsis.

De modo que solo me quedo allí y la miro hasta que sonríe. Lo que hace que todo sea peor. Porque cada vez que Abby me sonríe siento como si me acuchillaran.

Ni bien regresamos a la limo, Nick toma una petaca de un bolsillo secreto de su chaqueta. No podría estar menos sorprendida.

Bebe unos tragos y se lo entrega a Anna, y yo me quedo allí sentada, los hombros tensos, pensando: *por esta razón no voy a los bailes escolares.* Sé exactamente cómo saldrá todo esta noche. Todos terminarán completamente alcoholizados, hablarán de cuán ebrios están y luego me suplicarán que beba también. Porque es *la noche de graduaciónnnnn.* Porque debería *probar, solo un sorbito.* La gente ebria se transforma básicamente en zombies. Una vez infectados, quieren arrastrarte con ellos. En serio, incluso mis amigos son así, y se supone que somos los nerds. A la mierda eso.

—¿Leah? —Garrett me alcanza la petaca. Se la paso directamente a Bram, quien luego se la pasa a Simon, quien se la pasa a Abby y luego a Morgan, y me doy cuenta, con sorpresa, de que nadie en realidad está bebiendo. Así que quizás esté equivocada. Quizás esto es solo algo de Nick.

Y ni bien la petaca regresa a él, inclina la cabeza hacia atrás y bebe todo de un trago. Luego hace una gran escena de sonreírles a todos excepto a Abby. Simon encuentra mi mirada y levanta las cejas, y yo sacudo imperceptiblemente la cabeza. Amo a Nick, pero esto ya es el reino de la vergüenza ajena. Y el baile ni siquiera ha comenzado.

El sol comienza a ponerse mientras entramos en el Chattahoochee Nature Center, y la gente ya está atravesando el aparcamiento en grupos de dos, tres y diez. Hay una hilera de limos aparcada junto a la acera. Todo es muy Shady Creek. Miro tanto de reojo que debería estar caminando de costado para compensar.

Por supuesto, a la primera persona que veo es a Martin Addison, vestido con un esmoquin color azul pálido y peinado con tanto gel que parece que llevara puesto un casco. Está caminando junto a Maddie, exmiembro del consejo estudiantil y actualmente conocida como «la Cascanueces» desde que golpeó a David Silvera en las pelotas por vencerla en la elección escolar. No podría haber elegido una mejor pareja para Martin. Estoy a punto de comentarle eso a Simon, pero luego veo el pabellón… y el corazón se me sube a la garganta.

Ok, sí: el baile es estúpido.

Pero todo está iluminado con lucecitas y las cortinas blancas colgantes parecen brillar contra el atardecer. Hay unos parlantes gigantescos que hacen retumbar una canción que no conozco, pero que tiene un bajo pulsante perfecto, como el latido de un corazón. El efecto es, de alguna forma, sobrenatural. No parece que este espacio pudiera tener algo que ver con la preparatoria de Creekwood, pero su gente se encuentra por todos lados: en los caminos, junto a la pajarera, sentada en las mesas de pícnic en el césped.

Hay unas escaleras que conducen directamente hacia el pabellón, pero yo me desvío por un camino lateral. Todavía me resulta extraño caminar con un vestido. Vuela alrededor de mis pies con cada paso que doy. Pero al menos no tropiezo. Gracias a Dios que traje los borceguíes.

—Eh. —Siento un empujoncito.

Por supuesto, es Abby, que comienza a caminar tan cerca de mí que nuestros brazos casi se tocan. Siento dos clases de puñetazos en el estómago: un aleteo y un sacudón. Tranquilamente podría tomarla de la mano. Podría entrelazar mis dedos con los de ella y nadie pensaría nada raro, porque las chicas hetero se toman de las manos todo el tiempo. En especial en los bailes. Se toman de las manos y se toman selfies dándose besos en las mejillas, y se sientan de costado en las bancas con los pies en el regazo de la otra. Honestamente, podría tan solo...

—Esto es genial —dice Abby, y me hace regresar de golpe a la realidad. Está mirando para todos lados, los ojos bien abiertos, contemplando todo. A lo largo del camino hay recintos cercados, en su mayoría hábitats para aves rapaces. Se detiene frente a uno de ellos.

»¿Es una lechuza? ¿Hay una lechuza en nuestro baile?

Y sí. Hay una lechuza inmóvil, mirándonos fijo, mientras cruzamos el camino. Como si este no fuera ya el baile más extraño de mi vida.

—Inserte referencia de Harry Potter aquí —digo.

Sonríe.

—Eso es exactamente lo que estaba pensando.

Llegamos al final del camino justo cuando Simon y Bram salen de la escalera.

—Un gusto encontrarlos aquí —dice Abby.

De pronto me doy cuenta de que están tomados de las manos. De verdad, no como si estuvieran a punto de separarse en cualquier momento. Y ambos lucen adorables siendo conscientes de ello, aunque me doy cuenta de que intentan parecer supercasuales.

—Bueno, ¿entramos? —pregunta Bram.

Abby se encoge de hombros.

—Eso creo.

Ya hay una multitud de gente moviéndose por la pista de baile, aunque nadie está bailando aún. Pero hay un presentador animando al público, levantando el puño y vociferando:

—¿HAY ALGUIEN DE ÚLTIMO AÑO AQUÍ?

—Bueno, literalmente es el baile de los de tercer y último año —dice Simon.

—No los escucho. ¿HAY ALGUIEN DE ÚLTIMOOOOOO AÑO AQUÍÍÍÍÍ? —vocifera imitando a un rapero.

—¿Tiene que hablar así? ¿No se da cuenta de que es blanco? —pregunta Abby.

Pero todos gritan y aúllan como respuesta, y todo se vuelve completamente irreal. Debajo del pabellón, las luces son tenues y tiñen el ambiente de naranja de tal forma que la piel de la gente parece brillar. Observo un destello blanco en la periferia, que resulta ser Taylor en un vestido de gran vuelo. Evidentemente, decidió llevar el vestido de casamiento de Kate Middleton a la graduación.

—¿Esa es...? —pregunta Abby.

—Sí.

—Guau.

Intercambiamos sonrisas.

—Taylor, no cambies nunca —digo.

Luego Garrett aparece junto a mí.

—¡Aquí estás! He estado buscándote, Burke.

Cierto. Mi cita.

—¿Quieres bailar? Estoy listo para bailar.

—¿Ahora?

—Sí, ahora. —Me toma de la mano—. Vamos, amo esta canción.

—Eh. ¿En serio? —El DJ está tocando una canción tecno sin letra que suena exactamente como robots teniendo sexo.

—Es decir, la letra es genial.

Echo un vistazo a su rostro y de pronto me doy cuenta: está nervioso. No sé si había comprendido eso hasta este momento. Pero está sonriendo demasiado y se restriega la nuca, y una parte de mí solo quiere darle un abrazo a este pobre chico. O buscarle una cerveza. Necesita relajarse.

Dejo que me tome de la mano y me lleve a la pista de baile, adelante de todo, cerca del presentador.

—EY EY EY. ¿HAY ALGUIEN DE ÚLTIMO AÑO AQUÍÍÍÍÍÍ? —De pronto hay un micrófono en mi rostro.

—Sí —respondo sin expresión.

—¡Dilo más alto para mis amigos del fondo! UNA VEZ MÁS. ¿HAY ALGUIEN DE ÚLTIMO AÑO AQUÍÍÍÍÍÍ?

—Sí, ya hemos dicho que hay estudiantes de último año aquí —digo al micrófono. Por el rabillo del ojo veo a Abby riendo.

—Vamos. Estamos bailando. —Garrett me acerca hacia él y sus manos encuentran mi cintura.

—¿De verdad bailaremos un lento al ritmo de esta canción tecno?

—Sí.

Sacudo la cabeza y pongo los ojos en blanco, pero apoyo las manos en sus hombros. Y luego nos balanceamos. Casi no hay nadie bailando —la gente, en su gran mayoría, solo está merodeando alrededor de la pista— y es difícil deshacerme de la idea de que todos me están mirando. Creo que la inseguridad está en mi sangre.

Pero luego la canción cambia a Nicki Minaj, lo que parece encender la fiesta. La gente ahora sí inunda la pista de baile. Me desprendo de Garrett y termino aplastada entre Simon y Bram. Y —sí—, fuera de los musicales, no creo haber visto nunca bailar a Simon. Es un completo Muppet. Básicamente, está rebotando y arrastrando los pies, y si bien es rígido, Bram es aún peor. Les sonrío a ambos, y Simon me toma de las manos y me hace girar. Me siento casi sin aliento.

Supongo que todas las películas de adolescentes tenían razón: el baile de graduación es casi, casi mágico. Hay algo en eso de estar apiñados en una pista de baile con todos tus amigos, rodeados de lucecitas y vestidos como estrellas de cine. Simon me sonríe y golpea su cadera contra la mía. Luego toma a Abby de las manos y giran juntos en círculos. Bram y Garrett están ensayando alguna clase de meneo de hombros, y estoy muy segura de que Martin Addison está enganchado a la Cascanueces como si fuera un pez.

—¿HAY ALGUIEN DE ÚÚÚÚÚÚÚÚÚTLIMO AÑO AQUÍÍÍÍÍÍÍÍÍÍÍÍÍÍ?

—¡SÍ, SOMOS DE ÚLTIMO AÑO! —grita Abby. Luego me descubre observándola y me lanza una sonrisa vergonzosa.

La canción cambia una vez más, el ritmo suena más suave, y todos se acercan un poco. Simon toma mi mano y la levanta, y de pronto estoy levantando ambos brazos al cielo y sonriendo con los ojos cerrados. Y es exactamente la sensación que tengo cuando estoy tocando la batería. Estoy inmersa en la música, perdida por completo en ella. No recuerdo la última vez que me sentí tan ligera.

Hasta que la realidad me golpea como la bala de un cañón: todo esto está terminando.

Mierda. Nos graduaremos. Tendremos —¿qué?— cinco semanas de normalidad, y luego el mundo entero se reiniciará. Intelectualmente, siempre supe que las cosas serían diferentes luego de la graduación. Así es la vida.

Pero supongo que por fin me estoy dando cuenta de... la magnitud de este cambio. Creo que no lo había notado hasta ahora.

—Te extraño —le digo a Simon.

—¿QUÉ?

—¡TE EXTRAÑO!

Es decir. A la mierda todo. Ya los extraño. Extraño a Simon, a Bram, a Nick, a Garrett, a Nora, a Anna e incluso a Morgan. Ya duele.

—DIOS, YO TAMBIÉN TE EXTRAÑO —grita Simon, sonriendo, y justo cuando pienso que no lo entiende en absoluto, arroja los brazos alrededor de mí con fuerza y me dice al oído—: Sabes que perderé la cabeza sin ti, ¿verdad?

—Yo también —digo con suavidad, y me recuesto contra su pecho.

33

Esto es lo extraño: apenas he visto a Nick en toda la noche. Y en general, no me habría preocupado mucho por ello, pero este no es el Nick normal, este es el Nick Triste y Borracho. De modo que tengo que asumir que está vomitando en la casa de las mariposas o desmayado junto al recinto de los buitres.

O que se encuentra bien. Es probable que esté bien. Aunque no respondió ninguno de mis mensajes. Tal vez esté bien y solo me odie. En su lugar, yo me odiaría. Quizás Abby le dijo algo. O quizás mi enamoramiento de Abby simplemente esté escrito en todo mi rostro.

Intento eliminar ese pensamiento, pero no puedo evitar espiar los alrededores de la pista. Que quede claro que intentar encontrar a un chico en particular en un pabellón repleto y con la luz tenue es jodidamente imposible. El chico lleva puesto un esmoquin negro en un mar de esmóquines negros. Por un instante, la elección de vestuario de Martin Addison tiene una clase retorcida de sentido.

Y luego Nick aparece de la nada, acalorado y sonriente.

—¡Ey! —comienzo a decir, pero me interrumpe con un abrazo rápido y fuerte, y me planta un beso húmedo en la mejilla.

—Eh. ¿Estás…?

Me da un toquecito en la nariz.

—Leah Burke, estás a punto de que te vuelen la cabeza.

Ok, ahora estoy un poco aterrorizada.

Nick atraviesa la pista de baile con un verdadero contoneo. Esto es algo que nunca había visto en mis años de amistad con Nick Eisner. Llega hasta el DJ, se inclina hacia él para decirle algo, este asiente, y ambos chocan los puños.

—¿Estás viendo eso? —pregunta Simon, acercándose.

—¿Te refieres a Nick?

Simon asiente.

—¿Qué piensas que está tramando?

—No tengo idea. —Pero ni bien digo eso, veo un destello de Abby, su falda azul volando mientras da vueltas con Nora—. A menos que…

Simon sigue mi mirada.

—Ay, Dios. ¿Piensas que está planeando algún gran gesto para recuperarla?

—Quizás. No lo sé. —Aprieto los labios—. O podría ser algo vengativo.

—¿Nick vengándose de Abby? —Simon ríe con incredulidad.

—Tal vez algo para avergonzarla.

Simon sacude la cabeza.

—Nick no haría eso.

—No lo sé. Está actuando muy raro.

—Sí, pero es *Nick* —insiste Simon, aunque veo un destello de inseguridad en sus ojos—. No lo haría.

Durante un instante, solo nos miramos el uno al otro.

—Creo que debería hablar con él —digo al final.

—Sí. Ok. —Simon asiente—. Solo… veamos qué está pensando.

Simon me toma de la mano y serpenteamos entre la multitud por la pista de baile. Nick está entre un grupo de chicos de fútbol en un costado del pabellón, los brazos rodeando los hombros de Garrett y Bram. Es reconfortante, creo. Si Bram está involucrado —incluso si Garrett está involucrado—, no hay posibilidades de que Nick esté planeando algo cruel. Es decir, a menos que Bram y Garrett no estén al tanto del plan.

Dios, ¿cómo digo esto siquiera? *Hola, Nick. Creo que eres increíble y te adoro, y solo quería confirmar rápidamente que no eres un gigantesco falo viviente.*

Simon me aprieta la mano y me arrastra hacia adelante, respirando con agitación.

—Hola, chicos —saluda, con su voz patentada de *soy Simon Spier y soy tan casual que a duras penas me chilla la voz*—. Eh, Nick, ¿podemos hablar un segundo?

—Sí, ¿qué sucede? —Nick sonríe expectante. Pero cuando miro por sobre su hombro, veo una decena de otros chicos de fútbol, también sonriendo expectantes.

—En privado —añado.

—Oh, oh, Eisner. —Uno de los futbolistas revuelve el cabello de Nick—. Luce molesta.

Pongo los ojos en blanco, pero Nick se separa de los chicos y nos sigue a Simon y a mí hacia el porche. Enseguida me siento más tranquila, aunque el porche esté unido al pabellón y la música siga sonando alta y todavía haya gente por todos lados. Pero me alegra que esté totalmente descubierto, excepto por algunas guirnaldas de lucecitas. También hay una barandilla rodeándolo y, un poco más allá, un lago claro bordeado por árboles. Apoyo los brazos en el borde de la barandilla y respiro hondo.

—Nick, ¿qué sucede?

—¿A qué te refieres? —Sonríe.

—Estás actuando raro.

—¿Por qué le hablaste al DJ? —pregunta Simon.

—Ajá. —La sonrisa de Nick se agranda—. Todo será revelado.

Simon me lanza una mirada nerviosa.

Miro fijo a Nick.

—Solo dime esto. ¿Se trata de Abby?

Abre la boca para responder, pero luego la canción cambia, y su porte entero se transforma. Nos da unas palmaditas a cada uno en el hombro antes de regresar al trote hacia los futbolistas, y Simon y yo lo miramos boquiabiertos.

—Mierda —murmura Simon, pero lo que dice queda suspendido en el aire.

Porque estoy observando cómo los futbolistas se agrupan en una formación de triángulo. Nick se encuentra al frente, flanqueado por Bram y Garrett, y el resto de los chicos se abren en abanico detrás de ellos. La música retumba por los parlantes.

CH-ch-ch-ch, ch-ch-CH-ch-ch ERM. Ch-ch-ch-ch, ch-ch-CH-ch-ch ERM.

Se balancean rítmicamente de un lado al otro, moviéndose al unísono, hasta que de pronto se quedan inmóviles. Luego Nick mueve la cadera, los otros chicos lo siguen, todos lanzan unas patadas al aire, y comienzan a bailar.

Mierda.

Es el baile coreografiado de graduación, tomado directamente de una película para adolescentes.

De pronto, estamos rodeados de gente que alienta y canta al compás de una canción que nunca había escuchado antes, acerca de una chica que es veneno.

Me inclino hacia Simon.

—¿Es esto… acerca de Abby?

—Bueno, es una canción que existe… —comienza a decir Simon, pero su voz se desvanece cuando mira a Bram. Ni siquiera puedo culparlo. Hay demasaidos giros delante de nuestros ojos. Ni siquiera sabía que los chicos supieran mover las caderas. Definitivamente no creía que Bram y Nick supieran hacerlo.

—¿HAY ALGUIEN DE ÚLTIMO AÑO AQUÍ? —vocifera el presentador.

Nick cae de rodillas, la cabeza hacia atrás para el gran final. Giro sorprendida hacia Simon, pero ha desaparecido, y de pronto, me encuentro parada junto a Abby. Sonríe levemente.

—Bueno, esto es incómodo —murmuro.

Asiente.

—Sí.

—Creo que quiere enviar un mensaje.

—Bueno, es gracioso. —Se inclina hacia mí—. Han estado trabajando en la coreografía durante meses. Sabía que estaban planeando esto.

—¿En serio? ¿Con esa canción?

Abby ríe de forma seca.

—Solo una coincidencia. Todavía no sabían que yo era veneno.

—Tú no eres… —comienzo a decir, pero mi mirada regresa a la pista de baile—. Ay mierda.

Son los chicos de teatro —Simon, Martin, Cal y algunos más— y están haciendo lo que parece ser un baile country de vaqueros. Al ritmo de la canción del veneno.

Abby sacude la cabeza con lentitud.

—Ok, ese definitivamente es uno de los bailes de la obra.

—Dios.

—Y lo están haciendo al ritmo de «Veneno».

—Sí. Lo están haciendo —murmuro mientras Simon y Martin hacen los pasos bailando en sus esmóquines—. Estoy tan…

—Sí.

—Confundida.

Abby me toma de la mano y se acerca.

—Creo que estamos presenciando un desafío de baile —susurra, y entrelaza sus dedos con los míos.

El corazón me golpea en el pecho. Esto no puede estar sucediendo. Estoy junto a Abby, quien está vestida como Cenicienta, y estamos paradas literalmente en el medio de la pista mirando un desafío de baile, tomadas de las manos como si eso fuera lo más normal del mundo. Creo que me olvidé cómo respirar.

—¿Estás bien? —me pregunta, mirándome de reojo.

Asiento con prisa.

Continúa mirándome. Me devano los sesos pensando en algo para decir. *No menciones las manos. No menciones el beso. No menciones a Nick...*

—Nick debería estar bailando con ellos. Es parte del grupo de teatro ahora —digo.

Genial. Mi cerebro de verdad me odia.

Pero Abby solo sonríe.

—Bueno, su personaje está muerto en esta canción. Creo.

—Ah, así que es una canción de *vete a la mierda, Nick*.

—Básicamente, sí.

Pero Nick está riendo tanto que ni siquiera puede permanecer derecho. Está apoyado en el hombro de Bram, la cabeza enterrada en los pliegues de su chaqueta. Mientras tanto, los chicos de teatro se agrupan en su posición final, manos de jazz y todo.

Alguien comienza un aplauso lento y Abby se desprende de mi mano y se une al aplauso. Siento una diminuta punzada de desilusión. Mis manos se sienten muy inútiles ahora.

—Eso fue increíble —dice Abby ni bien Simon regresa hacia nosotras—. Diez de diez.

Simon sonríe, exultante.

—Tenía que defender tu honor.

—Porque soy la chica veneno.

—De ninguna forma —dice—. Quiero decir, bueno, un poco. Pero *no* lo eres.

Abby levanta las cejas.

—¿Quieres bailar? —suelta Simon.

Suena una canción lenta, creo que es Ed Sheeran. Simon jala mi cabello y luego toma la mano de Abby. Ella me sonríe por sobre su hombro mientras él la conduce a la pista de baile.

Durante un minuto, me quedo parada allí, observándolos. Para mi sorpresa, Simon es un bailarín de lentos decente. De alguna manera, sabe cómo sostener la mano de Abby hacia arriba, como hacen los abuelos. Apuesto a que practicó con su mamá. Es gracioso cómo hasta hace diez segundos era el pequeño Simon Spier con su camiseta de lobo y de pronto, de la nada, es este tipo elegante en esmoquin. ¿Cuándo creció tan rápido?

—Ey, hola, Burke. —Levanto la mirada y es Garrett, las manos entrelazadas detrás de la espalda.

—Hola. —Aparto la mirada de Abby y Simon—. ¿Quién diría que eras un bailarín tan increíble?

Sonríe, solo un poco.

—¿Piensas que estuve increíble?

—Bueno, no estuviste terrible.

—Ay, Dios. Te encantó. ¿Qué es lo que más te gustó? ¿Fue este movimiento? —Mueve su pelvis tres veces en sucesión rápida.

—Definitivamente ese.

—¿O fue este? —Levanta las manos como si se estuviera sosteniendo de un pasamanos. Luego mueve la cadera en círculos.

—Sí. Todos ellos.

—Guau. —Sonríe—. Así que eso se necesita para impresionarte, ¿eh?

Me encojo de hombros y sonrío vagamente. Dios, soy una porquería. Debería terminar con esto. Ahora mismo. Solo lo escupiré, de forma muy amable, para que todos estemos en la misma sintonía y nadie tenga muchas esperanzas. Cierro los ojos y respiro hondo, y luego ambos hablamos al mismo tiempo.

Sale como una mescolanza.

—Tú primero —me apresuro a decir.

—Ok. —Garrett inspira—. ¿Quieres bailar?

Y… mierda.

Solo me quedo allí.

—Claro —asiento por fin.

Digo. Es mi cita. Deberíamos bailar. Ni siquiera es una pregunta.

Caminamos tomados de la mano hacia la pista de baile, y luego Garrett hace una pausa y se ubica frente a mí.

—Bueno, deberíamos…

Sus manos caen en mi cintura, y lo rodeo por los hombros. Y nos balanceamos. Él me acerca, y estoy tan cerca que nuestros pechos quedan pegados y la situación se vuelve bastante inquietante. Creo que irradio incomodidad, como si alguna clase de sustancia gaseosa se desprendiera de mí en oleadas.

Y lo que más me asusta es que Garrett no ha dicho ni una palabra. Solo me está mirando con esa dulce expresión atontada, y yo me siento como la imbécil más grande de la Tierra.

No estoy para nada enamorada de Garrett Laughlin. Y es probable que él se merezca saber eso. Pero cuando abro la boca, lo único que sale es:

—¿Qué es lo que sucede cuando llegan a los setenta?

—¿Qué?

—En la canción. Él dice que amará a la chica hasta que tengan setenta. ¿Y luego qué? ¿Es como si dijera *hasta aquí llegué, me largo*?

—Guau —dice Garrett, riendo—. De verdad eres la persona menos romántica del mundo.

No es verdad, pienso. Por ejemplo: en este mismo instante, me está tomando todo el autocontrol del universo no mirar con melancolía a Abby.

En cambio, miro por sobre el hombro de Garrett y suelto un gritito ahogado.

—¿Es una broma?

Garrett frunce el ceño.

—Gira hacia el costado.

Porque, mierda. Es Nick. Bailando con Taylor Metternich. Pero no solo bailando. Sus manos están por todos lados. Los dedos de Nick recorren la espalda del corsé de casamiento de Kate Middleton *demasiado* cerca de su trasero, y no hay ni un centímetro de espacio entre ellos.

Excepto sus bocas.

Están separados *solo* por un par de centímetros.

Mis ojos se depositan de forma inmediata en Abby, quien se encuentra a dos metros de distancia, observando cómo se desarrolla el espectáculo. Es decir, *por supuesto* que está observando. Simon también. Ambos están paralizados en el lugar, las cejas en alto hasta la luna.

—La acaba de besar. Se están besando —murmura Garrett—. Mieeeerda.

Dios santo. ¿Qué está sucediendo? Nick está besando a una chica en la pista de baile, justo enfrente de Abby, y esa chica es Taylor Metternich. Y sí, si llegan a tener bebés algún día, esos bebés tendrán unas voces increíbles para el canto, pero mientras tanto: ¿QUÉ?

Vuelvo a mirar a Abby, y esta vez me está mirando directamente, la expresión insondable. Encuentro sus ojos, y me dedica esa triste media sonrisa.

Dios. Es tan. Ni siquiera sé qué.

No debería mirarla fijo.

Y *definitivamente* no debería mirarla con anhelo. Mierda, Leah. Tranquilízate. Esta no es una maldita película de adolescentes.

Desvío la mirada con prisa y sintonizo de nuevo el canal erótico de Taylor y Nick. Y guau. Qué beso más pegajoso. ¿Están todos los chaperones drogados ahora mismo? ¿Están muertos? Porque estoy segura de que Nick está a punto de dejar embarazada a Taylor, justo allí en la pista de baile.

Justo enfrente de su exnovia.

Excepto que.

Cuando vuelvo a mirar a Simon uno o dos minutos más tarde, está parado debajo del lateral del pabellón, solo. Y Abby ha desaparecido.

Apenas termina la canción, voy a buscar a Simon. Para ese entonces, él ya ha encontrado una mesa con Bram, y ambos han dejado las chaquetas de sus esmóquines sobre las sillas.

—¿Abby se fue? —pregunto, acomodándome junto a Bram. Simon asiente y se inclina hacia adelante.

—Sí, justo en el medio del baile. Dijo que quería estar sola.

—¿En serio?

—Ok, es extraño, ¿verdad? Bueno, es extraño para Abby.

—¿Estaba molesta?

—No lo sé. —Simon luce un tanto consternado—. Supongo. Bueno, no la culparía.

—Dios. —Cierro los ojos—. Yo tampoco.

Bram se muerde el labio y asiente.

—Debí haberla seguido —dice Simon, y se restriega la frente—. Uh. Ahora es probable que piense que la echamos de nuestro grupo. Que la reemplazaremos por Taylor.

—Ok, no hay forma de que piense eso —comenta Bram.

—Tal vez le envíe un mensaje —digo, y de pronto comienzo a ruborizarme. Gran forma de ser obvia, Leah. Bien podría arrancarme el corazón y apoyarlo en la mesa para que los chicos lo examinen.

Pero Simon solo asiente con entusiasmo.

—Sí, es una buena idea.

Y lo es. Es una idea genial, y por supuesto que debería enviarle un mensaje. No hay nada de extraño en eso. Soy su amiga. Solo estoy controlando que se encuentre bien.

Eh, ¿estás bien?

Miro mi teléfono durante un instante, pero no aparece nada. No hay puntos suspensivos. No está tipeando.

Nick es un imbécil, agrego.

—¿Te respondió? —pregunta Simon.

Sacudo la cabeza con lentitud. Dios. No sé por qué esto me está poniendo tan nerviosa. Es probable que ni siquiera esté mirando su celular. O quizás, por una vez, solo quiera un poco de espacio. Debería dejarla sola. Y ni siquiera debería importarme. En serio, no debería.

Pero... Está bien. Supongo que el hecho de que esté llorando por Nick en algún rincón me molesta. Lo entiendo. Créanme. Sé exactamente cómo se siente estar loco de amor por alguien. Y sé exactamente cómo se siente ver a esa persona besando a alguien más.

El corazón me da una voltereta en el pecho. Hay una parte horrible de mí que piensa que Abby se lo merece. Es solo una pequeña muestra de lo que fue el año pasado para mí. Pero, por otro lado, también quisiera golpear a Nick en el rostro.

Y luego, como si lo hubiera conjurado, Nick aparece en nuestra mesa. Está solo, Taylor parece haber desaparecido. Pero él no está buscando a Taylor.

—Abby se fue. —Se desliza en el asiento junto a Simon. Tiene los labios hinchados y sus ojos lucen como el cristal—. Mierda. La cagué. No debería haber...

—¿Besado a Taylor enfrente de ella? —Enarco las cejas.

—¿Soy el imbécil más grande del mundo? —Entierra la cabeza en las manos y suelta un quejido—. Probablemente me odie. Mierda. Tengo que encontrarla.

—No creo que tengas que hacer eso.

—¿Saben en qué dirección se fue? —Nick mira por sobre mi hombro a la distancia.

Simon frunce el ceño.

—No estoy seguro. Me parece que salió para la izquierda.

—¿Hacia la pajarera?

—No, dije hacia la izquierda —repite Simon.

—Ok. —Asiente con determinación—. Iré a… —Comienza a ponerse de pie.

—No. Esa es una muy mala idea. —Lo tomo de la manga y lo hago retroceder.

—Tengo que asegurarme de que esté bien.

—Te garantizo que no quiere hablar contigo ahora mismo. Nick apoya las manos en la mesa.

—Bueno, alguien tiene que ir a ver si está bien.

—Ok —digo con prisa. Los chicos giran para mirarme, y siento que mi rostro está encendido—. Yo iré a ver cómo se encuentra, ¿sí?

Y entonces aparto la silla.

♫

Hay caminos que salen del pabellón en todas las direcciones y por un instante, solo me quedo parada allí, inmóvil. No tengo idea de por dónde comenzar. Simon dijo que se había dirigido hacia la izquierda, pero la *izquierda* podría significar las mesas de pícnic o entre los árboles, o bien podría haber dado un rodeo y regresar por detrás de la pajarera. Tengo que pensar como ella. Si acabara de ver a mi exnovio besando a Taylor Metternich, ¿qué camino tomaría?

Tal vez el que conduce directamente al baño, para poder pasar el resto de mi vida vomitando.

Bueno, ok.

Necesito no pensar demasiado en esto.

Escojo el camino entre los árboles, y es como entrar en un cuento de hadas. Una chica entra en un bosque llevando un vestido de fiesta. Es extraño cuán solitario se siente esto, aun con el pabellón justo detrás de mí. Los árboles son tan gruesos que prácticamente forman una cortina, y la música suena como si viniera de otra galaxia.

Una ramita se quiebra debajo de mi zapato y chillo como si fuera un hueso.

Luego, de la nada.

—¿Quién está ahí?

Me quedo inmóvil.

Es la voz de Abby, un tanto nerviosa.

—¿Hola?

Qué bien: mi cuerpo decidió rebelarse. Mis pies son como pesas, mi voz es inexistente y mis pulmones están completamente en otro mundo. Pero mi corazón late como el de un colibrí. Me quedo parada allí, mirando hacia el follaje.

—Ok, sé que hay alguien ahí.

—¿Abby? —logro decir.

—Ay, gracias a Dios.

—¿Por qué no puedo verte? —Estoy literalmente mirando hacia todos lados.

—Estoy detrás de ti.

Me vuelvo, y no sé cómo no la vi: una plataforma de observación de madera, arriba de una rampa corta, mirando hacia el lago. Hay un banco en el medio, y Abby está sentada de costado con las piernas contra el pecho. Me saluda cuando encuentra mi mirada. Subo por la rampa para encontrarme con ella.

—Qué hermosa forma de asustarme —dice, corriéndose hacia un lado para hacerme un lugar. Pero camino directo hacia la barandilla y me inclino contra ella, de espaldas al lago.

Observo su rostro.

—¿Qué estás haciendo aquí?

—No lo sé.

—¿No lo sabes? —Recuerdo su imagen en el baño de la tienda American Girl. No puedo creer que haya sido esta noche. Siento como si hubieran pasado siglos—. No dejas de escapar.

—No dejas de encontrarme.

Durante un instante, me quedo sin palabras.

—¿Recibiste mis mensajes? —le pregunto al final.

—¿Me enviaste un mensaje?

—Estaba preocupada.

Toma su teléfono del bolso de mano y los lee. Luego vuelve a mirarme.

—Bueno, sí, Nick es un imbécil. —Hace una pausa—. Pero Nick no es el problema.

El corazón me da un vuelco.

—¿Y cuál es el problema?

—Por Dios, Leah. —Sacude la cabeza, apenas sonriendo—. Y tú piensas que yo soy la tonta.

—¿Qué se supone que significa eso?

Se queda mirándome con una expresión que no puedo descifrar. Luego aparta la mirada y vuelve a usar su teléfono.

Me siento rara mirando cómo tipea, de modo que me vuelvo hacia el lago y apoyo los brazos en la barandilla. Es un lugar tranquilo, y las ramas de los árboles son tan frondosas que solo se puede ver un diminuto charco de agua negra. Pero el efecto hace que luzca como una laguna salvaje e indómita. A la distancia, en el pabellón, la canción cambia de ritmo. Algo diferente pero familiar. Cierro los ojos e intento descifrar qué es.

—Revisa tu Tumblr —suelta Abby de pronto.

Abro los ojos con un parpadeo.

—¿Qué?

—Solo revísalo. —Luego oculta el rostro en el hueco de su codo.

Tomo el teléfono y me quedo mirando el brillo de la pantalla. Mi Tumblr todavía está iniciado en mi página de arte, y veo de inmediato que tengo una pregunta nueva. No sé cómo Abby supo eso. A menos que...

Abro el mensaje sintiendo que el suelo acaba de inclinarse. Tengo que leerlo tres veces antes de que las palabras cobren sentido.

Pedido: dos chicas besándose en la noche de graduación.

El mundo entero parece detenerse y mis pulmones se vacían como un globo. *Dos chicas besándose. En la noche de graduación.* Miro a Abby, pero todavía mantiene el rostro escondido.

—¿Es esto...? —Mi voz tiembla—. ¿Estás bromeando?

Levanta la cabeza para espiarme.

—¿Por qué pensarías eso?

—Porque sí. No lo sé.

—Leah, es solo que... He estado perdiendo la cabeza. —Todo su cuerpo está tenso e inmóvil y su falda roza el suelo de la plataforma. Y lo juro, dejé de respirar. Abby Suso quiere besarme. En el baile de graduación. Ahora mismo. Siento mi cuerpo entero electrizado: pecho, estómago y todo hacia abajo. Se siente como querer hacer pis, excepto que no es pis. Son relámpagos.

Se ríe con nerviosismo.

—Por favor di algo.

Dejo caer las manos.

—Ehh... por supuesto. —Trago saliva—. Por supuesto que me gustas.

Hace una mueca de desilusión.

—Pero.

—Es solo el momento —digo.

—Lo sé.

—Quiero decir, tú ni siquiera... —Cierro los ojos—. Yo solo... *De verdad* me gustas.

—Tú también. Dios. Creo que estoy...

—Yo también.

Solo nos quedamos mirándonos. El corazón se me sale del pecho.

—Quiero decir, la buena noticia es que estaremos en la misma universidad —digo al fin.

—Seremos compañeras de habitación. —Se sorbe los mocos, y luego sonríe.

—Sí. Probablemente esa no sea una buena idea.

—No me importa. —Se pone de pie, de repente, y se alisa la falda. Luego camina hacia la barandilla, junto a mí, y deja caer los brazos por el borde.

Inclino la cabeza hacia ella.

—Creo que deberíamos dejar pasar un poco el tiempo.

Respira hondo.

—Ok.

—Lo lamento.

—Es decir, tienes razón. Eres muy práctica, Leah.

—Lo sé. —Trago saliva—. Todo estará bien. Nick habrá salido adelante...

—Espera, ¿estás hablando del percebe del rostro de Taylor Metternich? —pregunta Abby—. Porque estoy *segura* de que Nick salió adelante.

Sonrío con tristeza.

—Bueno, yo no creo que lo haya hecho. Ni un poco.

Giro para mirarla, pero ella está contemplando el lago.

Sigo hablando.

—Es solo que todo es un caos, ¿sabes? Con el baile y la graduación. Y tienes razón, no queremos que todo sea un drama. Nick estaría tan…

—Lo sé —dice Abby con prisa—. Sí. Nick perdería la cabeza. Ya la está perdiendo. Y Garrett también, probablemente.

—Dios. —*Garrett*—. Sí.

—Es una porquería. —Suspira—. Es decir, lo entiendo. De verdad lo entiendo. Y ni siquiera debería haber… no. —Se cubre el rostro—. No lo sé. Soy una idiota.

—No lo eres.

Ríe sin ganas.

—Sí, lo soy. Esto es tan… Es decir, arruiné esto hace mucho tiempo. Podríamos haber sido… —Pero deja de hablar.

Durante un instante, permanecemos en silencio. Siento que mis ojos comienzan a arder.

—¿Podríamos haber sido qué? —pregunto al final.

—Podríamos haber sido como Simon y Bram —dice, y su voz tiembla un poco—. Yo estaba tan… es decir, todo este tiempo, podríamos haber sido nosotras, ¿sabes? Ser las novias más adorables y besarnos y empalagar a todos con lo enamoradas que estamos.

Y allí está: la lágrima escurridiza. La seco rápidamente, pero se regenera. Odio llorar. Lo odio más que nada en el mundo.

Abby suspira.

—Necesitamos un Giratiempo.

Río, pero suena como un hipo.

—Dios, ¿ahora eres la Potterhead más fanática del mundo?

—En realidad no —dice, sonriendo entre lágrimas. Luego suspira—. Literalmente estoy intentando impresionar a una chica.

—Ah. —El corazón me golpea el pecho.

—Así que, sí. Esto es una porquería.

—Sí.

—Y por supuesto que no quiero herir a nadie.

—Yo tampoco. Es decir, no podemos. No podemos hacerle esto a Nick.

—Lo sé. —Se le quiebra la voz—. *Lo sé.*

De verdad duele mirarla.

—Abby, estoy tan…

—No. ¿Ok? Está bien. Estamos bien. —Y a pesar de que sus ojos están húmedos, su sonrisa le ilumina el rostro—. Todo esto es mi culpa, lo entiendo, y solo… —Gira y apoya la espalda contra la barandilla—. No lo sé, Leah. Quizás deberías regresar con tu cita.

—Abby.

—¡Está bien! Estamos bien. Solo necesito un minuto. —Se aprieta el rabillo de los ojos—. Te seguiré enseguida, lo prometo.

Asiento con prisa. Y mierda. Estoy peligrosamente a punto de sollozar. Ni siquiera puedo articular las palabras. Solo bajo la rampa y regreso volando por el camino, sin mirar atrás.

♫

Unos diez segundos más tarde estoy de regreso en el pabellón, pero de ninguna manera estoy lista. Apenas puedo respirar, mucho menos hablar. Es extraño, pero lo único que quiero hacer ahora es acostarme en el suelo. Dormir en la tierra. Ni siquiera me importa el vestido.

En verdad es una porquería, y lo es aún más porque estuvo dolorosamente cerca de ser extraordinario. Imagínense si el beso en Atenas no hubiera sido un error incómodo. Si yo hubiera sido un poco menos terca. Si Abby hubiera sido un poco menos ingenua. ¿Y si nunca hubiera salido con Nick? ¿Y si hubiéramos estado fuera del clóset y felices y tan increíblemente enamoradas como cualquier otra odiosa pareja de Creekwood?

Quizás Abby me habría convencido de presentarme a las audiciones para la obra. Quizás habría pasado menos tiempo como espectadora desde el fondo del auditorio. Y quizás habría pasado más tiempo dando besos en el fondo del auditorio.

En cambio, estoy aquí parada observando desde unos seis metros cómo sigue el baile.

Mis ojos se posan en Simon y Bram, en sus esmóquines sin chaquetas, a un costado del pabellón, reclinados contra la barandilla. No están bailando —solo están parados— y lo único que puedo ver son sus espaldas. El brazo de Simon rodea la cintura de Bram, sus cuerpos tan cerca que prácticamente se funden. Y la mano de Bram que acaricia con suavidad la nuca de Simon.

A veces, mirarlos hace que me duela la garganta.

La canción vuelve a cambiar y al instante reconozco los compases de apertura. Stevie Wonder. La canción de mamá. Genial, porque lo que realmente necesito ahora es sentir que mamá está espiando por sobre mi hombro.

Excepto que… No lo sé. Se siente como una señal. Como un mensaje susurrado en secreto: *no lo pienses demasiado.*

Deja de obsesionarte. No analices en exceso. Y no llores.

Pero es inútil.

Mis manos vuelan hacia mi rostro, pero son sollozos de todo el cuerpo. Apenas puedo respirar. Porque aquí están Simon y Bram, los brazos de uno rodeando al otro. Son increíblemente valientes. Y ahora estamos a punto de graduarnos, y todo lo que tengo ahora mismo es el enamoramiento más triste del siglo.

Y *Dios*. Sería tan sensato esperar hasta la universidad. Dejar que Nick vuelva a la normalidad. Desilusionar a Garrett con gentileza. Dejar que todo se aquiete. Dejar que nuestros amigos lo sepan. Avanzar primero de puntillas y dejar que todo evolucione lentamente. Comenzaríamos a salir en un par de meses, si quisiéramos.

Pero no quiero esperar meses. Y no tengo ganas de ser sensata.

No lo pienses demasiado.

De pronto estoy corriendo, casi tropezando con mi vestido, el cabello cayendo sobre mi rostro. Y es imprudente y estúpido, y probablemente inútil también, porque dudo que siga estando donde la dejé. Apuesto a que ha desaparecido por completo. Apuesto a que…

—¿Leah? —dice Abby.

Y entonces choco contra ella.

—Uf.

—Guau. —Me sujeta de los hombros para estabilizarme—. ¿Estás…? —Se detiene—. Leah, estás llorando.

—No, no es verdad.

—Así que te quedarás aquí llorando a mares y me dirás que no estás llorando.

—Sí —respondo. Luego respiro hondo—. No.

—Está bien…

—Porque no me quedaré simplemente aquí.

El mundo entero parece detenerse, y apenas puedo escuchar la música. Lo único que escucho es el latido de mi corazón. Apoyo las manos en sus mejillas.

—Haré esto —digo con suavidad.

Y luego la beso.

Muy rápido.

Y ahora me mira boquiabierta, los ojos enormes y atónitos.

Dejo caer las manos.

—Ay, Dios. Estabas…

—No. —Me interrumpe—. No te atrevas a asustarte.

—No lo estoy.

—Bien. —Sonríe, y luego respira hondo—. Intentémoslo de nuevo.

Cuando asiento, me atrae hacia ella y me pasa los dedos por el cabello.

Mi corazón golpea de forma salvaje.

—Tengo el cabello hecho un desastre.

—Sí. Y está a punto de empeorar. —Su pulgar me roza la oreja—. De verdad.

Y de pronto, sus labios están sobre los míos, y mis manos sobre su cintura, y la estoy besando tan ferozmente que me olvido de respirar. Me siento como una fogata, como si pudiera arder durante días. Porque lo que sucede con Abby es que besa como baila. Como si estuviera totalmente allí. Como si te estuviera entregando el corazón.

Se aparta y apoya la frente contra la mía.

—Así que esto está sucediendo —dice.

—Eso creo.

Exhala.

—Guau.

—¿Ese es un guau feliz o un guau de ay mierda?

—Ambos. Es un ay mierda, estoy tan feliz. —Luego me besa una vez más, y mis ojos se cierran. Siento todo al mismo tiempo: su pulgar recorriendo mis pómulos, la presión suave de sus labios. Tengo las rodillas hechas de gelatina. Ni siquiera sé cómo logro mantenerme en pie. Deslizo las manos hacia arriba por su espalda y la atraigo aun más cerca.

Estoy sin palabras. Mierda. Estoy besando a una chica.

—Estás riendo —dice, los labios todavía tocando los míos.

—De ninguna forma. Yo no río.

La siento sonreír.

—Esa es una mentira muy grande.

—Quizás solo río cuando estoy contigo.

—¿Ah, sí? —Sonríe y se aparta, y sus manos caen sobre mis hombros—. Dios, Leah. Solo mírate.

—¿Soy un desastre?

—Eres hermosa —dice—. Espero que lo sepas.

La forma en la que me mira hace que pierda el aliento. Presiono la punta de mis dedos contra mi boca. Lo juro, mis labios tienen pulso.

—¿En qué estás pensando? —pregunta.

—En ti. —Ni siquiera lo pienso. Dios. Nunca hablo así, sin filtro. Pero me siento atontada y salvaje y veinte veces más valiente de lo normal. La vuelvo a besar con suavidad—. Es como si irradiaras luz.

Sacude la cabeza, sonriendo.

—Estás enloqueciendo.

—La verdad que sí. —Estoy sin aliento, casi chiflada. Presiono una mano contra mi mejilla.

Y de pronto, mis ojos se posan en el ramillete de Garrett sobre mi muñeca.

—Ay, de ninguna manera —dice Abby, siguiendo mi mirada—. No comiences a cuestionarte las cosas. —Toma mis manos y las junta entre nosotras.

—No lo estoy haciendo —me apresuro a decir, pero siento cómo mi estómago da un vuelco. Acabo de besar a alguien que no es mi cita del baile. Es solo que… mierda. Besé a la exnovia de Nick.

—Leah —dice Abby con preocupación.

—Ok, pero…

—No. Solo. Bésame, ahora mismo.

—¿Ahora mismo? ¿Es una orden?

—*Leah* —vuelve a decir, poniendo los ojos en blanco. Luego me besa con tanta fuerza que prácticamente me desarmo.

El tiempo se detiene.

Y algo dentro de mí se destraba.

—¿Ok? —dice al final, y se le quiebra la voz—. Deja de pensar en Nick, deja de pensar en Garrett y *definitivamente* deja de pensar en que es un cliché besarse en la noche del baile de graduación.

Resoplo.

—Es un cliché.

—Como sea. Los clichés mandan.

Solo la miro. No puedo creer que tenga permitido hacer esto. Puedo simplemente mirarla sin sentirme intimidada. Quiero memorizar cada centímetro de esta Abby, el brillo de sus pómulos y la luz de sus ojos. Hay lágrimas en sus pestañas, y sus labios están un poco hinchados. No sé cómo esta chica puede pasar de reír a llorar a besar y viceversa y aun así lucir como un rayo de luna.

Estoy jodida. Completa e irreversiblemente jodida.

—Así que, creo que tendré una novia baterista —dice.

—Novia. —El corazón me da un salto en el pecho.

De pronto se muestra nerviosa.

—O no.

—Solo dame un segundo para procesar esto. —Aprieto sus manos—. Novia, ¿eh?

—Y compañera de habitación.

Río.

—Esa es, literalmente, la peor idea.

—Como si me importara. —Sonríe.

—Estás en problemas, Suso.

—No tienes ni idea.

Ni siquiera puedo formar palabras, así que me callo y la beso. Lo juro por Dios, podría crear una profesión de esto. Besadora profesional de Abby Suso. Me atrae aún más hacia ella, las manos sobre mi cintura. Todavía no puedo creerlo. Llevo puesto un vestido de graduación en un camino de tierra en una noche estrellada de abril, y estoy besando a la animadora más nerd del mundo entero. Esto no puede ser real.

Pero luego lo escucho: el crujido de las ramas debajo de unos zapatos, y la exclamación más ahogada. Abby se tensa y nos separamos con rapidez.

Hay alguien parado justo detrás de mí, observándonos. Giro lentamente con el estómago contraído del temor. Quiero decir, ¿qué clase de día de mierda es este? ¿Qué tiene para decir el universo en su defensa? Olvidé comprar un sujetador. Nuestro auto se rompió. Nuestro restaurante era rosa brillante. Martin Addison apareció con un esmoquin azul pálido (sí, eso quedó grabado para siempre en mi cerebro). Todo es un caos. Y Abby y yo somos el caos más grande de todos. Ni siquiera sé en qué estábamos pensando al besarnos tan cerca del pabellón. Literalmente cualquier idiota de Creekwood podría haber aparecido en el camino y encontrarnos. Cualquiera.

Excepto que...

Quizás el universo no me odie tanto después de todo.

Porque cuando levanto la mirada, solo hay dos personas observándonos a Abby y a mí con las bocas abiertas.

La mano de Simon vuela a su rostro.

—Esperen —dice débilmente. Abre la boca como si fuera a decir algo más, pero luego solo la cierra. Bram no dice ni una palabra.

Abby ríe con nerviosismo.

—Sorpresa.

Simon nos mira como si estuviera esperando el remate de una broma.

—Bueno. —Respiro hondo—. Supongo que pensaban que era hetero.

Simon inclina la cabeza hacia un lado, pero no espero a que responda.

—Pero no, no lo soy. *De verdad* que no. Soy muy, muy bi.

—Yo también —agrega Abby.

—Mierda. No sé qué decir. —Simon parpadea—. ¿En serio?

—En serio.

—Guau. Ay, Dios. Tengo demasiadas preguntas ahora mismo. —Sacude la cabeza con lentitud—. ¿Sabe Nick?

—Nick estará bien. —Bram sonríe—. Estoy *muy* feliz por ustedes, chicas.

—Ay, Dios, ¡yo también! —Simon se golpea la frente—. Pero ya sabían eso, ¿verdad? Mierda. Sí. Nick estará… digo, como sea, ¿verdad? Estoy demasiado feliz. Ok. Ok. —Sigue repitiendo como si fuera un pequeño robot averiado—. Ok. Guau. ¿Hace cuánto que son…?

—¿Bi?

—No. Digo… —Hace un gesto vago entre Abby y yo—. ¿Hace cuánto que son algo?

—Quince minutos —digo.

Abby sonríe.

—Más o menos dos semanas.

—O un año y medio.

—Mierda —dice Simon.

Abby toma mi mano y entrelaza nuestros dedos.

—No tienen idea de lo feliz que me hace esto. No tienen idea. Yo solo quería que ustedes fueran amigas, pero *esto*.

—Simon se queda mirando nuestras manos, los ojos como platos.

—Así es —asiente Abby—. Fuimos un poco más allá por ti, Simon.

—Así que, de nada —agrego.

—Estoy conmocionado —dice Simon, y Bram le da una palmadita en el brazo.

♫

De modo que ahora estoy recorriendo un camino arbolado tomada de la mano de Abby Suso. Tomada de la mano con mi novia. Mi novia que es Abby Suso. Mi cerebro está completamente obsesionado con ese dato. Estoy segura de que mi carrera académica se terminó, y Dios me ayude con mis exámenes, porque ¿cómo se supone que piense en Cálculo CUANDO ABBY SUSO ES MI NOVIA?

Ahora estamos prácticamente en el pabellón, y tengo el corazón en la garganta.

Porque dentro del pabellón está mi cita. Y posiblemente mi amiga racista. Y el exnovio de Abby. Y la chica con la que se besó. Y quizás algún conjunto de homofóbicos casuales.

Esta no es mi noche perfecta de graduación, y no es el final feliz que me había imaginado. No es un final en absoluto.

Pero es mío.

Todo este momento es mío. Este pabellón de brillo eléctrico, esta música que suena tan fuerte que puedo sentirla.

Es todo mío.

Y quizás todo sea un caos. Quizás todo esté cambiando. Estoy segura de que mi rostro es una mancha hinchada y mis botas están repletas de lodo y mi peinado totalmente deshecho. Ni siquiera sé si mi voz funciona. Pero continúo siguiendo a

Simon y a Bram por el camino. Sigo sosteniendo la mano de Abby.

Hasta que estamos tan cerca del pabellón que casi puedo olerlo. Ramilletes y sudor. Esta noche. Mi graduación.

Y a pesar de que estoy mirando todo desde afuera, me acerco con cada paso que doy.

DE: leahadestiempo@gmail.com
PARA: simonirvinspier@gmail.com
FECHA: 21 sep 2018 01:34 a. m.
ASUNTO: Re: ¡¡¡Naciste!!!

Ok, no puedo ni siquiera explicarte cuánto amo el hecho de que me hayas enviado un email de cumpleaños. En Garamond. Eso fue demasiado Simon. Si alguna vez cambias, juro por Dios que te mataré.

Pero ¡el cumpleaños salió bien! Abby es una maldita nerd. Me hizo el desayuno y me lo llevó a la cama, y por *desayuno*, quiero decir *galletas*, y por *hizo* quiero decir que llevó puesto al comedor del campus un *abrigo con bolsillos para guardar galletas*. Y créeme, vivimos a cinco minutos de una pastelería que tiene entrega a domicilio de galletas (dejaré que asimiles eso. Pastelería. Con entrega. A domicilio. De galletas). Pero por supuesto, algunos sacrificios son necesarios, en especial cuando una persona y su novia están ahorrando cada dólar para un viaje a Nueva York en abril que DEFINITIVAMENTE SUCEDERÁ. Así que dile a tu chico que haga un espacio del tamaño de una Leah y una Abby en su apartamento (como si Bram fuera a tener desordenada su casa, Dios, ¿qué estoy diciendo?).

Así que ignoraré tu primera pregunta, porque sé qué en realidad no quieres saber nada acerca de Introducción a la Sociología (es lo máximo, solo para que sepas). No ignoraré tu segunda pregunta, pero he estado aquí sentada mirando la pantalla de la laptop de Abby durante diez minutos intentando encontrar las palabras exactas para explicártelo, y al parecer esas palabras no existen, así que. Sí. Todo bien. Realmente bien. Es Abby. ¿Sabes? Como hoy. Fue uno de esos perfectos días soleados, así que extendimos una manta en el patio del North Campus y ella leía mientras yo dibujaba y no dejaba de rozar su calcetín contra el mío, como si nuestros pies se estuvieran besando y AHORA ME ESTOY SONROJANDO, ¿ESTÁS CONTENTO?

Porque yo sí lo estoy. Feliz. Honestamente. Es un poco extraño.

Y sí, hablé con Nick, pero ¡NO mencionó cómo avanzó todo con Taylor! ¿Hablas en serio? Dios, creo que se despertará un día y descubrirá que está casado con ella. Taylor lo hará suceder. Bien por ella, ¿no? Digo, bien por... ¿ellos? No mentiré, estoy un tanto asustada por estar saliendo con alguien que estaba saliendo con alguien que está saliendo con Taylor Metternich.

Uf.

Ok, pero Garrett y Morgan... ¿QUÉ? Bram tiene que darnos todos los detalles (¡hola, Bram!). ¿Irás a Nueva York este fin de semana? Será mejor que me envíes muchas fotografías. Te quiero mucho, Simon Spier. Sabes eso, ¿verdad?

Con amor,

Leah (tu alma gemela platónica para siempre), (y no me importa estar siendo cursi ahora mismo, porque ser cursi es mi nuevo yo, me estoy convirtiendo en mi mamá, SÍ, LO DIJE), (te quiero).

Agradecimientos

Este libro no sería un libro sin los poderes combinados de tanta gente increíble. Gracias infinitas a:

Donna Bray, alias la mamá de Leah, alias editora estrella de rock, alias soy la autora con más suerte del mundo.

Brooks Sherman, el defensor más feroz de mi trabajo, y el mejor y más genial agente del mercado.

Mis brillantes y apasionados equipos de Harper Collins, Janklow & Nesbit, The Bent Agency, Penguin UK y mis otros increíbles editores internacionales: Caroline Sun, Alessandra Blazer, Patty Rosati, Nellie Kurtzman, Viana Siniscalchi, Tiara Kittrell, Molly Motch, Stephanie Macy, Bess Braswell, Audrey Diestelkamp, Jane Lee, Tyler Breitfeller, Alison Donalty, David Curtis, Chris Bilheimer, Margot Wood, Bethany Reis, Ronnie Ambrose, Andrew Eliopulos, Kate Morgan Jackson, Suzanne Murphy, Andrea Pappenheimer, Kerry Moynagh, Kathleen Faber, Suman Seewat, Maeve O' Regan, Kaiti Vincent, Cory Beatty, Molly Ker Hawn, Anthea Townsend, Ben Horslen, Vicky Photiou, Clare Kelly, Tina Gumnior y tantos más.

A mi equipo de la película *Simon*, que le dio vida a la preparatoria de Creekwood: Greg Berlanti, Isaac Klausner, Wyck Godfrey, Marty Bowen, Elizabeth Gabler, Erin Siminoff, Fox 2000 Studios, Mary Pender, David Mortimer, Pouya Shahbazian, Chris McEwan, Tim Bourne, Elizabeth Berger, Isaac Aptaker, Aaron Osborne, John Guleserian, Harry Jierjian, Denise Chamian,

Jimmy Gibbons, Nick Robinson, y al resto del elenco, en especial a mi Leah, Katherine Langford. Les estoy muy agradecida a los cientos de personas que estuvieron delante y detrás de cámaras y que hicieron milagros.

A mi amiga y heroína, Shannon Purser, quien hizo que todos mis sueños de audiolibros se volvieran realidad.

A mis primeros lectores, que hicieron que este libro fuera un millón de veces mejor: David Arnold, Nic Stone, Weezie Wood, Mason Deaver, Cody Roecker, Camryn Garrett, Ava Mortier, Alex Davison, Kevin Savoie, Angie Thomas, Adam Silvera y Matthew Eppard.

A los bibliotecarios, libreros, blogueros, profesionales de las editoriales, profesores, escritores de fanfiction, artistas, miembros de Discord, integrantes de los chats grupales y lectores que hacen que este trabajo sea tan maravilloso.

A los amigos que me ayudaron a atravesar los momentos más difíciles: Adam Silvera, David Arnold, Angie Thomas, Aisha Saeed, Jasmine Warga, Nic Stone, Laura Silverman, Julie Murphy, Kimberly Ito, Raquel Dominguez, Jaime Hensel, Diane Blumenfeld, Lauren Starks, Jaime Semensohn, Amy Austin, Emily Carpenter, Manda Turetsky (que le dio a Garrett la idea de su épica cena de graduación), Chris Negron, George Weinstein, Jen Gaska, Emily Townsend, Nicola Yoon, Heidi Schulz, Lianne Oelke, Stefani Sloma, Mark O'Brien, Shelumiel Delos Santos, Kevin Savoie, Matthew Eppard, Katy-Lynn Cook, Brandie Rendon, Kate Goud, Anderson Rothwell, Tom-Erik Fure, Sarah Cannon, Jenn Dugan, Arvin Ahmadi, Mackenzi Lee y millones más.

A Caroline Goldstein, Sam Goldstein, Eileen Thomas, Jim y Candy Goldstein, Cameron Klein, William Cotton, Curt y Gini Albertalli, Jim Albertalli, Cyris y Lulu Albertalli, Gail McLaurin, Adele Thomas y el resto de los Albertalli/

Goldstein/Thomas/Berman/Overholts/Wechsler/Levine/
Witchel.

A Brian, Owen y Henry, mis preferidos de siempre.

Y a ti. Sigue resistiendo.

ECOSISTEMA DIGITAL